PAOLO COGNETTI

SOFIA

TRÄGT IMMER SCHWARZ

Roman

Aus dem Italienischen
von Christiane Burkhardt

 PENGUIN VERLAG

Die italienische Originalausgabe erschien 2012 unter dem Titel
Sofia si veste sempre di nero bei Giulio Einaudi Editore, Turin.

Verlagsgruppe Random House FSC® N001967

1. Auflage 2019
Copyright © 2012 by Paolo Cognetti
Copyright © 2012, 2017 by minimum fax
Copyright © der deutschsprachigen Ausgabe 2018 by Penguin Verlag
in der Verlagsgruppe Random House GmbH,
Neumarkter Straße 28, 81673 München
Dieses Buch wurde vermittelt durch: Literaturagentur Michael Gaeb, Berlin
Umschlaggestaltung: bürosüd nach einem Entwurf von
Designbüro Lübbeke, Naumann, Thoben
Umschlagillustration: Silke Schmidt
Satz: Greiner & Reichel, Köln
Druck und Bindung: GGP Media GmbH, Pößneck
Printed in Germany
ISBN 978-3-328-10509-1
www.penguin-verlag.de

Dieses Buch ist auch als E-Book erhältlich.

Inhalt

Das Licht der Welt	7
Eine Piratengeschichte	11
Zwei horizontale Mädchen	36
Sofia trägt immer Schwarz	58
Vom Wind gezeichnet	90
Wenn erst mal Anarchie herrscht	123
Die Schauspielerinnen	149
Über Hexerei	166
Noch zu retten	177
Brooklyn Sailor Blues	190
Anmerkungen des Autors	234
Zitatnachweise	235

Sterben
ist eine Kunst, wie alles.
Ich kann es besonders schön.
Ich kann es so, dass es die Hölle ist, es zu sehn.
Ich kann es so, dass man wirklich fühlt, es ist echt.
Sie können, glaube ich, sagen, ich bin berufen zu diesem Ziele.

Sylvia Plath

Das Licht der Welt

Eines Nachts trat die Krankenschwester ans Fenster der Station und entdeckte seinen Lieferwagen vor der Klinik. Die Scheinwerfer flammten drei Mal auf und gingen erneut an, als sie den Arm zum Gruß hob. Sie bat ihre Kollegin, für sie einzuspringen, nahm die Hintertreppe zum Personaleingang, und dort, im Herbstregen, ließ der Mann das Fenster hinunter und sagte, er habe einige Entscheidungen gefällt. Die Krankenschwester sah ihn forschend an und wusste nicht recht, ob sie ihm glauben sollte. Sie vergewisserte sich, dass niemand sie beobachtete, und bat ihn dann hinauf in den ersten Stock. Dort fand sie ein leeres Zimmer, in dem sie in Ruhe reden konnten.

Sein Schnurrbart roch nach Wein – überlagert vom üblichen Zigarettengestank. Im Zimmer umarmte er sie und schob sie zum Bett, aber die Art und Weise gefiel ihr nicht, sodass er sich eine Abfuhr holte. Er spielte den Beleidigten. Dann öffnete er das Fenster, zündete sich eine Zigarette an und schaute hinaus. Nach einer Minute sagte er: »Wenn es so weiterregnet, bekommen wir noch Flossen genau wie Fische.«

»Und?«, sagte die Krankenschwester. »Verrätst du mir jetzt, warum du hier bist?«

Der Mann antwortete nicht gleich. Er schaute in den Regen hinaus und nahm noch ein paar Züge. Dann sagte er, dass er an diesem Abend nicht nach Hause zurückkehren werde. Er habe die Tür laut hinter sich zugeknallt und seiner Frau zugerufen, er habe genug. Er sagte nicht, dass er anschließend in der Bar gewesen war, aber das merkte man auch so. Es war Viertel vor zwei. Er fuhr sich durchs feuchte Haar, und die Krankenschwester stellte sich vor, wie er ein paar Gläser getrunken hatte, um die Zeit totzuschlagen, am Tresen mit anderen Männern über Frauen geredet und die Kellnerin angebaggert hatte, bevor er zu ihr gekommen war. »Wenn auch du mich nicht willst, schlaf ich im Lieferwagen«, sagte er, »mir ist das egal.« Als er erneut versuchte, sie zu umarmen, ließ sie ihn gewähren, schloss die Augen und zwang sich, nicht an seine vielen falschen Versprechungen und Lügen zu denken.

Noch in derselben Nacht wurde sie zu einer Notgeburt gerufen: eine zweiundzwanzigjährige Frau, im siebten Monat schwanger. Sie brachte ein winziges, blau angelaufenes Mädchen zur Welt und hatte heftige Blutungen. Die Hebamme gab ihm einen Klaps auf den Rücken, damit es schrie und atmete, aber das Mädchen wollte weder schreien noch atmen und musste wiederbelebt werden. Dem Arzt kam diese Frühgeburt merkwürdig vor: Wie sich herausstellte, hatte die Mutter in der Schwangerschaft heimlich verbotene Medikamente gegen Magengeschwüre geschluckt. Doch im Moment war sie viel zu mitgenommen, um weitere Auskünfte zu erteilen. Sie hatte viel Blut verloren. Sie lag in ihrem Bett, jammerte laut und verwünschte sich. Man stellte sie ruhig, hängte ihr einen Tropf an und ließ sie erst mal schlafen, um sie später näher zu befragen.

Am Brutkasten des Mädchens war ein Namensschild befestigt: Sofia Muratore. Der Vater besuchte es mehrmals am Tag. Erschöpft und verstört pendelte er zwischen Frau und Tochter hin und her und fragte sich, wer von beiden für das Leid der jeweils anderen verantwortlich war. Da er das Mädchen nicht anfassen durfte, beobachtete er es lange durch die Glasscheibe und wusste nicht recht, ob er es ins Herz schließen, wunderschön oder monströs finden sollte – wie das bei Neugeborenen oder tropischen Amphibien eben so ist.

Die Krankenschwester gewöhnte sich an, nachts, wenn niemand sie sah, mit Sofia zu reden. Sie setzte sich neben den Brutkasten und erzählte. Es war, als würde sie mit ihren Balkonpflanzen reden: Gut möglich, dass es nichts half, aber ihr tat es gut, und dem Mädchen konnte es zumindest nicht schaden. Nacht um Nacht erzählte sie Sofia einfach alles: vom Bauernhof, auf dem sie aufgewachsen war. Vom Leben bis zu ihrem dreißigsten Lebensjahr. Vom Priester, der sie davon überzeugt hatte, ihre Berufung zu ergründen. Von den grausamen Nonnen auf der Krankenpflegeschule. Von dem Tag, als sie in die Stadt gekommen war und beim Anblick ihrer Wohnung geweint hatte. Sie hatte sich eine gewisse Härte zulegen müssen. So wie dem Blut, dem Erbrochenen, dem Kot, den entzündeten Wunden gegenüber – all dem, was man eben so zu sehen bekommt, wenn ein Körper aufplatzt, von Krankheit heimgesucht oder durch einen Unfall verstümmelt worden ist, und man den Blick nicht abwenden darf. All das erzählte sie ihr in möglichst einfachen Worten.

Als sie eines Nachts mit Sofia sprach, hörte sie ein Hupen, trat ans Fenster und sah den Lieferwagen des Mannes auf dem Parkplatz stehen. Die Scheinwerfer flammten auf, aber sie rührte sich nicht von der Stelle. Sie blieb, wo sie war, damit ihre Botschaft auch ankam. Er stieg aus dem Lieferwagen, schaute zum Fenster hinauf, rauchte eine Zigarette, um die Kippe anschließend wegzuwerfen und auszutreten, als würde er sie damit meinen. Dann stieg er in den Lieferwagen, wendete und fuhr davon.

»Sofia«, sagte die Krankenschwester laut hörbar, »weißt du, was das ist, eine Geburt? Ein Schiff, das in den Krieg zieht.«

Noch am selben Morgen verkündete der Kinderarzt, das Mädchen sei außer Lebensgefahr, und endlich wurde es seiner richtigen Mutter übergeben.

Eine Piratengeschichte

An einem gewissen Punkt ihrer Ehe beschließen Sofias Eltern, sich nicht zu trennen, sondern den Wohnort zu wechseln, Mailand zu verlassen und ins Grüne zu ziehen – irgendwohin, wo es anders und weit genug weg ist, um ihnen das Gefühl eines Neuanfangs zu vermitteln. Im Frühling des Jahres 1985 finden sie eine kleine Neubauvilla in einer Siedlung, die mitten in einem Park liegt: Sie machen einen Rundgang durch Haus und Garten. Um die Aussicht zu bewundern, erklimmen sie anschließend einen kahlen Hügel, an dessen Fuß der Teich liegt, nach dem die ganze Siedlung benannt worden ist.

Als Sofia diese Geschichte an einem Sonntagvormittag weit in der Zukunft erzählt, sagt sie, dass ihr Lagobello von dort oben wie ein Märchen vorgekommen ist. Damals hat sie noch nicht gewusst, wie sehr sie den Ort als Heranwachsende einmal hassen wird. Mit acht wünscht sie sich einen Hund, ein Baumhaus, allein mit dem Rad die Gegend erkunden zu dürfen und dass sich ihre Eltern wieder vertragen. Sie hat bereits einige Ehekräche miterlebt, und auch wenn ihr der Grund dafür ein Rätsel ist, hat sie das Motiv für diese Ausflüge verstanden: Zwischen den Eltern liegt etwas im Argen, und in dem neuen Haus soll alles besser werden. »Bitte, bitte!«, denkt sie. »Bitte mach, dass es diesmal klappt.«

Als Erwachsene wird sie die Dächer und Schornsteine beschreiben, die mit Kies in den Rasen gemalten Wege, die Art, wie die Garagentore die Sonne reflektieren. Während der Immobilienmakler auf die Alpen am Horizont zeigt, streckt Sofias Mutter die Hand nach dem Vater aus. Ohne angesprochen oder berührt worden zu sein, aber doch so, als hätte er irgendein Signal empfangen, nimmt er die ihre und drückt sie – für Sofia der Beweis, dass ihre Gebete wirklich erhört worden sind.

In jenem Sommer, kurz nach dem Umzug, als die Wände noch nackt und die Bücher noch in den Kisten sind, kommt Roberto mit einem kleinen Jungen aus dem Büro. Oscar ist der Sohn eines alten Freundes, der ihn gebeten hat, das Kind aufzunehmen, weil sich der Gesundheitszustand seiner Frau verschlechtert hat. Auch sie ist eine Freundin, aber irgendwie anders: Ihr geht es schon so lange schlecht, dass sich inzwischen alle an ihren Anblick ohne Haare und das aufgedunsene, gelbliche Gesicht gewöhnt haben und sie sich auch so vorstellen, wenn sie mit ihr telefonieren oder über sie reden – ganz so als wäre das ihr ursprüngliches Aussehen. Keiner ist so naiv zu glauben, dass sie wieder gesund wird, trotzdem hat man sich der Illusion hingegeben, dass sie diesen Drahtseilakt durchhalten, krank, aber weiterhin am Leben sein kann – und wenn schon nicht für immer, dann doch für eine gewisse Zeit. Aber jetzt überstürzen sich die Ereignisse.

»Da sind sie ja!«, sagt Rossana, als sie das Auto vom Küchenfenster aus entdeckt. Im Haus ist der Tisch für vier gedeckt, und auf dem Herd steht ein Topf. Sie drückt die Zigarette in der Spüle aus und ergänzt: »Vergiss nicht, was du mir versprochen hast.«

Um zu zeigen, wie gut sie sich alles gemerkt hat, öffnet Sofia die Tür und stellt sich auf die Schwelle. Als Erwachsene wird sie die Szene anderswo vorspielen und ihrem Publikum das Mädchen von jenem Abend zeigen: an den Türrahmen gelehnt, die Hände hinterm Rücken verschränkt und die Brust vorgestreckt – genau wie die Mutter den Vater empfängt, seit sie nach Lagobello gezogen sind. Die Karikatur einer Ehefrau, die umso grotesker wirkt, weil sie eine Brille trägt, deren rechtes Glas abgeklebt worden ist, um ihr Schielen zu korrigieren. Am Ende des Weges tritt Roberto das Gartentor auf, bepackt mit seiner Aktentasche, Oscars Rucksack und einem Sack Dünger, den er gerade aus der Gärtnerei geholt hat. Er küsst seine Tochter auf die Stirn und betritt das Haus, wobei er es ihr überlässt, den Gast hinter ihm zu begrüßen.

»Hallo«, sagt Sofia, »hast du Hunger?«

»Kommt ganz drauf an«, erwidert Oscar. »Was gibt's denn?«

»Fleischklößchen mit Kartoffelpüree. Das Püree hab ich gestampft. Und zum Nachtisch Eis.«

»Was ist mit deinem Auge los?«

»Ach, dem geht es gut, aber das andere ist ein bisschen faul. Ich muss es trainieren, damit es auch allein funktioniert, sonst hört es auf, sich anzustrengen.«

»Darf ich mal sehen?«

»Klar«, sagt Sofia genauso lässig, wie sie sich in ein paar Jahren ausziehen wird. Sie schiebt die Brille auf die Stirn und versucht, ihr linkes Auge zu kontrollieren. Doch weil sie aufgeregt ist oder schon so lange nichts sehen konnte, klappt es nicht so, wie es soll.

»Geil!«, sagt Oscar. »Wie machst du das bloß?«

»Ich mach doch gar nichts.«

»Echt nicht?«

»Das mit deiner Mama tut mir leid«, sagt Sofia, ihr ist gerade der Satz eingefallen, den sie sich zurechtgelegt hat. Oscar fühlt sich überrumpelt. Er zuckt nur mit den Schultern und versetzt der Eingangsstufe einen Tritt mit der Schuhspitze, als sie auch schon aus der Küche zu Tisch gerufen werden.

Dieser Abend hält noch weitere Entdeckungen für Oscar bereit. Um zehn setzt sich Rossana zu Sofia ans Bett, nimmt ihr die Brille ab, verstaut sie im Etui und führt einen Finger an ihre Nasenspitze. Langsam zieht sie den Finger wieder zurück, während Sofia sich zwingt, ihn zu fixieren. Sie wiederholen die Übung mehrmals, bis Roberto schließlich zu einem weiteren Ritual zu ihnen stößt: Sie sprechen ein Vaterunser, ein Ave-Maria und ein von Rossana improvisiertes Gebet, in dem sie sich für den Tag und die Ankunft des neuen Freundes bedankt und für alle um eine gute Nacht bittet.

»Amen«, sagt Sofia. Rossana beugt sich über sie und gibt ihr einen Gutenachtkuss. Sie hält es für angebracht, auch Oscar zu küssen, nur dass er nicht weiß, wie er darauf reagieren soll. Es ist ihm peinlich, und er zieht die Bettdecke bis unters Kinn und schließt die Augen. Dann wird endlich das Licht gelöscht, und die Erwachsenen verlassen das Zimmer.

»Machen die das immer so?«, fragt er, als die beiden fort sind.

»Wie meinst du das?«

»Das viele Lächeln und Küssen.«

»Früher war es anders«, sagt Sofia. »Früher haben sie ständig gestritten. Sie wollen sich Mühe geben und versuchen, sich wieder gernzuhaben, das haben sie versprochen.«

»Wer's glaubt!«, sagt Oscar und reibt sich die Stirn.

Sie liegen in zwei neuen Betten, in einem kleinen Zimmer, dessen Einrichtung erst vor wenigen Wochen aus einem

Katalog bestellt worden ist. Rossana und Roberto müssen sie die nächsten drei Jahre abbezahlen und haben mit Blick auf die Zukunft alles doppelt angeschafft: Seit einiger Zeit reden sie davon, noch ein Kind zu bekommen.

»Und was habt ihr euch da erzählt?«, fragt Oscar.

»Was meinst du?«

»Na, diese Gedichte, die ihr aufgesagt habt.«

»Du meinst die Gebete?«

»Ja. Die Gebete.«

Sofia dreht sich um und mustert sein Profil in der Dunkelheit. Sie hat noch nie jemanden kennengelernt, der nicht weiß, was Gebete sind. Durchs gekippte Fenster dringt Robertos Stimme: Er muss hinausgegangen sein, um den Rasen zu sprengen, und dabei einen Nachbarn getroffen zu haben.

»Die sind dazu da, um mit Gott zu reden«, erwidert sie, sie hat sich die Worte genau überlegt.

»Und was sagt ihr so zu Gott?«

»Zunächst einmal, danke. Wir danken ihm für das, was er uns schenkt, und bitten ihn um Verzeihung, wenn wir was Böses getan haben. Wenn wir dann noch einen besonderen Wunsch haben, bitten wir ihn, dass er ihn erfüllt.«

»Und, macht er das?«

»Klar«, sagt Sofia, weiß aber sofort, dass ihre Antwort voreilig war. Denn da ist noch die Sache mit dem Willen Gottes. Es ist alles nicht so einfach, doch sie traut sich nicht, sich zu verbessern. Sie hört, wie sich ihr Vater vom Nachbarn verabschiedet und den Wasserhahn aufdreht.

»Geil«, sagt Oscar, während ein angenehmer Duft nach feuchter Erde aus dem Garten zu ihnen emporsteigt.

Als Oscar sie am nächsten Tag aus dem Bett und dann aus dem Haus zerrt, die Jungs aus der Nachbarschaft zusammentrommelt und sofort das Kommando übernimmt, merkt Sofia schnell, dass sie ihn weder schonen noch sich zwingen muss, seine Freundin zu sein. Oscar ist mit seinen neun Jahren ein echter Wildfang, und der Altersunterschied, seine stets zerzausten, in der Sonne schimmernden Haare sowie die ganzen Abenteuergeschichten, die er kennt und wunderbar wiedergeben kann, machen ihn zu einem idealen Anführer und Gefährten. Als Erwachsene wird Sofia sich stets in solche Männer mit tiefen, wenn auch wechselnden Leidenschaften verlieben. Und Oscars Leidenschaft segelt 1985 unter schwarzer Flagge: In einem anderen Sommer werden Apachen-Krieger an der Reihe sein, danach die Räuber aus Sherwood Forest und die Goldsucher Alaskas, aber dies ist das Jahr der Piraten, und der Lagobello-Park ist wie dafür gemacht.

An diesem Punkt ihrer Darbietung wird Sofia einen Kreis in die Luft zeichnen, einen Teich mit einer kleinen Insel, die durch eine Holzbrücke mit dem Festland verbunden ist. Ein unbefestigter Weg, der in regelmäßigen Abständen von Bänken und Laternenmasten unterbrochen wird, führt um den Teich herum und zwischen zwei gerade erst angepflanzten Strauchreihen den Hügel hinauf. Diese künstliche Landschaft, die ebenfalls aus einem Katalog für Parks und Gärten bestellt worden ist und eigentlich ein Ort innerer Einkehr sein sollte, verwandelt sich dank Oscar in die Karibik zu Beginn des achtzehnten Jahrhunderts – von europäischen Kolonialmächten umkämpft und von Gesetzlosen heimgesucht. Unter seiner Führung werden mehrere wohlgenährte Einzelkinder, die in Wohnungen aufgewachsen und allergisch auf Pollen und die Sonne sind – unfähig, eine Wespe von einer Biene zu unterscheiden –, an Bord zweier miteinander verfeindeter Schiffe gehen: Eine Besatzung aus einfachen Matrosen, Unteroffizieren und Offizieren kämpft gegen eine wilde Horde ohne militärische Hierarchien, bei der Oscar die Rollen des Steuermanns, Kanoniers, Wachpostens, des Bootsmanns und Quartiermeisters vergibt, die des Kapitäns allerdings für sich beansprucht. Die Regeln sind denkbar einfach: Die englische Marine hat die Aufgabe, Tortuga einzunehmen und es vom Lumpenpack zu befreien, während die Piraten Widerstand leisten, sich verstecken, angreifen, fliehen und die Insel in einer blutigen Schlacht zurückerobern müssen, sollten sie sie denn unglücklicherweise verloren haben. Das ist Oscars liebste Rolle. Er zieht sich auf den Gipfel des Hügels zurück und bereitet von dort aus den Rachefeldzug vor. Er arbeitet Strategien für Gegenangriffe aus, schickt Kundschafter aus, um die feindlichen Manöver auszuspionieren, kontrolliert Waffen und Munition, hält vor seinen Männern eine letzte Ansprache, und erst wenn sie es kaum noch erwarten können, wird geentert. Dann kann man zusehen, wie er den Hügel hinabstürmt, einen Zweig in der Faust, den er von irgendeinem kleinen Baum abgerissen hat, und brüllt: »Zum Angriff, ihr Kanaillen!«, »Es lebe die Freibeuterei!« oder »Auf in den Kampf, Korsaren!«.

Bis auf Sofia sind seine Piraten ausnahmslos Jungs. Die Mädchen beherrschen einen anderen Teil des Parks, den mit den Schaukeln. Und so kommt es eines Abends zwischen den beiden zu einer Diskussion.

»Ich könnte was anderes machen«, schlägt Sofia vor. »Die Wunden versorgen oder so. Ich könnte Salben herstellen, Verbandsmaterial. Und die Insel in Ordnung halten.«

»Würde dir das denn Spaß machen?«

»Ich glaube schon.«

»Mehr, als in die Schlacht zu ziehen?«

»Das vielleicht nicht gerade, aber es wär einfach normaler, meinst du nicht?«

Oscar schaltet die Nachttischlampe ein, verlässt das Bett, macht seinen Schulrucksack auf und holt ein Buch heraus – einen Schatz, den Sofia nie mehr vergessen wird: Es hat einen festen schwarzen Einband ohne Abbildungen, Seiten mit Goldschnitt und ein rotes Lesebändchen, von seinem gewichtigen Titel ganz zu schweigen: *Umfassende Geschichte der Räubereien und Mordtaten der berüchtigten Piraten* von Kapitän Charles Johnson. Oscar legt es aufs Kissen und streicht so zärtlich darüber, als wollte er es vom Staub der Jahrhunderte befreien.

»Es ist sehr alt«, sagt er. »Schau nur!«

Während er es langsam durchblättert, bewundert Sofia die Tuscheporträts von furchterregenden Kapitänen: lange, zu Zöpfen geflochtene Bärte und wilde Blicke. Einigen fehlt ein Auge oder eine Hand, und alle tragen große Hüte und goldene Ohrringe.

»Da!«, sagt Oscar und hält das Buch ins Licht. Es ist bei einem der letzten Kapitel aufgeschlagen. Die Zeichnung, die Sofia hingehalten bekommt, zeigt eindeutig das Porträt von zwei Pirat*innen*. Beide tragen zerfetzte Hemden, die den Blick auf ihren Busen freigeben – ein Detail, das Sofia sofort auffällt, weil sie es als unanständig empfindet. Die eine hat eine Pistole in der Hand, die andere einen Säbel. Sie scheinen zu triumphieren, und wegen der Waffen und Hemden liegt der Gedanke nahe, dass sie gerade siegreich aus einer Schlacht hervorgegangen sind. Unter der Abbildung steht: »Anne Bonny und Mary Read, die beiden Geliebten von Käpt'n Calico Jack Rackham.«

»Darf ich das lesen?«, fragt Sofia staunend.

»Nur wenn du deinen Mund halten kannst.«

»Warum?«

»Wie, warum? Sieht man das denn nicht?«

Sofia fixiert die Zeichnung mit ihrem faulen Auge. Den schneeweißen Busen der beiden Frauen und auch das Wort »Geliebte«.

»Versprochen!«, sagt sie und streckt die Hand nach diesem Schatz aus.

Korsaren, Seeräuber, Freibeuter. Bei Tisch redet Oscar von nichts anderem mehr. Vom Leben der Piraten, von Namen, von denen sie noch nie etwas gehört hat: Henry Avery, Samuel Bellamy, William Fly, Edward Teach, genannt Schwarzbart. Von den Umständen, die sie zu Freibeutern gemacht, und von den blutrünstigen Raubzügen, die ihren Ruhm begründet haben. Rossana fühlt sich verpflichtet, hin und wieder eine Frage zu stellen, während Roberto nicht einmal so tut, als würde er zuhören. Im Fernsehen laufen die Abendnachrichten, und er hat die Fernbedienung neben dem Teller liegen, um den Ton lauter zu stellen, wenn ihm die vorbeiziehenden Bilder besonders wichtig vorkommen. Der Lira-Kurs ist gegenüber dem US-Dollar gefallen, auf zweitausendzweihundert Lire für einen Dollar. Eine Schlammlawine aus einem Bergwerk hat in Südtirol mehr als zweihundert Opfer gefordert. Das Dorf versinkt im Chaos, während ihm ein neunjähriges Kind die Bordregeln an Piratenschiffen erklärt: Die Rum-Rationierung, die Aufteilung der Diebesbeute, die Leibesstrafen bei Feigheit oder Verrat. »Es war ein hartes Leben«, sagt Oscar. »Trotzdem haben sich die Matrosen der Handelsschiffe schon vor dem Entern ergeben, weil sie auf ihren Schiffen Sklaven waren, während sie bei den Piraten selbst über sich bestimmen konnten und alle gleich waren. Deshalb wurde das Auftauchen des Jolly Roger am Horizont wie eine Befreiung gefeiert. Aber wir haben leider keinen«, sagt er, den Blick auf seine kalt gewordenen Spaghetti gerichtet. »Das ist das Einzige, was uns noch fehlt. Mist!«

»Was fehlt euch?«, fragt Roberto, der das ein oder andere Wort aufgeschnappt hat.

»Ein Jolly Roger.«

»Und das wäre? Ein Papagei?«

»Eine Flagge. Mit Totenkopf und zwei gekreuzten Knochen, du weißt schon. Manchmal war statt der Knochen auch was anderes drauf. Calico Jack hat sich für zwei Säbel als Erkennungszeichen entschieden, trotzdem hieß das Banner immer noch König Tod.«

»König Tod?«, fragt Roberto stirnrunzelnd und kümmert sich nicht weiter um die Nachrichten. Aus irgendeinem Grund findet er das Wort »Tod« aus dem Mund eines Kindes so obszön, dass er am liebsten laut schimpfen würde.

»Wir könnten im Schreibwarenladen nachfragen«, kommt ihm Rossana zuvor. »Vielleicht haben die so was.«

»Einen Jolly Roger kauft man nicht«, sagt Sofia. »Die Seeleute haben ihn selbst genäht, nachdem sie ihre englische oder französische Flagge eingeholt und beschlossen haben, Piraten zu werden.«

Oscar nickt feierlich. Sofia schaut ihre Mutter erwartungsvoll an. Am nächsten Morgen geht Rossana in die Stadt. Sie kauft einen Meter weißen und zwei Meter schwarzen Stoff und macht sich dann zu Hause unter Aufsicht der Kinder an die Arbeit. Sie hat noch nie zu Nadel und Faden gegriffen, außer um Knöpfe anzunähen. Aber sie war auf der Kunstakademie und hat sehr geschickte Hände. Mit dem Stift zeichnet sie einen Totenkopf und zwei Blitze, die Oscar sich als Wappen ausgesucht hat, auf den weißen Stoff. Sie schneidet die Zeichnung mit der Schere aus und näht sie auf den schwarzen Stoff. An den Ecken befestigt sie zwei Bänder, damit man die Flagge an einen Stock binden kann, und breitet sie dann auf dem Tisch aus, damit die Kinder sie in Augenschein nehmen können. Während sie das Banner auf einem Stuhl stehend von oben betrachten, spürt Rossana eine seltsame Nervosität. Sie sucht in ihrer Handtasche nach Zigaretten, findet das Feuerzeug nicht. Oscar fährt über die Nähte und streicht den Stoff glatt, wo er Falten wirft.

»Perfekt«, sagt er schließlich. Er packt den Jolly Roger, gibt Rossana einen Kuss auf die Wange und rennt mit Sofia im Schlepptau nach draußen, um zu überlegen, wie er die Flagge auf dem Dach der Hütte hissen kann.

Rossana bleibt allein in der Küche zurück, mitsamt der erloschenen Zigarette und ihrem Herzklopfen. Es ist so gar nicht typisch für sie, sich spontan einzubringen. Roberto nennt das inzwischen den »Oscar-Effekt«: Er hat etwas mit der Stimmung seiner Frau und den Überraschungen zu tun, mit denen sie ihn nach der Arbeit empfängt. Eines Abends ist der Tisch wie für eine Geburtstagsfeier gedeckt gewesen, mit Plastiktellern, bunten Servietten, Limo und Pommes, während die drei im Garten Fangen gespielt und sich gegenseitig mit dem Schlauch nass gespritzt haben. Er hat gesehen, wie Rossana Oscar morgens anzieht, küsst und knuddelt, sich nach seinen Wünschen erkundigt, als würde sie ihn schon im Vorfeld für alles entschädigen wollen, was ihm einmal fehlen wird, wenn er ohne Mutter aufwachsen muss. Er weiß nicht genau, ob das dem Jungen wirklich guttut. Doch einstweilen genießt er den entspanntesten Sommer seit ihrer Hochzeit.

Doch wie war sie denn vorher? Bevor Oscar gekommen ist, wie hat das Leben da ausgesehen? Es gibt Szenen aus jenem letzten Winter, die Sofia nie mehr vergessen wird: Rossana im Bett, bei heruntergelassenen Rollläden am helllichten Tag, die Luft rauchgeschwängert, man sieht im dunklen Zimmer nur noch die Zigarettenglut. Roberto, der auf dem Seitenstreifen einer Autobahn davonmarschiert, nachdem er bei einem Streit einfach angehalten hat und ausgestiegen ist, um seine Wut abzureagieren. Bilder, die sich so tief in Sofias Gedächtnis eingeprägt haben wie die Buchstabenkarten des Alphabets in der ersten Klasse: eine Traube, um das T zu lernen, ein bunter Schmetterling für das S, ein roter, in der Dunkelheit pulsierender Punkt für Depression, die die Haare raufenden Hände ihres Vaters für Weißglut. Was sie betrifft, wird sie erzählen, dass sie genau damals angefangen hat, alles zu tun, damit sie nicht dasselbe Schicksal erleidet. »Denn ich war wie sie«, wird sie sagen, »war dabei zu lernen, eine Frau wie sie zu werden.« Sie wird erzählen, dass ihr Leben als burschikoses Mädchen, ihre Verbrüderung mit Jungs, damals begonnen hat, mit den Blankwaffen-Attacken, als sie hinter Oscar den Hügel hinabgestürmt ist und dabei ihren ganzen Mut zusammengenommen hat, um ihn zu erobern. Dabei hat sie sich vorgestellt, seine Piratenbraut zu sein, wie es Anne Bonny oder Mary Read für Calico Jack Rackham gewesen sind.

Um sie herum erlebt Lagobello seine unwiederbringliche Pionierzeit. Frisch verheiratete Ehepaare sind die ersten Siedler, die Immobilienmakler ihre Anwerber. Der Samstagmorgen wird zuverlässig vom Hupen eines Umzugswagens eingeläutet: Dann treten die Ehefrauen der Siedlung ans Fenster, in einen Bademantel gehüllt und die Frühstückstasse in der Hand, um die neuen Nachbarn zu begutachten, zu überlegen, welchem

Beruf sie nachgehen und woher sie wohl kommen, und auch um zu gucken, in welches der letzten, noch unbewohnten Häuser sie einziehen werden. Die Männer bekommen das kaum mit, sie sind zu beschäftigt mit den Gebrauchsanweisungen für Haushaltsgeräte, mit dem Winkelschleifer, dem Tacker, dem metallenen Duschschlauch und der Laubsäge – lauter Dinge, die sie vermeintlich nötig haben, die dann aber nach ein-, zweimaligem Gebrauch im Keller verstauben. Auch die Neuankömmlinge schauen im Vorbeigehen woandershin. Sie betrachten die Gärten, die vor einigen Monaten noch alle gleich aussahen und jetzt beginnen, ihren Besitzern zu ähneln. Jede gepflanzte Blume, jedes auf dem Rasen vergessene Spielzeug ist Teil einer größeren Geschichte, und man kann durchaus versuchen, diese Geschichte mit ihrer Hilfe zu rekonstruieren – mit einem Liegestuhl, einem Lavendel-Rosmarin-Beet, einem Plastiktisch mit vier Klappstühlen, einer Hängematte, einem Dreirad oder mit dem Fressnapf eines Hundes.

Nachts liegen die beiden Kinder noch lange wach. Schwer zu sagen, wann das Gespräch von der Piraterie auf die Religion kommt. Soweit Oscar das verstanden hat, dreht sich auch bei diesem Thema alles um den Tod: Ohne ihn bräuchte man weder zu beten noch in die Kirche zu gehen, noch allen zu gehorchen, die älter sind als man selbst, noch mit dem Fluchen oder Lügen aufzuhören. Aber wenn man schon sterben muss, ist es besser, man hat eine Vorstellung davon, wo man anschließend landet – in der Hölle oder im Paradies. Das gefällt ihm sehr. Deshalb ist es auch so wichtig, wie man sich auf Erden verhält: damit Gott dann die guten und die schlechten Taten gegeneinander aufrechnen und entscheiden kann, wo er einen hinschickt.

»Stimmt's?«, fragt er.

»So ungefähr«, erwidert Sofia.

»Und dort bleibt man dann für immer?«

»Genau. Das ist das ewige Leben.«

»Und dieses Paradies, wie ist das so?«

»Das Paradies«, erzählt Sofia, »ist nicht für jeden gleich, sondern von Mensch zu Mensch verschieden. Wenn du das Meer liebst, wird dein Paradies aus einem Strand bestehen, an dem immer Sommer ist. Wenn du gerne isst, wird es ein Tisch sein, auf dem immer deine Leibspeisen stehen. Und immer so weiter.«

»Dann weiß ich, wie das Paradies meiner Mutter aussehen wird«, sagt Oscar. »Es ist eine Bergwiese mit einem Bach und vielen Blumen, darum herum nur Leute, die sie mag. Eigentlich mag sie Leute nicht besonders, Tiere und Bäume sind ihr lieber. Das Paradies von meinem Vater ist eine Formel-1-Rennstrecke«, fügt er hinzu. »Mit einem Ferrari ganz für sich alleine, mit dem er fahren kann, wann er will. Meines wäre eine tropische Insel. Besser gesagt ein Atoll im Pazifik. Mit einem Vulkan, Dschungel und einer Felsenküste. Außerdem gibt es dort zwanzig Meter hohe Wellen.«

»Meines auch«, sagt Sofia.

Und nachdem sie sich das Paradies ausgemalt und um Krokodile, Pythons, fleischfressende Pflanzen, Taranteln und Schwarze Witwen ergänzt haben, kommen sie auf den unangenehmen Teil zu sprechen. Und die Hölle? Wie ist die Hölle?

Sofia weiß nicht genau, ob sie die Antwort auf diese Frage kennt. Von der Hölle ist ihr nie viel erzählt worden. Sie weiß nur, dass die Teufel und Flammen erfunden sind, aber nicht, was es stattdessen gibt. Das Schlimmste an der Hölle scheint ihr vor allem zu sein, dass man nicht weiß, wie es dort ist.

»Meiner Meinung nach ist sie folgendermaßen«, ergreift Oscar die Initiative. »Wie das Paradies, bloß genau andersrum. Auch die Hölle muss von Mensch zu Mensch verschieden sein. Sie besteht aus dem, was einem am allermeisten Angst macht. So wie wenn man träumt, in einen Abgrund zu stürzen oder zu ertrinken, wenn du verstehst, was ich meine. Stell dir einen Albtraum vor, aus dem man nie mehr erwacht.«

»Vielleicht hast du recht.«

»Wovor hast du Angst?«

»Ich? Davor, allein zu sein.«

»Wie meinst du das? Allein zu Hause?«

»Nein, der Ort spielt keine Rolle. Im Grunde überall. So wie damals, als ich mich als kleines Kind im Supermarkt verlaufen habe. Ich hab mich umgedreht, und meine Mama war weg. Ich hab sie gesucht, aber nicht mehr gefunden. Die Kassiererinnen mussten sie ausrufen. Als ich sie gesehen habe, hab ich ihr eine Ohrfeige verpasst – vor lauter Angst.«

»Du hast deine Mutter geohrfeigt?«

»Ja.«

»Dann muss das deine Hölle sein: ein Ort, an dem du dich ständig verläufst.«

»Kann sein. Und wovor hast du Angst?«

»Ich? Vor gar nichts«, sagt Oscar. Er verschränkt die Hände im Nacken und schaut zur Zimmerdecke, als wäre sie der Sternenhimmel, den er von der Kommandobrücke seines Schiffes aus betrachtet. »Vermutlich werde ich es dort feststellen: Wie die Hölle aussieht, werde ich erst wissen, wenn ich dort ankomme.«

(Jahre später, als sie für einen Theaterworkshop eine Liste mit Kindheitsängsten macht, wird Sofia wieder an dieses Gespräch zurückdenken. Als Erstes wird sie natürlich »Angst vor Scheidung« hinschreiben. Dann »Entführung«, wegen des entführten Kindes, dessen Foto die Nachrichten des Jahres 1987 beherrscht: eines von diesen Fotos, auf denen die Leute lachen, die dann aber für eine Todesanzeige benutzt werden, sodass dieses Lachen eine ganz andere Bedeutung bekommt. Und Roberto wird sie damit aufziehen, indem er sagt: »Wer will dich schon entführen? Wir sind schließlich nicht reich.« Rossana dagegen wird denken, dass das bloß so eine Ausrede ist, um nicht zu Bett gehen zu müssen. An dritter Stelle wird »Tumor« stehen: nicht die Angst, dass sie selbst einen bekommt, sondern die Eltern. Eine weitere Variante ihrer einzigen, alles überwältigenden Angst, verlassen zu werden, wie ihr der Theaterlehrer – kaum dass er die Liste gelesen hat – klarmachen wird. Und da wird sich Sofia an jene Nacht zurückerinnern. Daran, dass sie zu Oscar gesagt hat: »Angst? Ich? Davor, allein zu sein.« Daran, wie brüchig ihr angebliche Sicherheiten schon als Kind vorgekommen sind: Die Familien waren wie U-Boote, die durch willkürliche Katastrophen unter Beschuss genommen wurden, durch Tiefenbomben, die bei einer Seeschlacht zwischen Mensch und Gottes unergründlichem Ratschluss vom Himmel fielen.)

Die Gebete sind ihr Geheimnis. Sie sagen sie auf den Knien, von gegenüberliegenden Seiten des Bettes aus, damit Oscar Sofia anschauen und ihre Gesten nachahmen kann. Er lernt, das Kreuz zu schlagen, und den gesamten Text des Vaterunsers. Dann fragt er: »Und mehr gibt es nicht?«

»Na ja, es gibt wahnsinnig viele.«

»Dann bring sie mir bei.«

Es ist nicht leicht, ihn davon zu überzeugen, dass es darum nicht geht. Die Macht der Gebete, erklärt Sofia, hängt nicht davon ab, wie viele man kennt. Ein Gebet ist kein Zauberspruch, und die Worte allein nutzen gar nichts. Was zählt, ist man selbst, während man sie aufsagt: Wenn man es schafft, sich richtig zu konzentrieren, allen Ablenkungen zu widerstehen und nur an das zu denken, was man sich von Gott erbittet, gibt es eine realistische Chance, dass er einen erhört. Auch schon nach einem einzigen Gebet. Ansonsten kann man auch eine Million Gebete kennen, aber genauso gut gegen eine Wand reden.

Oscar beginnt, sich in Konzentration zu üben. Er schließt die Augen, stützt die Ellbogen auf die Matratze und faltet die Hände fest vor der Stirn. Jetzt kann sich Sofia nicht mehr konzentrieren. Sie starrt auf seine Lippen, die sagen: »Dein Reich komme und dein Wille geschehe.« Die sagen: »Erlöse uns von dem Bösen, amen.« Und während er mit der Inbrunst des Bekehrten einen nagelneuen Gott anfleht, ihn anfleht, seine Mutter von ihrer Krankheit zu heilen, erinnern Sofias Gebete eher an ein Gespräch unter Freunden. Sie weiß, dass kleine Wünsche leichter zu erfüllen sind, deshalb korrigiert sie Oscars Bitten, indem sie die Messlatte tiefer hängt. »Bitte!«, denkt sie, »lass sie noch eine Woche leben. Sieben Tage, was ist das schon für dich? Nimm ihn mir nicht ausgerechnet jetzt weg. Wenn du mich liebst – und ich bin mir sicher, dass du mich liebst –, dann mach, dass ich noch ein bisschen länger mit ihm zusammenbleiben kann.«

Noch am gleichen Tag werden sie erfahren, ob die Gebete funktioniert haben. Als der Moment kommt, ist es fünf: Rossana tritt ans Fenster und ruft Oscar ans Telefon. Und Oscar hält mitten in der Schlacht inne. Verschwitzt und verdreckt zieht er die Nase hoch, schaut Sofia an und sagt: »Wart hier auf mich!« Dann rennt er ins Haus.

Da geschieht etwas mit den Kindern. Das Spiel findet vorläufig ein abruptes Ende.

Kapitän Kidd und Kapitän Moody – der eine ein versierter Baumkletterer, der andere ein unfehlbarer Schlammschleuderer –, Maynard, der Leutnant des Linienschiffs, der wegen seiner roten Haare auf immer und ewig dazu verurteilt ist, den englischen Offizier zu geben, Kopfgeldjäger Barnet, stets in Begleitung seines gelben Hundes, die einfachen Matrosen und namenlosen Piraten, Kämpfer in der zweiten Reihe, weil sie zu ungeschickt, zu empfindlich sind, zu viel Angst haben, ihre Brille kaputt zu machen – sie alle bleiben, wo sie sind, und vermeiden es sogar, sich anzusehen. Zum Glück dauert es nicht lang. Nach wenigen Minuten taucht Oscar wieder auf, den Blick gesenkt und mit schleppendem Gang. Das liegt an der Verzweiflung, die ihn erfasst, wenn er seine Mutter am Telefon hört. Auf dem kurzen Weg vom Haus bis zum Teich verwandelt sie sich in Raserei: Kaum ist er wieder an Sofias Seite, greift er nach dem Stock, stößt Kriegsgeheul aus und übernimmt erneut die Führung, zu allem bereit, um sein Tortuga zurückzuerobern.

Sie wird verschwommene und gleichzeitig kristallklare Erinnerungen wie diese zurückbehalten. So wie die Familienfotos, die nichts Besonderes zeigen, sodass man nicht genau weiß, wann oder warum sie eigentlich gemacht worden sind. Doch Jahre später sind sie viel mehr wert als sämtliche Geburtstags- und Hochzeitsalben. Eine solche Erinnerung ist die von Roberto auf der Schwelle zur Küche. Während er sich die Hände an einem Geschirrtuch abtrocknet, beobachtet er Rossana im Flur. Sie telefoniert mit Oscars Vater. Es ist ein langes Gespräch, bei dem sie mehr zuhört als redet, das Feuerzeug und die Zigaretten auf dem Tischchen in Reichweite. Anfangs hat Roberto noch die Rolle des Vertrauten gehabt: Sie sind schließlich alte Freunde. Aber sie sind Männer, und ihre Beziehung beruht eher auf Handeln statt Reden: Sie können ihre Zuneigung nur zeigen, indem sie einander Geld leihen, auf den Sohn des jeweils anderen aufpassen, ins Auto springen und irgendwohin eilen. Probleme, für die es keine Lösung gibt und die nur Geduld und ein offenes Ohr erfordern, sind weibliches Terrain, und Rossana hat sich ihrer irgendwann angenommen. Deshalb liegt so etwas wie Bewunderung und Stolz in Robertos Blick. Weil diese Frau, die so schwach gewirkt hat und sich jetzt als so tapfer erweist, seine Ehefrau ist.

Eine andere Erinnerung ist die von Sofia und ihrer Mutter in der Badewanne. Sie sitzt hinter ihr und rubbelt ihr mit dem Massagehandschuh den Rücken, während Rossana ihr vom Krankenhausbesuch an diesem Tag erzählt.

»Sie bekommt also keine Medikamente mehr?«, sagt Sofia, während sie mit der Seife über den Handschuh fährt, um noch mehr Schaum zu erzeugen.

»Die Medikamente, die sie bisher bekommen hat, waren wie ein Gift«, erklärt Rossana. »Sie sollten den Tumor vernichten, haben ihr aber auch geschadet. Jetzt, wo sie sie nicht mehr nimmt, fühlt sie sich besser.«

»Heißt das, sie wird wieder gesund?«, fragt Sofia, obwohl sie ganz genau verstanden hat, dass der Abbruch der Chemotherapie das genaue Gegenteil bedeutet. Aber manchmal nutzt sie es aus, erst acht Jahre alt zu sein, um wie jetzt zusehen zu können, wie sich der Rücken ihrer Mutter versteift und sich ihre Rippen durch einen Seufzer weiten. Sie ist neugierig, was sie ihr antworten wird.

In einer Augustnacht wird sie von einem Gewitter geweckt. So starken Regen hat sie noch nie gehört. In Mailand war ihr Zimmerfenster doppelt verglast, sowohl über als auch unter ihr gab es andere Wohnungen, und das Gewitter war ein Geräusch, das man genauso ausblenden konnte wie die Alarmanlagen der Autos oder die Krankenwagensirenen. Doch hier bringen die Donnerschläge die Scheiben zum Beben. Der Wind fährt in die Regenrinnen und verursacht eine Art Heulen. Das ganze Haus scheint ein Kokon zu sein, der gerade noch standhält, aber jeden Moment nachgeben kann.

Trotzdem stellt Sofia fest, dass sie keine Angst hat. Kaum hat sie sich daran gewöhnt, leistet ihr der Gewitterlärm Gesellschaft. Sie mag weder Dunkelheit noch Stille, weil beides von Leere erfüllt ist, und diese Leere macht ihr Angst. Das Gewitter ist dagegen voll und kompakt, besteht aus Lichtern und Geräuschen, ist lebendig.

Sie bekommt Lust, mit Oscar zu reden, deshalb dreht sie sich zu ihm um und macht die Nachttischlampe an. Nur dass er nicht in seinem Bett liegt. Das Laken ist zerwühlt, das Kissen zerdrückt und zur Seite geschoben. Sofia betrachtet seine Kleider auf dem Stuhl: ein blaues, verblichenes T-Shirt und eine über den Knien abgeschnittene Jeans mit Grasflecken. Was, wenn er ihre Gesellschaft braucht? Sie steht auf, um ihn zu suchen.

Sie schaut unten in der Küche, im Wohnzimmer, im Bad, in der Abstellkammer, die als Waschraum dient, und in dem Raum nach, aus dem einmal das Arbeitszimmer ihres Vaters werden soll. Dann geht sie wieder nach oben und findet Oscar dort vor, wo sie ihn am wenigsten vermutet hätte: im Zimmer ihrer Eltern. Er liegt zwischen ihnen im Bett. Roberto beansprucht mehr als die Hälfte, er schläft mit offenem Mund, während sich sein Brustkorb hebt und senkt. Rossana hat sich mit dem Gesicht zur Wand auf der Seite zusammengekauert und sieht aus, als fröre sie. Ob er sie durch sein Auftauchen geweckt hat? Und was haben sie ihn wohl gefragt? Als Erwachsene wird Sofia sagen: »Von allen nur erdenklichen Ängsten hat er sich also vor Donner, Blitz und stürmischer See gefürchtet, der alte Pirat.«

Sie weiß nicht recht, ob ihr gefällt, was sie da sieht, ob sie auch gern mit ihnen in diesem Bett läge oder sie lieber mit einem Schrei zur Ordnung riefe. Dann fühlt sie sich dort auf der Schwelle wie ein Eindringling, so als würde sie eine fremde Familie ausspionieren. Deshalb lässt sie alle schlafen und geht wieder zurück in ihr Zimmer.

Vom letzten Tag wird sie nicht den Abschied schildern, sondern den Moment kurz davor: Es ist das Ende der täglichen Schlacht. Oscar führt eine Handvoll Überlebende in einem extremen Angriff zur Kommandobrücke, als Sofia in der Hütte, in der sie gefangen gehalten wird, sieht, wie sich ein Mann nähert. Er kommt ihr bekannt vor – vielleicht weil sie von Weitem an ihren Vater erinnert. Oscar und seine Getreuen sind umzingelt. Jetzt bleibt ihnen nichts anders übrig, als zu entscheiden, ob sie sich ergeben oder niedermetzeln lassen. Doch Sofias Aufmerksamkeit gilt in diesem Moment eher dem Fremden als der Schlacht. Er hat schütteres, ungekämmtes Haar und sieht sehr müde aus. Er trägt einen eleganten, aber zerknitterten Anzug, als hätte er darin geschlafen, und kaum hat er das Teichufer erreicht, zieht er sein Jackett aus, legt es über die Lehne einer Bank und setzt sich. Er öffnet die Manschetten seines Hemdes und krempelt die Ärmel bis zum Ellbogen hoch, dann bleibt er dort sitzen und schaut den Kindern beim Spielen zu. Er hat keine Eile, sie zu unterbrechen – im Gegenteil! Am liebsten würde er diesen Moment ewig hinauszögern: Oscar Pirat spielen lassen, ihm die schlimme

Nachricht ersparen und sich ein wenig in der Sonne erholen. Er bemerkt das Mädchen, das ihn beobachtet. Es ist in der schattigen Hütte an einen Pfahl gefesselt, und er erkennt die Tochter seines Freundes. Es trägt eine Augenklappe. Es ist enorm gewachsen, seit er es das letzte Mal gesehen hat. Warum müssen Kinder die Leute immer so anstarren? Weil die Erwachsenen ihnen einbläuen, dass man Leute nicht anstarrt? Warum sollte man nicht anstarren, was einen interessiert? Der Mann lächelt Sofia aus der Ferne zu. Und sie lächelt zurück.

Kurz nach Oscars Auszug wird ein Fest gefeiert. In dem Sommer, in dem die letzten Häuser verkauft worden sind, ist die Lagobello-Siedlung beim Kataster registriert worden, und wo einst ein weißer Fleck war, befindet sich jetzt eine Ansammlung von Häusern mit einem Namen. Um den Anlass zu feiern, haben einige Bewohner ein Essen im Freien vorgeschlagen: Wär doch schön, wenn daraus mit der Zeit eine Tradition würde, heißt es. Und so decken die Männer eines Sonntags im September eine lange Tafel im Park, während die Frauen viel zu viel Essen zubereiten. Auch wenn es nicht das Dorffest ist, von dem so mancher geträumt hat, geben sich mehrere Leute, die noch nie zuvor ein Wort miteinander gewechselt haben, die Hand, und viele bleiben nach dem Kaffee noch sitzen, um weiterzuplaudern. Jemand geht ins Haus und kommt mit einer Flasche Likör zurück. Ein Radio wird auf den Sender eingestellt, der die Fußballmeisterschaft überträgt. Auf der Wiese sind leere Stühle zurückgeblieben, ein paar vereinzelte Kartenspieler und ein einziger Tisch, an dem es laut zugeht und um den die Kinder herumrennen.

Sofia hat sich darunter versteckt und lehnt mit dem Rücken an den Knien ihres Vaters. Umringt von den Beinen der Erwachsenen – die Frauen haben sich ihrer Schuhe entledigt und die Männer die Gürtel gelockert –, sieht sie ihren Freunden beim Spielen zu. Nach Oscars Abschied haben sie ein paar Mal versucht, wieder Piraten zu spielen, aber es hat nicht funktioniert: Die Kampfesrufe klangen schwach, und beim Nahkampf fehlte es an der nötigen Begeisterung. Auf einmal war alles bloß gespielt. Bis es irgendwann hieß: »Hat irgendjemand Lust auf Fußball?« Erleichtert hoben die anderen die Hände.

Doch an jenem Nachmittag – in der Pause, während sie im Tor waren oder der Ball im Aus – halten irgendwann alle inne und schauen zum Dach der Hütte empor, um einen Blick auf den alten Jolly Roger zu werfen. Er hat Regen und Sonne abbekommen, beginnt zu verschleißen und auszubleichen. Es werden noch ein paar Tage vergehen, bis ein Gärtner beschließt, ihn einzuholen. Aber im Augenblick flattert König Tod noch über den leeren Flaschen, dem nicht aufgegessenen, geschmolzenen Eis, den in die Wiese gewehten Servietten und über den in den Tassen zurückgebliebenen Kaffeeresten. Unweit davon, in den nach frischer Farbe riechenden Häusern, gehören letzte Mängel mittlerweile zum Alltag: die über Putz verlegte Leitung im Treppenhaus, das fehlende Stück Fußbodenleiste hinterm Sofa. Niemand kümmert sich mehr um sie, die Zeugen der Pionierzeit. Auch die Kinder werden ihr Kindheitsmausoleum bekommen. In gar nicht mal allzu ferner Zeit, wenn sie zahme Schildkröten und ausgewachsene Goldfische im Teich ausgesetzt, sich trotz der Verbote in akrobatischen Kopfsprüngen überboten, sich auf den Bänken Herzensangelegenheiten gebeichtet, sich endlos gelangweilt, Zigaretten und erotische Fantasien miteinander geteilt haben werden, ja nicht mal zu Zeiten von Schwarzteich, Scheißteich,

Kackteich werden sie ihre Insel je wieder ansehen können, ohne an jenen ersten Sommer zurückzudenken, ans goldene Zeitalter der Freibeuterei.

Noch am selben Abend entbrennt ein Streit zwischen Rossana und Roberto. Beide haben zu viel getrunken, und ein Funke genügt. Sofia hört, wie sie sich bislang ungesagte Worte an den Kopf werfen. Sie geht in die Küche und sieht ihre Eltern mit geschwollenen Adern, mit weit aufgerissenen Augen, darin pure Mordlust. Vor lauter Schreck rennt sie nach oben.

Als sie kurz darauf neben dem Bett kniet, hält sie mitten im Vaterunser inne. Sie hat das Gefühl, etwas falsch gemacht zu haben. Hat sie »Schuldigern« oder »Eltern« gesagt? Deren Geschrei ist bis hierher zu hören, und sie wiederholt diese neue Variante, um zu gucken, wie sich das anfühlt. »Und vergib uns unsere Schuld, wie auch wir vergeben unseren Eltern.« Sie weiß, dass das Gotteslästerung ist, aber sie bleibt ungerührt. Alles nur Worte, sie haben nicht dafür gesorgt, Oscars Mutter gesund werden zu lassen oder ihr Oscar zu erhalten. Genauso wenig werden sie jetzt dafür sorgen, dass die beiden verstummen. Sie steht auf, beschließt, dass Beten nutzlos ist und sie es nie mehr wieder tun wird.

Dann nimmt sie die Lampe vom Nachttisch und zieht das Buch unter der Matratze hervor, das Oscar ihr dagelassen hat. Nicht als kostbares Geschenk, sondern als Ausschuss, weil er am letzten Tag so wütend war, dass er von nichts mehr was wissen wollte – weder von der Hölle noch vom Paradies noch von Geheimnissen. Ja nicht einmal von seinem Schatz, der *Umfassenden Geschichte der Räubereien und Mordtaten der berüchtigten Piraten*. Sofia reißt den Schrank auf, wirft die Nachttischlampe hinein, zwängt sich zwischen Unterwäsche und aufgehängte Kleider und benutzt einen Stapel Pullover als Kopfkissen. Nachdem sie es sich so bequem gemacht hat, schaltet sie die Lampe ein und schlägt das Buch auf. Sie streckt einen Fuß aus dem Schrank und zieht damit erst eine und dann auch die andere Schranktür zu, damit ihr Zimmer nichts weiter ist als ein dunkler, unbewohnter Ort.

Zwei horizontale Mädchen

Die Kleine hatte sämtliche Postkarten mit ins Bett genommen. Sie nannte sie »Die Sammlung«. Sie lagen ausgebreitet auf der Decke und zwischen den Kissen, wo sie sie aneinanderreihen, untereinanderlegen und miteinander vertauschen, alphabetisch oder chronologisch sortieren und anordnen konnte, als wären es Städte und Länder, und die Matratze eine Landkarte. Die Große, die am Fuß des Bettes auf dem Boden lag, erklärte ihr gerade, dass man das kaum als »Sammlung« bezeichnen könne, da es bloß einen einzigen Absender gebe, nämlich ihren Vater. Doch das war längst nicht alles: Mit einer enormen Willensanstrengung streckte sie die Hand von Linoleum- auf Betthöhe und ließ sich die ersten drei, vier, fünf Karten der Reihe reichen. Das Zimmer, in dem sie sich befanden, wurde von der Farbe Weiß dominiert: weiße Wände, weiße Bettdecken und Kopfkissen, weiße Vorhänge vor den Fenstern, weiß auch der Verband um die Handgelenke der Kleinen. Die Große öffnete angestrengt das rechte Auge wie eine Schiffbrüchige, die ganz geblendet ist von diesen vielen Karten. Dann überprüfte sie die Briefmarken und Poststempel und fragte die Kleine, warum die Karten ihrer Meinung nach allesamt vom Postamt Verona-Ost kämen, obwohl Amsterdam, Aosta, Athen, Bangkok und Berlin darauf vermerkt sei. Sie war sogar schon drauf und dran, ihr zu erklären, dass ihr Vater weder

Archäologe noch Forscher noch ständig für den Geheimdienst unterwegs sei, sondern bloß ein Ehemann, der seine Frau verlassen hatte, um ein neues Leben anzufangen – vermutlich mit einer Jüngeren aus der Umgebung von Verona oder so. Dann wurde ihr beim Gedanken an die Familie, an Familie überhaupt, plötzlich schlecht, und sie sagte nur: »Ach, was soll's, mir ist das scheißegal, von mir aus könnt ihr alle verrecken. Ich muss mich schwer zusammenreißen, um nicht zu kotzen.«

Vielleicht hatte die Kleine sie verstanden, vielleicht auch nicht. Vielleicht wusste sie ohnehin längst alles, vielleicht hatte sie auch das Wort »verrecken« gehört und war daher schockiert in Tränen ausgebrochen. Sie lag inmitten dieser Hauptstädte auf dem Bauch und schluchzte und wimmerte und konnte gar nicht mehr aufhören.

»Bitte, bitte, bitte, ich fleh dich an«, sagte die Große mit zusammengekniffenen Augen, die Finger an die Schläfen gepresst. »Mir bohren sich auch so schon eine Million glühende Nägel in den Kopf.«

Daraufhin weinte die Kleine noch lauter. Während sie ihr Bedürfnis verfluchte, um jeden Preis die Wahrheit zu sagen, hörte die Große ein rhythmisches, ihr wohlbekanntes Geräusch aus dem Flur: Gummilatschen im Anmarsch. Sie durchquerten den ganzen Flur und blieben wenige Schritte von ihrem Kopf entfernt stehen, direkt hinter der Zimmertür. Die Große hielt die Luft an. Sie stellte sich vor, wie die Krankenschwester die Vor- und Nachteile eines Einschreitens gegeneinander abwog, indem sie das Ohr an die Tür legte und sich fragte, ob dieses Schluchzen ausreichte, um reinzukommen und nachzuschauen. Oder ob es therapeutisch nicht sinnvoller war abzuwarten, bis es von selbst verebbte. Da wurde die Kleine selbst aktiv, und da sie ihr Weinen nicht unterdrücken konnte, biss sie wie eine Löwin in ihr Kissen. Dem wohltuenden Aroma sauberer Wäsche gelang es, sie zu trösten. Waschpulver plus Weichspüler plus Bügeleisen: ein willkommenes Beruhigungsmittel, und kurz darauf hörte sie auf zu schluchzen. Die Große lauschte. Draußen schlug der Regen gegen die Fenster, drinnen tickte eine Uhr. Ein paar Betreuerinnen waren losgeschickt worden, die asphaltierte Straße mit dem Lieferwagen abzufahren, um nach ihr zu suchen und anschließend den einzigen Fluchtweg durch den Wald abzulaufen. Auch diese Station und der Schlafsaal würden systematisch durchsucht werden – Zimmer für Zimmer, Bett für Bett, Schrank für Schrank –, sobald die Betreuerinnen unverrichteter Dinge zurückgekehrt waren. Die Gummilatschen machten kehrt und liefen dorthin, wo sie hergekommen waren.

»Himmelherrgott noch mal!«, rief die Große, kaum dass die Krankenschwester sich entfernt hatte. »Ich brauch eine Zigarette.« Sie lag auf dem Boden, als hätte sie sich die Wirbelsäule gebrochen oder ein lebensbedrohliches Projektil zwischen den Rippen. »Mir bohren sich eine Million, eine Milliarde glühender Nägel in den Kopf.«

»*Isch* hab keine *Sch*igarette«, sagte die Kleine und lutschte auf Betthöhe an einem Kissenzipfel.

»Natürlich nicht«, sagte die Große. Ganz vorsichtig, als wäre sie nach wie vor Zielscheibe eines Scharfschützen, streckte sie ihre Rechte nach der Hosentasche ihrer Jeans aus. Sie zog ein durchsichtiges Plastikröhrchen hervor, das auf den ersten Blick an eine Kugelschreiberhülse erinnerte, bloß ohne Tintenreservoir. Außerdem war es in der Mitte durchgebrochen. Sie führte das Röhrchen an den Mund, hielt es zwischen Daumen und Zeigefinger und nahm einen langen, feierlichen Zug Frischluft. Sie hielt den Atem mehrere Sekunden lang an, bevor sie imaginären Rauch ausstieß. Dann neigte sie den Kopf nach rechts und nach links, ließ die Halswirbel knacken und dehnte die Nackenmuskulatur.

»Rauchst du einen *Kuli*?«, fragte die Kleine. Sie hatte nach wie vor den Kissenzipfel im Mund, lutschte aber nicht mehr daran, sondern kaute in unregelmäßigen Abständen darauf herum, während sie hochinteressiert beobachtete, was in Bodennähe vor sich ging.

»Das ist kein Kuli«, sagte die Große. »Das ist eine metaphysische Zigarette.«

»Was ist ›metaphysisch‹?«

»Etwas, das man nicht sieht, das aber trotzdem existiert, kapiert?«

»Und warum ›sollen wir alle verrecken‹?«

»Ach, das ist nur so ein dummer Spruch. So red ich halt. Ich sag ständig ›verreck‹, ›verreckt‹, ›ich verreck gleich‹ oder ›spring doch‹, ›bring dich doch um‹, ›bringt euch doch alle um‹, aber letztlich stirbt niemand. So kann ich etwas Dampf ablassen.«

Die Große nahm einen weiteren Zug von dem Röhrchen. Selbst während dieses Gesprächs lauschte sie wie ein Sonargerät in alle relevanten Richtungen. In den Hof, in die Flure und Patientenzimmer. Noch empfing sie kein ungewöhnliches Geräusch.

»Egal, und wie heißt du?«, fragte sie.

»Margherita«, erwiderte die Kleine.

»Das hab ich schon auf den Postkarten gelesen. Ein schöner Name für ein braves Mädchen, klingt aber ganz danach, als hätten ihn dir deine Eltern aufgezwungen.«

»Was meinst du damit?«

»Kennst du dich mit Indianern aus? Mit Rothäuten? Hast du schon mal was vom Stamm der Sioux gehört?«

»Ein bisschen was.«

»Dann hör mir gut zu! Versuch, dich zu konzentrieren und alles zu verstehen, denn ich hab keine Lust, dir alles noch mal zu erklären: Wenn ein Sioux auf die Welt kam, haben ihm seine Eltern einen vorläufigen Namen gegeben, damit sie wussten, wie sie ihn rufen mussten, solange er noch klein war, kapiert? Margherita zum Beispiel. Aber als er dann älter war und sich sein Charakter zeigte, hat ihn der Schamane seines Stammes eine Weile beobachtet, um den richtigen Namen für ihn zu finden. Weißt du, was das ist, ein Schamane?«

»Na klar, ein Medizinmann.«

»Sehr gut. Aber nicht der Schamane hat den Namen ausgesucht, er hat sich von sich aus gezeigt. Der Schamane war bloß ein guter Beobachter. Verstehst du den Unterschied? Verstehst du, dass niemand außer dir bestimmen kann, wer du bist?«

»Aber mir gefällt Margherita«, sagte die Kleine.

»Himmelherrgott! Man sollte dich der Wissenschaft zur Verfügung stellen. Du bist eine durchgeknallte Verrückte, die sich erst vor Kurzem die Pulsadern aufgeschnitten hat, heißt aber gern Margherita.«

Die Kleine schluckte. Sie wusste nicht recht, ob »durchgeknallte Verrückte« eine Beleidigung oder ein Kompliment sein sollte. Schließlich gewann ihre Neugier die Oberhand.

»Und wie heißt du?«, fragte sie.

»Jona«, sagte die Große.

»Ist das nicht ein Männername?«

»Das spielt überhaupt keine Rolle.«

»Seit wann heißt du so?«

»Seit jetzt. Seit zwei Sekunden. Seit drei, vier, fünf Sekunden. Hiermit erkläre ich, die ich hier auf dem Boden von

Margheritas Zimmer liege, feierlich, dass ich von nun an Jona heiße. Ich möchte Jona genannt werden, bis ich's mir anders überlege.«

»Und wie hast du vorher geheißen, wenn ich fragen darf?«

»Nein, das darfst du nicht fragen, weil dieser Name nicht mehr existiert.«

»Schade«, sagte die Kleine.

Während die Große sprach, hatte ihr hochempfindliches Gehör ein Signal aus dem Flur empfangen. Reifen auf Kies, in einer Pfütze, auf Schlamm und Gras: die Betreuerinnen, die von ihrer Suche zurückkehrten. Der Lieferwagen hielt, dann drangen Stimmen bis zu ihr vor. Ihr blieb nicht mehr viel Zeit. Die Große nahm einen weiteren Zug von dem Röhrchen.

»Wie dem auch sei, Margherita, entschuldige die Störung. Ich hab nur eine kleine Luftveränderung gebraucht.«

»Wie geht's deinen Kopfschmerzen?«, fragte die Kleine.

»Besser.«

»Darf ich auch mal probieren?«

»Was denn?«

»Die *mega*physische Zigarette.«

»Kommt gar nicht infrage.«

»Verreck!«, sagte die Kleine.

Die Große versuchte, ihre Fußgelenke zu dehnen. Sie befahl den Knöcheln zu kreisen, und sie gehorchten. Es ging ihr schon besser. Sie war jetzt bereit, die Konsequenzen des von ihr ausgelösten Alarms zu tragen.

»Hörst du dieses Geräusch?«, fragte sie.

Auf Betthöhe lauschte die Kleine. Am Ende des Flures waren ein Paar Gummilatschen und ein Paar Schuhe mit Absätzen zu hören. Sie legten ein paar Meter zurück, klopften an eine Tür und betraten ein Zimmer, um sich dort umzuschauen. Sie warteten nicht, dass jemand »Ja bitte« sagte. Das Klopfen war eine reine Höflichkeitsgeste.

»Ja«, sagte sie, »ich höre es.«

»Das klingt nach ganz normalen Pumps mit acht Zentimeter hohem Absatz, aber in Wahrheit sind es Folterinstrumente. Weißt du, wer sie trägt?«

»Nein.«

»Du wirst sie gleich kennenlernen. Sie lassen dich hier erst ein paar Tage allein, bevor sie sie dir vorstellen. Dann bist du so erleichtert, wieder einen Menschen zu sehen, dass du ihr alles sagst, was sie von dir wissen will.«

»Wieso? Was will sie denn wissen?«

»Na, was glaubst du wohl?«

»Sag du es mir!«

»Sie findet vor allem deine kleinen Obsessionen faszinierend. Deine Begeisterung für Postkarten wird ihr brutal gefallen, das schwör ich dir.«

»Bist du sicher?«

»Scheiße noch mal, Margherita«, sagte die Große. »Himmelherrgott, was wird sie wohl deiner Meinung nach wissen wollen?«

Die Kleine schloss die Faust um einen Lakenzipfel. Ihr kamen schon wieder die Tränen, aber sie wollte nicht weinen. Sie unterdrückte ein Schluchzen und sagte: »Keine Ahnung. Keine Ahnung, was sie wissen will. Keine Ahnung, was ich darauf antworten soll. Dabei wüsste ich's so gern.«

Die Große seufzte. Vorsichtig ließ sie den Hinterkopf mehrmals auf den Boden knallen wie bei einem epileptischen Anfall in Zeitlupe. Laut ihren Berechnungen hielten sich Ärztin und Krankenschwester in jedem Zimmer weniger als eine Minute auf: Jetzt waren sie bereits zwei Türen weiter. Ihr blieb keine Zeit mehr. Sie nahm einen Zug von dem Röhrchen und versuchte, möglichst nett zu sein.

»Ach weißt du, denk dir einfach irgendwas aus«, sagte sie. »Worauf du Lust hast, ehrlich! Es spielt nicht die geringste Rolle. Versuch nur, nicht verrückt zu wirken. Je eher du den Eindruck machst, geheilt zu sein, desto besser.«

Jetzt kontrollierten Ärztin und Krankenschwester das Nebenzimmer. Irrtum ausgeschlossen. Sie hörten ihre Stimmen jenseits der Wand. Die Große war bereit, sie gefasst zu empfangen.

»Jona«, sagte die Kleine plötzlich.

Die Große zuckte zusammen. Sie öffnete die Augen und sah sich der Kleinen gegenüber, deren Gesicht sich jetzt am Fußende befand, nur eine Handbreit von ihrem entfernt. Jetzt, wo die Große beide Augen geöffnet hatte, sah man, dass sie leicht schielte. Die der Kleinen schauten parallel und waren drohend auf sie gerichtet.

»Und du bist so gut wie geheilt?«, fragte sie.

»So gut wie«, erwiderte die Große. Sie hob die Rechte und bildete eine Art U mit Daumen und Zeigefinger. »Es fehlt noch so viel.«

Da ging die Kleine zum Angriff über. Wie der spitze Schnabel eines Kükens stieß ihr Mund nach unten. Mit den Zähnen entriss sie der Großen das Plastikröhrchen. Ohne es zu wollen, gab sie ihr einen flüchtigen Kuss. Die Große streckte den Arm Richtung Bett aus, bekam aber nichts als Luft zu fassen. Und genau in diesem Moment klopfte es an der Zimmertür.

Am 10. September 1994, drei Wochen vor der Sache mit der Klinik, spielte ein Kind allein in einem Hof von Lagobello, der eine halbe Stunde vor Mailand gelegenen Siedlung. Im

Hof nebenan döste ein schwarzer Hund im Schatten eines Kirschbaums, ein großer dicker Mischling namens »Käpt'n Stummel«. Der Hund hieß aus zweierlei Gründen so: zum einen, weil ihm als Welpe in dem Tierheim, in dem er seine Jugend verbracht hatte, ein Ohr abgebissen worden war. Zum anderen, weil seine Besitzerin eine Vorliebe für Piratengeschichten hatte. Es war gegen drei Uhr nachmittags. Das Kind trat seinen Ball gegen den Trennzaun, und der Hund spitzte das ihm verbliebene Ohr. Genau in diesem Moment ging sein Frauchen ans Fenster ihres Zimmers im ersten Stock des rostbraun und cremeweiß gestrichenen Hauses. Sie hatte gerade vierundzwanzig Valiumtabletten geschluckt, dazu eine halbe Flasche Amaro Montenegro. Im Vorfeld hatte sie sorgfältig recherchiert und herausgefunden, dass Benzodiazepine allein so gut wie nichts bewirken – wenn man sie mit Alkohol einnimmt, dagegen schon, und es war ihr bloß stimmig vorgekommen, die Lieblingsdrogen ihrer Eltern – die einen in einer Kommodenschublade im Bad, die anderen gut sichtbar im Wohnzimmerbarschrank – zu kombinieren. Während sie darauf wartete, dass das Valium seine Wirkung tat, aber bereits betrunken vom Montenegro, hatte sie die Zigarettenstange ihrer Mutter um die x-te Schachtel verkürzt und rauchte jetzt zum Fenster hinaus, ganz die heimliche Raucherin.

Es war der letzte Samstag der Sommerferien. Nach einem Monat in der Hölle hatten die Muratores beschlossen, sich ein paar Tage freizunehmen, und waren an besagtem Vormittag ans Meer gefahren. Und diesmal, *Himmelherrgott*, diesmal stand ihr Plan felsenfest. Er sah Recherchen und die Einhaltung eines genauen Zeitplans vor, Dosierungen auf dem neuesten wissenschaftlichen Stand und sogar einen Zeugen. Wenn der Plan des Mädchens aufging, würden die Muratores am Sonntagabend von ihrem für den seelischen Ausgleich wichtigen Wochenende zurückkehren und furchtbare Trauer im Blick von Käpt'n Stummel, dem Hund, sehen. Der würde sie dann in den ersten Stock ans Fußende des Bettes eines altmodischen Zimmers im Stil der Achtzigerjahre führen, als letzter Wächter über sein inzwischen für immer ruhiggestelltes Frauchen.

Während das Mädchen sich diese Szene ausmalte, ließ es sein mittlerweile im Niedergang befindliches Reich auf sich wirken. An diesem Samstagnachmittag war in Lagobello das einzige Lebenszeichen der Nachbarssohn, ein einsamer Junge, den sie stets gemocht hatte. Er war gerade dabei, von der Haustür zum Gartentor und wieder zurück zu rennen, murmelte dabei etwas vor sich hin und trat nach einem Plastikball. Während es ihn beobachtete, begriff das Mädchen bald die Spielregeln: Wenn er aufs Gartentor zulief, spielte der Junge den Ball anderen Mannschaftsmitgliedern zu, indem er ihn gegen die Mauer oder den Zaun schoss, um ihn dann wie den Pass eines Kollegen anzunehmen. Auf dem Rückweg dribbelte er, drehte sich um die eigene Achse und schlängelte sich geschickt zurück, bis er auf die Mitte der Haustür schoss.

Von Müdigkeit erfasst wie von einem in ihr aufsteigenden dichten, lauwarmen Schaum, erkannte das Mädchen, dass es dem Wettkampf zwischen einer routinierten, gut eingespielten Mannschaft und einer schwächeren beiwohnte, die allerdings über einen außergewöhnlichen Champion verfügte. Der Junge gab gleichzeitig die Spieler der einen Mannschaft und den Champion der anderen, den aufgeregten Fernsehkommentator und das Publikum im Torrausch. In diesem Moment hatte das Mädchen ein süßes, wehmütiges Aha-Erlebnis. Hätte es die Zeit zurückdrehen können, wäre es gern Schauspielerin geworden. Das wäre eine wunderbare Möglichkeit gewesen, sich selbst zu entkommen. Aber dafür war es jetzt zu spät, das würde für immer der Weg bleiben, den es nicht eingeschlagen hatte, eine Verschwendung seines Talents.

Etwa eine halbe Stunde später witterte Käpt'n Stummel, der Hund, Unheil und schlug an. Er bellte so laut und ausgiebig, dass die Bewohner von Lagobello darauf aufmerksam wurden. Einige gingen hinaus in den Garten. Eine Nachbarin hatte die Schlüssel zum Haus der Muratores, die diese ihr vor der Abreise gegeben hatten. Aber davon wusste das Mädchen nichts. Daher wurde es wieder geweckt, allerdings nicht durch den Kuss eines Mannes.

Sieben Jahre später, an einem frühen Winterabend in Rom, kehrt eine junge Schauspielerin in ihre Wohnung zurück, mit einem Umschlag, den sie soeben unten aus dem Eingangsbereich geholt hat. Sie zieht Handschuhe und Schal aus und hängt den Mantel in den Flur. Durchs Apartment irrlichtern Lichtreflexe höher gelegener Wohnungen: Die Leuchtreklamen der Geschäfte werfen bunte Farbflecken an die Zimmerdecken, und Autoscheinwerfer tasten die Wände ab. Ein Aquarium-Effekt, der der jungen Frau gefällt, sodass sie beschließt, ihn nicht durch allzu grelles Licht zu zerstören. In der Küche macht sie eine Lampe an und öffnet den Umschlag – einer von denen, die ihr die Mutter seit dem Tod des Vaters schickt und der das bisschen Korrespondenz enthält, das noch an ihre alte Adresse geht. Früher hat sie noch eine handschriftliche Notiz beigelegt, ein paar selbstmitleidige Zeilen über ihr Leben, den Krankenbericht des Hundes. Aber nachdem auch der Hund das Zeitliche gesegnet hat, haben die beiden jede Kommunikation eingestellt. Jetzt merkt die junge Frau, dass sich in dem Umschlag ein weiterer, gelber, wattierter befindet, auf dem zwei Namen prangen. Oben steht in einer unregelmäßigen, eckigen Schrägschrift: »Sofia Muratore«, darunter in Klammern »Jona«. Eine Adresse in der italienischen Schweiz ist durchgestrichen, und jemand anders hat die von Lagobello hinzugefügt, von wo aus die Mutter ihr den Brief nach Rom nachgeschickt hat. Der Umschlag hat einen weiten Weg hinter sich. Die junge Frau hält ihn ins Licht und betrachtet ihn nicht wie einen normalen gelben Umschlag, sondern wie eine Art Dia. Aufgrund ihres kaum merklichen Schielens scheint das rechte Auge den Umschlag zu mustern und das linke die Leere daneben.

In diesem Moment klingelt das Telefon. Die junge Frau kehrt ins Hier und Jetzt zurück und folgt dem Läuten in ein Zimmer mit zwei Betten, orangegoldenen Vorhängen, im Regal aufgereihten Holzelefanten und Weihrauchduft, dem es nicht gelingt, den penetranten Geruch nach indischem Gras zu verdrängen. Sie findet das Telefon auf einem der beiden Betten, unter einem Haufen Röcken und geringelten Strumpfhosen – lauter Sachen, die eine ihrer Mitbewohnerinnen wieder aus dem Koffer nehmen musste, bevor sie nach Sizilien gefahren ist, um dort Weihnachten bei ihren Eltern zu verbringen. Auf der Suche nach dem Telefon werden diese Kleider größtenteils auf den Boden gefegt.

»Hallo«, sagt die junge Frau.

»Hallo«, kommt es zurück. »Wetten, du rätst nicht, wer ich bin?«

»Leichtmatrose«, sagt die junge Frau, die tatsächlich gehofft hat, er könnte dran sein: der junge Mann, mit dem sie seit ungefähr einem Monat zusammen ist. Es ist eine Beziehung, die sie gern als rein körperlich bezeichnet, auch wenn das nicht ganz stimmt: In Wahrheit sind beide hingerissen voneinander. Er nennt sie »Käpt'n«. »Käpt'n«, sagt er, »ich musste an dich denken und wollte bloß hören, wie es dir geht.«

»Du musstest erst jetzt an mich denken?«, fragt sie. Sie nennt ihn »Leichtmatrose«. Bei ihrem Spiel ist er diensteifrig und unterwürfig, sie dagegen verächtlich und autoritär wie in einer Sadomaso-Fantasie, die auf einem Schiff spielt.

»Ich muss zugeben, dass du mir schon den ganzen Tag fehlst«, gesteht er.

Auf dem Rückweg in die Küche kann sie es nicht lassen, einen Blick auf den Umschlag auf dem Tisch zu werfen. Sie will während des Telefonats nicht darüber nachgrübeln, aber es fällt ihr schwer, an etwas anderes zu denken. Er fragt, wie die Theaterproben laufen, bemüht sich, Interesse an ihrem Leben zu zeigen. »Gut«, sagt sie. »Die Proben sind das Beste.« Sie öffnet den Kühlschrank, um zu gucken, ob sie auf irgendwas Appetit hat. Im Halbdunkel der Küche scheint das Kühlschranklicht sie einzuhüllen und zu verschlucken wie Scheinwerfer eines Alien-Raumschiffs in Science-Fiction-Filmen.

»Worum geht es denn?«, fragt er.

»Um Schicksal und Rache«, sagt sie. »Ein klassisches griechisches Drama.«

Im Kühlschrank markieren drei Aufkleber die einzelnen Fächer, sie sind mit den Namen Sofia, Irene und Caterina beschriftet. Im vierten Fach, das für Lebensmittel zum gemeinschaftlichen Verzehr reserviert ist, befinden sich momentan eine Parmesankruste, eine halbe, in Frischhaltefolie gewickelte Zwiebel und ein Take-away-Behälter vom Chinesen, der schon wer weiß wie lange da steht. Sein Gestank genügt, damit ihr jeglicher Appetit vergeht, was bleibt, ist das vertraute Gefühl von Übelkeit. Sie beginnt die Joghurtbecher in Irenes

Fach zu ordnen, stellt sie in Zweierreihen auf, sodass man die Marke des Herstellers genau erkennt. Am liebsten würde sie den ganzen Kühlschrank umsortieren, deshalb knallt sie die Tür vorsorglich so fest zu, dass die Flaschen klirren.

»Sprichst du mir was vor?«, bittet er.

»Was denn?«

»Keine Ahnung, einen Monolog vielleicht? Es gibt doch immer einen Monolog, oder?«

Da muss sie ihm erklären, dass sie in dem Stück nicht nur keinen Monolog hat, sondern auch fast die ganze Zeit auf dem Rücken liegend rezitieren muss.

»Schön«, sagt er.

»Wieso?«

»Die Vorstellung, dass du auf dem Rücken liegst.« Seine Stimme klingt jetzt ganz heiser, so wie es sich für erotische Anspielungen gehört. Die junge Frau müsste im selben Tonfall antworten, doch in der Zwischenzeit ist ihr was anderes eingefallen. Als sie wieder am Tisch steht, streicht sie leicht über den Rand des gelben Umschlags und sagt: »Für meine Mutter ist das Leben ein einziger Kampf gegen die Schwerkraft, musst du wissen. Morgens, wenn normale Menschen aufstehen, bleibt sie stundenlang im Bett, manchmal den ganzen Tag. So als würde sie von einer Last nach unten gezogen. Es gibt ein Gedicht von Sylvia Plath, bei dem ich stets an sie denken muss. Darin heißt es: ›Ich bin vertikal. Aber ich wäre lieber horizontal. Es ist mir natürlicher, mich hinzulegen.‹«

Das trifft den jungen Mann unvorbereitet. Es ist nicht das erste Mal, dass so was passiert. Plötzlich öffnen sich Türen zum Leben der jungen Frau, und er weiß nicht recht, wie er sich verhalten soll. An anderen Tagen ist sie wieder ganz verschlossen. Er fühlt sich eingeschüchtert, aber auch geschmeichelt, auf jeden Fall äußert er sich nie dazu. Er hat verstanden, dass sie keinen Rat von ihm will, sondern nur, dass er ihr zuhört. Um wieder einen leichteren Ton anzuschlagen, fragt er, was sie an Weihnachten vorhabe.

»Du willst wissen, was ich an Weihnachten vorhabe? Viel in der Badewanne liegen und viel schlafen. Spät aufstehen und früh ins Bett gehen. Das Telefon klingeln lassen, *Moby Dick* noch mal lesen, mich total zudröhnen und versuchen zu vergessen, dass Weihnachten ist. Reicht dir das?«

»So ganz allein?«, fragt er.

»Keine Ahnung«, sagt sie. »Das Problem mit dem Alleinsein werde ich irgendwann lösen müssen. Ich möchte lernen, mich auch allein wohlzufühlen.«

»Soweit ich weiß, gibt es nur zwei Möglichkeiten, sich allein wohlzufühlen.«

»Und die wären?«

»Beten oder masturbieren.«

»Verstehe«, sagt sie. »Letzteres ist mir lieber.«

»Mir auch.« Er lacht.

Irgendwann beschließen sie, später noch mal zu telefonieren. Sie würde gern ausgehen, möchte sich aber Zeit lassen. »In der Zwischenzeit nehm ich ein Bad. Kannst du mich gegen neun noch mal anrufen?«

»Zu Befehl, Käpt'n«, sagt er. »Ich stell mir den Wecker.«

»Ich ruh mich aus, Leichtmatrose«, sagt sie und legt auf.

Dann nimmt sie am Tisch Platz. Jetzt gibt es kein Entkommen mehr, das weiß sie. Sie ist mit dem Umschlag allein in der Wohnung. Sie mustert die Schrift des Absenders, das S, das F und die Füßchen vom M und T ihres Namens, Sofia Muratore, sind förmlich ins gelbe Papier hineingekratzt worden, darunter der Name, der sie vorhin so zusammenzucken ließ:

Jona. Doch zusammenzucken ist nicht das richtige Wort. Wie genau hat sie sich gefühlt? So als würde eine glatte Oberfläche einen Sprung bekommen: Glas, Eis, eine Eierschale. Das richtige Wort lautet »gesprungen«. Genau so hat sie sich gefühlt. Und jetzt verbreitert sich der Sprung vor ihren Augen.

Bis vor Kurzem hätte sie noch genau gewusst, was zu tun ist. Sie hätte zum Telefon gegriffen und ihre Tante angerufen, die eine Zeit lang ihr Vorbild war. Doch diese Phase ist vorbei. Die junge Frau spürt, dass sie weitere Ratschläge ablehnen und es allein schaffen muss. Obwohl ihr die Tante erlaubt, ja sie sogar ermutigt hat, sie jederzeit anzurufen, und obwohl sie der einzige Mensch auf der Welt ist, der ihr helfen kann, weiß die junge Frau genau, dass kein Weg mehr zurückführt, wenn man den eigenen Lehrmeister erst mal ermordet hat.

Sie überlegt, den Umschlag über dem Gasherd zu verbrennen. Ihn in Fetzen zu reißen und diese aus dem Fenster zu werfen, hinaus in die römische Nacht. Oder, noch besser, ihn einfach zu vergessen. Ihn irgendwo hinzulegen, um ihn dann vollständig zu verdrängen. Zuzulassen, dass er unter einer Zeitschrift oder einem Buch verschwindet und mit der Zeit unter einem ganzen Stapel von Zeitschriften und Büchern, während um sie herum die Mitbewohnerinnen wechseln, sobald sie fertig studiert, einen Freund haben, an eine andere Uni gehen, zu ihren Eltern zurückziehen, eine Arbeit, genug Geld für ein eigenes Zimmer oder auch ein Einzimmerapartment haben, einander ablösen, wegen Kleinigkeiten in Streit geraten, und beste Freundinnen durch neue beste Freundinnen ersetzt werden. Auf diese Weise würde der gelbe Umschlag bis in eine ferne Zukunft erhalten bleiben, in der die Namen Sofia, Irene und Caterina jede Bedeutung verloren haben, das indische Zimmer gestrichen ist und von den Kühlschrankstickern nur noch Klebespuren übrig sind. Dann würde der Umschlag aus dem heimischen Chaos auftauchen wie eine Amphorenscherbe bei U-Bahn-Bauarbeiten, so wie auch jetzt Dinge in der Wohnung auftauchen, die niemandem gehören – die Tablettenschachtel im Badezimmerschrank, bei der das Haltbarkeitsdatum vor vier Jahren abgelaufen ist; der im Flur hängende Strohhut, den eine von ihnen hin und wieder benutzt, oder der im Staub hinter der Kommode gefundene Zettel, auf dem steht »Guten Morgen, du Hexe! Hier ein bescheidener Beitrag zu deiner Magie« – nur dass niemand mehr in der Lage ist, die Besitzer dieser Reliquien ausfindig zu machen, da Generationen von Mitbewohnerinnen inzwischen in Vergessenheit geraten sind. Dasselbe Los würde eines Tages auch den gelben Umschlag ereilen. Er würde von einer Studentin im ersten Semester ausgegraben werden, von einer Studentin, die nicht aus Rom kommt und sich verloren fühlt, und die eines Samstagnachmittags neugierig herumstöbern, den Umschlag finden und abends Erklärungen von ihren älteren Mitbewohnerinnen einfordern würde. Sie würde zuhören, wie sie Mädchennamen aufzählen, bei den Mitbewohnerinnen anfangen, die sie noch persönlich gekannt haben, bis hin zu denen, die nur noch namentlich bekannt sind – legendäre Mitbewohnerinnen, deren Taten man sich in der Wohnung weitererzählt. Doch leider vergeblich: In ihrer Erinnerung würde es keine Sofia geben und erst recht keine Jona, sodass alle drei oder vier – je nachdem zu wievielt sie an diesem Abend sind – den gelben Umschlag betrachten, die anderen Mitbewohnerinnen anschauen und dann grinsend sagen: »Gut, wenn er niemandem gehört, wer darf ihn dann aufmachen?«, womit die Sache endgültig geklärt sein würde.

Irgendwann kehrt die junge Frau wieder ins Hier und Jetzt

zurück und beschließt, die Sache anzugehen wie ein erwachsener Mensch. Im Bad gibt sie zwanzig Tropfen Lexotan direkt auf die Zunge. Sie lässt heißes Wasser in die Wanne laufen und gönnt sich eine großzügige Portion Badeschaum. Sie holt einen Stuhl aus der Küche und legt Zigaretten, Feuerzeug, Aschenbecher und den gelben Umschlag bereit. Dann zieht sie sich aus und steigt in die Wanne. Wie jedes Mal trifft sie das heiße Wasser wie ein Schlag, aber sobald das Lexotan seine Wirkung tut, ist ihr, als würde sie sich auflösen, ihr Körper seine Starre verlieren und sie in einer Seifenblase wieder weich werden. Als sie diesen Zustand der Gnade erreicht hat, nimmt sie den gelben Umschlag, reißt ihn mit einem Finger auf und zieht dann den darin befindlichen Brief heraus. Dort steht geschrieben:

Liebe Sofia (Jona),

zu den zwölf Schritten der Anonymen Alkoholiker gehört einer, der vorsieht, Fehler an Menschen wiedergutzumachen, denen man unrecht getan hat. Es ist der neunte Schritt, steht also beinahe am Ende des Programms. Wiedergutmachen bedeutet, diejenigen ausfindig zu machen, die man beleidigt, verraten, beklaut und enttäuscht hat, als man betrunken war, und sich bei ihnen zu entschuldigen. Ihnen zu gestehen, dass man ein schlechter Mensch war, jetzt aber jemand sein möchte, dem man vertrauen kann. Dafür braucht man die Vergebung dieser Menschen. Das Ganze dient dazu, sein schlechtes Gewissen loszuwerden, denn Letzteres ist nicht sehr hilfreich, wenn man sein Leben ändern will, weil es einen ständig an die Person erinnert, die man einmal war. Aber wenn einem jemand vergibt, ist man sein schlechtes Gewissen los und kann versuchen, derjenige zu werden, der man sein will. Und genau da bin ich gerade. Auch ich habe das Vertrauen anderer enttäuscht, Freunde verletzt und jede Menge Lügen erzählt. Jetzt weiß ich, dass ich erst zurückschauen und ein paar Dinge in Ordnung bringen muss, wenn ich weiterkommen will. Deshalb nehme ich diesen Brief zum Anlass, Dir etwas zurückzugeben. Es hat mir in den letzten Jahren sehr geholfen, wenn ich traurig war, aber jetzt brauche ich es nicht mehr. Nicht, dass es solche Momente nicht mehr geben würde, aber ich kann jetzt deutlich besser damit umgehen.

Außerdem möchte ich Dich um etwas bitten. In letzter Zeit habe ich die Bibel von vorn bis hinten gelesen. Ich glaube nicht an Gott, aber ich halte sie für ein wichtiges Buch. Außerdem wollte ich vermeiden, dass sich jemand, der die Bibel bereits kennt, einbildet, sie mir erklären zu müssen. Die Geschichte von Jona gehört zu meinen Lieblingsgeschichten. Sie ist nicht sehr lang. Ich weiß nicht, ob Du sie kennst, vielleicht hat Dir damals auch bloß der Name oder ein Junge namens Jona gefallen. Wie dem auch sei, die Geschichte geht so: Eines Tages ruft Gott Jona zu sich und sagt: »Geh in die große Stadt Ninive und sag ihren Bewohnern, dass ihre Sünden bis zu mir gedrungen sind.« – »Gut«, sagt Jona. Er packt ein paar Kleider, verabschiedet sich von seiner Frau und verlässt das Haus. Aber er geht nicht nach Ninive, sondern reist in die entgegengesetzte Richtung nach Tharsis. Doch Ungehorsam gegenüber Gott kommt nach der Bibel logischerweise nicht gut an, und als Jona auf dem Schiff ist, bricht ein schreckliches Unwetter los. Die Seeleute werfen die Waren ins Wasser, um sich von Ballast zu befreien. Einige beten, andere weinen, doch Jona schläft tief und fest. Er fühlt sich völlig im Recht. Aber der

Kapitän des Schiffes rüttelt ihn wach und sagt: »Wie kannst Du nur schlafen, siehst Du denn nicht, dass da draußen die Welt untergeht?« Daraufhin Jona: »Ach so, ja, mein Gott sucht mich.« Er erklärt den Seeleuten, dass sein Gott, ein mächtiger Rachegott, sehr wütend auf ihn ist. Dass die einzige Methode, sich zu retten, darin besteht, ihn über Bord zu werfen. Und natürlich befolgen die Seeleute seinen Rat. Jona geht also über Bord und ist dabei zu ertrinken, als ein weiteres Wunder geschieht: »Aber der Herr verschaffte einen großen Fisch, Jona zu verschlingen.« Ein Seeungeheuer, nicht mehr und nicht weniger. Und indem es Jona verschlingt, rettet es ihn. Drei Tage und drei Nächte behält es ihn in seinem Bauch und schützt ihn vor dem Meer. Im Bauch des Fisches spricht Jona mit Gott. Er dankt ihm für seine Rettung, entschuldigt sich für seinen Ungehorsam und verspricht ihm, seine Mission zu erfüllen. Irgendwann spuckt ihn der Fisch an den Strand: Und nachdem er wieder trocken und sauber ist, zieht Jona los, um die Bewohner Ninives zu bekehren. Da habe ich mich gefragt: Als Du damals auf dem Boden meines Zimmers gelegen bist – welcher Jona warst Du da? Der Jona, der im Rumpf des Schiffes schläft? Warst Du, obwohl draußen die Welt unterging, deshalb so ruhig, weil Du Dich im Recht gefühlt hast? Oder warst Du der Jona im Bauch des Fisches und somit dankbar, dass Du vor dem Draußen gerettet worden bist? Hast Du gewusst, dass Du Fehler gemacht hast, und Dir überlegt, wie Du die wiedergutmachen kannst? Oder warst Du Jona am Strand? Der, als er sich in der Sonne trocknen lässt, merkt, dass es weder richtig noch falsch gibt, sondern nur einen Menschen auf der einen und einen Gott auf der anderen Seite – einen, der sich eingebildet hat, eigene

Entscheidungen treffen zu können, und einen, der Dich aufspüren kann, wo auch immer Du Dich versteckst, der Dich mit Unwettern ertränken und Ungeheuer losschicken kann, um Dich zu retten, sodass es besser ist, einfach nur zu gehorchen, weil man in einer von Gott beherrschten Welt einfach nicht frei sein kann? Hast Du Dir damals über so was Gedanken gemacht? Als Du mir die Geschichte mit den Namen erzählt hast und der Freiheit, sein zu können, wer man will, hast Du Dir darüber Gedanken gemacht?

Ich würde Dich gern mal an einem normalen Ort treffen, vielleicht in einem Straßencafé, um eine Tasse Tee zu trinken und Cremetörtchen zu essen, superdünne Zigaretten zu rauchen und miteinander zu quatschen wie zwei alte Freundinnen. Bis es so weit ist, hoffe ich, dass Du noch genauso gern an mich zurückdenkst wie ich an Dich.

Deine Margherita (Margot)

Nachdem sie den Brief zwei Mal gelesen hat, legt ihn die junge Frau auf den Stuhl und greift erneut zum gelben Umschlag. Sie dreht ihn um und schüttelt ihn, bis ein Gegenstand ins Badewasser fällt, den sie zunächst übersehen hat. Sie fischt ihn heraus und befreit ihn vom Schaum: Es ist ein Plastikröhrchen, an das sie sich noch sehr gut erinnert. Während sie es zwischen den Fingern dreht, kommt ihr die metaphysische Zigarette etwas abgekauter und damit kürzer vor als damals. Sie freut sich, sie wiederzuhaben, doch wozu könnte sie sie jetzt gebrauchen? Die junge Frau überlegt, was man noch alles mit ihr anfangen könnte. Sie nimmt einen Fuß aus dem Wasser und fixiert ihn mit ihrem guten Auge, betrachtet ihn durch das Röhrchen wie durch ein winziges Fernrohr. Dann taucht steuerbord ein lackierter Zehennagel und backbord ein Stück

Seife in Schwimmentenform auf. Die junge Frau steckt das Röhrchen zwischen die Lippen, um zu gucken, ob es noch funktioniert: Schon ist sie ein Seewolf mit Meerschaumpfeife. Es genügt, die Atmung umzukehren – mit der Nase ein- und mit dem Mund auszuatmen –, und schon ist da auch ein Wal: »Da bläst er! – Da bläst er!« Fehlt nur noch der Austernfischer. Die junge Frau schließt die Augen und hält sich mit zwei Fingern die Nase zu. Dann taucht sie mit dem Kopf unter und benutzt das Röhrchen wie einen Schnorchel, um Luft von draußen zu atmen.

Sofia trägt immer Schwarz

Schon seit einer ganzen Weile hatten sie voneinander gehört, begegneten sich aber erst vor dem Altar, inmitten festlich gekleideter Verwandter während des Hochzeitsmarschs – Rossana, die als Letzte am Arm ihres Vaters hereinkam, und Marta als Schwester und Trauzeugin des Bräutigams. 1977 waren sie jeweils zweiundzwanzig und dreiundzwanzig Jahre alt. Rossana war auf dem Internat gewesen, hatte durchaus Zeichen- und Gesangstalent und ging auf die Kunstakademie, würde ihr Studium aber jetzt unterbrechen, weil »was Kleines unterwegs war«. Die Vorstellung, die sie von Marta hatte, orientierte sich an dem, was Roberto ihr über sie erzählt hatte: dass sie immer schlechte Laune hatte, alles nur schwarz-weiß sah und seit jeher mit der ganzen Welt auf Kriegsfuß stand. Marta hatte sich von Rossana keine Vorstellung gemacht, dazu hatte sie gar keine Zeit: Sie studierte Geschichte an der Universität Mailand, absolvierte ein Praktikum bei einem alternativen Radiosender, engagierte sich in der Arbeiterbewegung und hätte an diesem Samstagnachmittag eigentlich nicht Komplizin auf einer Mussheirat, sondern mit ihren Freunden auf einer Demo sein sollen. In der Mailänder Innenstadt, unweit der eiskalten Gemeindekirche, war der Protest bereits eskaliert: Rossana und Roberto schworen sich Liebe, Treue und Respekt, »bis dass der Tod uns scheidet«, während anderswo Autos brannten und Barrikaden errichtet wurden. Die zwei tauschten Ringe, während die Polizei Tränengas einsetzte, eine Phalanx bildete und auf die Demonstranten losging. Das Brautpaar küsste sich vor dem Priester, während Ordnungshüter wie wild auf gestürzte Demonstranten einprügelten und Marta diesen gekreuzigten Gott anflehte, dass einer, wenigstens einer der Polizisten gepackt, in eine Seitengasse gezerrt und verprügelt würde. In der Kirche applaudierte jemand. Gleich nach dem Kuss, als die Orgel brauste, die Schwiegermütter weinten und alles erledigt war, spähte Rossana über Robertos Schulter und lächelte Marta an. Sie hatte Margeriten im Haar und trug eine weiße Hippie-Tunika. Das war ihre Art, ihrer Schwägerin Frieden und Liebe anzubieten. »Familie, Familie«, dachte Marta. Am liebsten wäre sie rausgegangen, um eine zu rauchen, konnte sich aber gerade noch beherrschen und erwiderte das Lächeln. Rossana zuckte zusammen. In diesem Moment spürte das Kleine in seinem lauwarmen Bad, das Schiffchen, das seit Wochen eine Berg-und-Tal-Fahrt zwischen Euphorie und Verzweiflung erlebte, einen Adrenalinstoß, der es direkt über die Nabelschnur erreichte, erwachte aus seinem Nachmittagsnickerchen und versetzte seiner Mutter einen Tritt.

In jenem Herbst lernte Marta schießen – in den Bergen, in einem Kurs von ehemaligen Partisanen. Während die Schüsse der Jäger in den Wäldern widerhallten, zielte sie auf an Baumstämmen befestigte Zielscheiben und wurde richtig gut darin, auch wenn sie nie auf jemanden schießen sollte. Im Gegenteil, im Winter musste sie mehrere Schusswunden versorgen. Ihre Wohnung wurde als Krankenstation und Lager genutzt, bis ihre Proteste erhört wurden und sie bei der einen oder anderen Aktion mitmachen durfte.

Sie band sich ein Tuch vors Gesicht und überfiel den Supermarkt, in dem ihre Mutter zwei Mal die Woche einkaufte. Und wartete im Auto, während einem Fascho die Zähne ausgeschlagen wurden, den sie nur dank der Portiersfrau von nebenan aufgestöbert und nach tagelangem Warten an der Haustür abgepasst hatten. Sie besaßen gute Kontakte zu einigen Leuten im Viertel, zu Frauen und Arbeitern. Den Besitzern kleinerer Fabriken, die sich einbildeten, ungestraft den Tyrannen spielen zu können, zündeten sie erst das Auto an und, wenn nötig, auch die Werkhallen. Das Leben war ein einziger Rausch und fand fast ausschließlich nachts statt. Tagsüber wurde aus Marta wieder die fleißige Studentin, die sich mit Bewegung und Unmengen Kaffee wach hielt. Wenn ihr Bruder sie einlud, besuchte sie ihn zum Abendessen. An Sofias Wachstum merkte sie, wie viel Zeit zwischen den Besuchen vergangen war. Erst war die Kleine drei Monate alt, aß, schlief, weinte und sonst gar nichts. Dann war sie ein Jahr alt und konnte alleine stehen, anschließend auf einmal ein Mensch, mit dem man sich sogar unterhalten konnte. Nachdem sie die Wohnung betreten hatte, ging Marta in die Hocke, sah ihr direkt in die Augen und fragte: »Und, wie geht's?«, aber das machte Sofia Angst, und sie versteckte sich zwischen Rossanas Beinen. Sie taugte eindeutig mehr zur Revolutionärin als zur Tante.

Beim Abendessen kam das Gespräch nur mühsam in Gang. Roberto, ein Maschinenbauingenieur, machte bei Alfa Romeo Karriere, und damals rollte gerade eine Welle von Entlassungen. Sie zwangen sich beide, über etwas anderes zu reden, über den Gesundheitszustand der Mutter oder die Fortschritte des Kindes, aber früher oder später kamen sie unweigerlich auf die Arbeit und dann auf die Politik zu sprechen, womit Streit vorprogrammiert war. Marta beschuldigte ihren

Bruder, ein Arbeitstier zu sein, eines Tages würde er noch an Erschöpfung sterben, bloß um seinen Arbeitgeber glücklich zu machen. Robertos Meinung nach war sie wiederum viel zu sehr auf Gewerkschaftskurs, beschäftigte sich übertrieben viel mit Politik und zu wenig mit Arbeit: Sein Job bestehe nun mal darin, Autos zu konstruieren, warum solle er das dann nicht anständig machen? Rossana trug schweigend das Essen auf, während das Gespräch immer mehr entgleiste. Manche Worte verstand sie nicht, obwohl sie im Fernsehen die Nachrichten sah: Demos, Streiks, Tote, immer wieder Bomben und Gerichtsprozesse, die kein Ende nahmen. Irgendwann schwieg Roberto beleidigt, und Marta ertappte sich dabei, dass sie einen Vortrag hielt, den keiner hören wollte, und am Ende blieb ihr nur, das Thema zu wechseln: So als würde ihr das erst jetzt auffallen, machte sie Rossana Komplimente zu ihrem Kleid oder ihrer Frisur, zu den Blumen auf dem Tisch oder der Quichefüllung. In vielerlei Hinsicht hätten sie nicht unterschiedlicher sein können – die eine gleichgültig ihrem Aussehen gegenüber und fast spartanisch, während die andere halbe Tage mit Kochen, Tischdecken und Mode verbrachte. Als Nächstes fragte Marta, ob sie etwas Neues gezeichnet habe. Es folgte die übliche Litanei aus bescheidenen, verlegenen Ausreden, Roberto räumte unterdessen genervt den Tisch ab. Sofia flüchtete sich unter den Tisch, der ihr als Fort diente. Irgendwann gab Rossana nach und holte die Mappe, die sie seit Schulzeiten benutzte, und schlug sie auf der Tischdecke auf. Ihre Werke waren alles andere als banal, sie enthielten Symbole und Codes, die Marta begreifen wollte: Sie erkundigte sich nach dem Grund für bestimmte Entscheidungen, verschaffte sich einen Überblick über die Anordnung von Farben und Formen, als wären sie Gewichte auf einer Waage.

Sie nahm ihre Hände und Finger zu Hilfe, um Bildausschnitte zu »rahmen« und auf Lieblingsdetails hinzuweisen. Egal was diese Zeichnungen wert waren – sie fand es wichtig, Rossana zu ermutigen und Roberto einzuschüchtern. »Behandle mich nicht wie einen Neandertaler«, sagte er, als sie allein zurückblieben. »Ich brauche weder eine Köchin noch eine Haushälterin oder Amme. Von mir aus kann sie gern weiterstudieren.« Doch sein Desinteresse bewies genau das Gegenteil.

Unter dem Tisch vertauschte Sofia die Schuhe, zog ihrer Tante die Sandalen ihrer Mutter an und ihrer Mutter die Mokassins des Vaters. Wenn sich ihre Blicke kreuzten, fragte sich Marta, was für ein Mensch wohl einmal aus ihr werden würde: Wirst du es schaffen, diese Familie zu überleben? Wird dir der ein oder andere sinnvolle Gedanke kommen? Oder bist du bereits ein gebranntes Kind, ein weiteres nichtssagendes Weibchen?

»Ich muss dich sehen«, sagte Rossana 1980 am Telefon. Sie hatten sich noch nie allein getroffen. Damals zuckte Marta beim kleinsten Geräusch zusammen: Einige ihrer Gefährten waren bereits verhaftet, zu anderen war der Kontakt abgebrochen. Sie war sich sicher, dass sie die Nächste sein würde. Das Telefon schwieg tagelang, und die wenigen Male, die es läutete, überbrachte es nichts als schlechte Nachrichten. Doch es war bloß Rossana dran.

Sie verabredeten sich in einer Bar unweit der Zeitung, bei der sie inzwischen arbeitete. Um sechs fand sie Rossana bereits hinter einem Negroni vor. Ihre Wangen glänzten, und sie war von einer seltsamen Euphorie erfüllt: Sie erhob sich von ihrem Tischchen, küsste sie und sagte, sie habe ihre Artikelserie über die Jugendbewegung in Mailand genauestens gelesen. Eine ganz neue Welt habe sich vor ihr aufgetan, von der sie gar nichts geahnt habe. Sie fragte, wie viele Nächte sie dafür unterwegs gewesen sei, ob sie dabei nie Angst gehabt habe. Sie trank ihren Aperitif aus und bestellte zwei neue. »Du bist wirklich eine unabhängige Frau«, sagte sie. »Weißt du, ich bewundre dich. Du bist niemandem etwas schuldig.«

Marta trank keinen Alkohol, sie hasste es, nicht mehr klar denken zu können. Sie nippte nur an dem Negroni und sagte, dass sie längst nicht so unabhängig sei, wie man denken könnte: Auch sie habe einen Chef, einen Vermieter und Ratenzahlungen fürs Auto – von den Männern ganz zu schweigen, die in ihr so etwas sähen wie einen streunenden Hund, den man am besten festkettet und mit dem Stock erzieht. Rossana lachte ihr typisches Lachen, das Marta noch nie zuvor an ihr bemerkt hatte. Es war ein Lachen, das gute Laune verströmte. Währenddessen wartete sie darauf, dass Rossana zur Sache kommen würde, und dachte: »Je früher sie anfängt, desto eher sind wir hier fertig.« Sie fragte, ob irgendetwas nicht stimme. Rossana schüttelte den Kopf. Sie lächelte kurz den Fußboden an, als führte sie ein häufig unterbrochenes und dann wiederaufgenommenes Selbstgespräch. Ihre Probleme seien dermaßen albern und banal, dass sie sich schon beim Erzählen langweile.

»Offen gestanden habe ich dich aus folgendem Grund angerufen«, sagte sie, »ich hab mir überlegt, dass ich gern ein Atelier hätte, und dachte, du könntest mir vielleicht helfen, eines zu finden.« – »Ein Atelier zum Malen!«, dämmerte Marta. Die Idee gefiel ihr. Während Rossana beschrieb, was ihr vorschwebte, dachte sie bereits über Miete, Lage und geeignete Anzeigenblätter nach. So war sie nun mal: Erzählte man ihr von einem Problem, begann sie gleich, es zu lösen. Kam man ihr dagegen nur mit irgendeinem Gerede, schweiften ihre

Gedanken ab. Dann erfuhr sie, dass das Atelier, das Rossana sich vorstellte, auch ein Bett, eine Küche und etwas Platz für Sofia haben sollte, also eindeutig einer Wohnung ähnelte.

»Entschuldige«, sagte Marta, »aber das musst du mir erklären. Ich bin nämlich ein bisschen schwer von Begriff. Du willst dich doch nicht etwa scheiden lassen?«

Rossana schüttelte energisch den Kopf. Sie rede hier nicht von Scheidung, verbitte sich dieses Wort. Leicht lallend verkündete sie, die Ehe sei eine »unauflösliche Verbindung«. Roberto habe nichts damit zu tun: Sie brauche nur ein bisschen Zeit für sich, um zu lesen, zu malen, Musik zu hören – wieder einen Ort, der nur ihr gehöre.

»Hast du *Ein Zimmer für mich allein* gelesen?«, fragte sie.

»Na klar«, erwiderte Marta, auch wenn das gelogen war. Aber sie wusste, was gemeint war. Sie schob Rossana ihr Glas hin und sagte: »Trink meines auch aus, das ist mir zu viel.«

Noch am selben Abend setzte sie das Puzzle zusammen und wusste nicht recht, ob sie diese Geschichte komisch oder tragisch finden sollte: Da war eine Frau, die sich scheiden lassen wollte, aber nicht durfte, und bis auf die Schwester ihres Mannes niemanden hatte, dem sie sich anvertrauen konnte.

Von da an telefonierten sie regelmäßig miteinander und trafen sich an Wochenenden, um Wohnungen zu besichtigen – genau in dem Zeitraum, in dem es in Martas heimlichem Leben drunter und drüber ging: Im Sommer kam es zu einer weiteren Verhaftungswelle. Die Namen waren ihr ausnahmslos vertraut. Von ihren Freunden hatte sie nur noch zu dem Mann Kontakt, mit dem sie bis vor einem Jahr zusammen gewesen war, und er war es auch, der sie von einer Telefonzelle aus in der Redaktion anrief: Er war davon überzeugt, dass die Zeitungen mehr wussten, und drängte sie herauszufinden, was los war. Aber Marta wusste von nichts. Sie hatte sich angewöhnt, endlose Umwege zu machen und dabei zwanghaft in den Rückspiegel zu schauen. Bevor sie das Haus verließ, schaute sie aus dem Fenster. Sie wohnte allein, und auf dem Stuhl neben dem Bett hatte sie die Kleider bereitgelegt, in denen sie verhaftet werden wollte: Sie kannte ihre Feinde und rechnete damit, dass man sie mit MGs im Anschlag um sechs Uhr früh abholen würde, hoffte, dass man ihr wenigstens die Zeit geben würde, sich umzuziehen. In Erwartung dieses Augenblicks lebte sie jeden Moment ihres Alltags – sei es nun der Einkauf beim Gemüsehändler, ein gemeinsames Eis mit Rossana im Park oder das Gießen der Blumen auf der Fensterbank – so intensiv wie ein zum Tode Verurteilter seine letzten Stunden.

Die Suche nach einem Atelier war nicht ernst gemeint. Rossana hatte noch nicht mal mit Roberto darüber gesprochen, und sie selbst war völlig mittellos. Trotzdem besichtigten sie mehrere Wohnungen einschließlich einer Mansarde im Brera-Viertel – der Traum eines jeden Künstlers in den Sechzigerjahren: Rossana blieb die ganze Zeit am Fenster stehen, das auf die Kunstakademie hinausging, und beobachtete das Kommen und Gehen der Studenten, während der Immobilienmakler Marta misstrauisch die Räumlichkeiten zeigte. Er schien nicht sehr überzeugt zu sein, dass die beiden sich so ein Atelier leisten konnten. Der Besitzer wollte drei Monatsmieten Kaution und weitere drei als Sicherheit im Voraus: ein Betrag, den Rossana noch nie auf einem Haufen gesehen hatte. Als sie ihn hörte, riss sie sich aus ihrer Erstarrung. Geld spiele für sie keine Rolle, sagte sie, aber »direkte Morgensonne« sei »unverzichtbar«. Ob er sich mit Malerei nach der Natur auskenne, auch nur eine vage Vorstellung davon habe, wo Osten sei?

Auch der Boden gehe gar nicht, denn auf Marmor friere man barfuß, mal ganz abgesehen von dieser scheußlichen Tapete. Und wer habe eigentlich das schwarze Ledersofa ausgesucht? Was das hier sei – das Liebesnest eines sozialistischen Abgeordneten?

Marta traute ihren Ohren nicht. Rossana setzte dem Makler dermaßen zu, dass er sich entschuldigte und versprach, etwas Geeigneteres für sie zu finden. Draußen auf der Straße nannten sie ihm einen falschen Namen und rannten lachend wie zwei kleine Mädchen davon.

Ihre Dreistigkeit faszinierte sie. Rossana änderte von Woche zu Woche ihre Frisur. Sie trank zu viel, nahm heimlich Geld aus Robertos Portemonnaie und belog ihn am Telefon. Ständig musste sie sich hetzen, um Sofia irgendwo abzuholen, und weinte noch ein letztes Mal im Auto, bevor sie sich verabschiedete und in ihrem Haus verschwand. Als sie Marta in deren kleiner Wohnung besuchte, wurde sie richtiggehend wütend. Man könne mit siebenundzwanzig Jahren unmöglich noch in einem weißen, kahlen Loch leben. »Wir werden hier ein paar Bilder aufhängen«, verkündete sie im winzigen Flur. »Und als Nächstes kommt der Oma-Kronleuchter weg. Wir finden was Moderneres, okay?« Sie sah die Kleider im Schlafzimmer und sagte, über dem Stuhl liege viel zu viel graues Zeug, das an die Uniform einer Sowjetfunktionärin erinnere: Trotz Martas Protest verschaffte sie sich einen Überblick über deren gesamte Garderobe, die sie enttäuschend fand, und Marta musste ihr versprechen, dass sie gemeinsam shoppen gehen würden.

In der Küche teilten sie sich eine Schachtel Zigaretten und eine Espressokanne für sechs Tassen. Seit einiger Zeit versuchte Marta, sie dazu zu überreden, die ihr noch fehlenden Prüfungen an der Kunstakademie abzulegen. »Du brauchst ein Diplom, um unterrichten zu können«, sagte sie. »Alles, was dir mehr Freiraum verschafft, ist kostbar – auch wenn es sich nur um ein Stück Papier handelt, kapiert?«

Rossana gab ihr jedes Mal recht, rührte aber keinen Finger. »Ist Mut etwas, das man lernen kann?«, fragte sie. »Oder wird man schon so geboren? Wie kommt es nur, dass ich vor allem Angst habe?«

Einmal nahm sie tatsächlich all ihren Mut zusammen, kam mit ihrer sich an sie klammernden Tochter in die Zeitungsredaktion und bat Marta, zwei Stunden auf das Kind aufzupassen. Den Grund dafür könne sie ihr nicht nennen, sie müsse ihr einfach vertrauen. Dann gab sie ihr einen Kuss und eilte davon. Marta hegte einen Verdacht, für den sie sich anschließend schämte, nämlich, dass sie sich mit einem Mann traf. Sie hatte keine Ahnung, was sie mit Sofia anfangen sollte. Zum Glück passte eine Redakteurin den restlichen Nachmittag auf sie auf, trotzdem gelang es ihr nicht, auch nur zwei zusammenhängende Sätze zu verfassen: Sie starrte das weiße Blatt in ihrer Schreibmaschine an, stellte sich vor, dass Rossana jetzt in irgendeiner Bar oder einem Bett war, sah deren Tochter beim Malen mit Buntstiften zu und schüttelte den Kopf. Als Rossana zurückkam, stellte sich heraus, dass sie ein Vorstellungsgespräch in einer Agentur für Werbegrafik gehabt hatte. Sie hatte ihre Zeichnungen dabeigehabt, die anscheinend gut angekommen waren, und verströmte eine Energie, die Marta inzwischen auf das ein oder andere Glas Alkohol zurückzuführen wusste.

Was bei dem Vorstellungsgespräch herauskam, sollte sie nicht mehr erfahren. Eines Morgens rief sie der Chefredakteur ihrer Zeitung in sein Büro, bat sie, die Tür hinter sich zu schließen und sich zu setzen, um ihr dann zu eröffnen, er wolle sie als Korrespondentin nach Paris schicken.

»Mich?«, fragte Marta. »Aber ich kann ja nicht mal Französisch.«

»Dann lernen Sie es eben«, erwiderte der Chefredakteur. »Fest steht, dass Sie momentan nicht in Italien bleiben können, glauben Sie mir!«

Er zupfte an seinem Bart, kaute auf einer erloschenen Pfeife herum und ließ seinen Blick nervös hin und her huschen. Vierzig Jahre zuvor war er im Widerstand gewesen, und auf Redaktionskonferenzen befragte er die jungen Journalisten häufig zur chaotischen Welt der Arbeiter- und Studentenbewegung. Aus wem bestand diese »Autonomia«? Wie war sie organisiert? Gab es eine gemeinsame Strategie? Er schien nicht recht zu wissen, was er davon halten sollte, aber das spielte jetzt auch keine Rolle mehr.

Marta hatte Mailand bisher nur verlassen, um Rom und Venedig zu besichtigen oder manchmal ans Meer zu fahren.

»Wann reise ich ab?«, fragte sie.

»Sobald Sie so weit sind.«

»Muss ich mir nicht erst eine Wohnung suchen?«

»Darum kümmre ich mich schon. Bitte beeilen Sie sich.«

Woher er von allem wusste und warum er beschlossen hatte, sie zu retten, blieb Marta für immer ein Rätsel. Doch von da an war sie der Überzeugung, dass man Menschen auch grundlos helfen sollte, ja vor allem dann – ganz einfach, weil andere einem auch im richtigen Moment geholfen haben: so als handele es sich um eine untilgbare Schuld des Ertrinkenden gegenüber dem, der helfend die Hand ausstreckt. Zwei Tage später brach sie auf. Sie war sich sicher, dass sie überwacht und abgehört wurde, deshalb verabschiedete sie sich von niemandem – weder telefonisch noch persönlich.

Sie deponierte eine Kiste mit den wenigen Habseligkeiten,

die ihr etwas bedeuteten, bei ihrer Mutter und verbrachte den Abend mit ihr. Am nächsten Morgen packte sie eine unauffällige Reisetasche, kleidete sich, als würde sie zur Arbeit gehen, zog die Tür hinter sich zu und hatte das Gefühl, von einem sehr hohen Sprungbrett zu springen: Sie hielt die Luft an und schloss die Augen. Als sie sie wieder aufschlug, saß sie im Zug und hatte soeben die Grenze überquert. Mit ihr im Abteil saßen mehrere junge Franzosen, die gerade aus dem Urlaub kamen. Marta bat sie mit Händen und Füßen um eine Zigarette, und während sie rauchte, sah sie zu, wie die vom Zugfenster umrahmten Alpen immer weiter zurückwichen.

In Paris wohnte sie in einem Zimmer voller Fotos, die nicht ihr gehörten, und fühlte sich wie eine Studentin im Auslandssemester. Sie kam sich wieder vor wie zwanzig, nur diesmal kostete sie das aus und entdeckte Dinge am Jungsein, die sie nur vom Hörensagen kannte. Gleich nach ihrer Ankunft schlief sie erst mal eine Woche am Stück. Mit ihr erwachten auch die Sinnesorgane – Augen, Nase, Haut und Mund –, die von einem nie gekannten Sehnen erfasst wurden. Davor war der Körper bloßes Vehikel gewesen, eine Dienstwaffe. Doch jetzt war er aus seiner Lethargie erwacht und brauchte Sonne, Luft, Essen, Wein, Bäder und Spaziergänge, wobei Marta nicht den Mut fand, »Zärtlichkeit« hinzuzufügen. Statt ellenlanger Erklärungen und Entschuldigungen schrieb sie Rossana: »Ich fühle mich so wie damals, als du mich geschminkt hast, weißt du noch? Als ich die Augen aufmachte und auf einmal eine andere war? Nicht mein altes Ich mit einer Maske, sondern jemand, der ich immer gewesen bin, ohne diese Person zu kennen.« Sie hoffe, dass Rossana eine ähnliche Erkenntnis bevorstehe, und wünsche ihr, dass sie es irgendwie schaffe, sich selbst zu überraschen. Sie beendete ihren Brief, indem sie schrieb, es tue ihr leid, so überstürzt aufgebrochen zu sein, aber sie habe keine andere Wahl gehabt. Sie erwarte sie in Paris, um gemeinsam durchs Quartier Latin zu schlendern und in den Louvre zu gehen. Sie bekam keine Antwort – weder auf diesen noch auf den folgenden Brief, deshalb hörte sie auf, ihr zu schreiben, und ging allein in den Louvre.

Ein Jahr später starb ihre Mutter. An einem Schlaganfall, bei einem Besuch auf dem Markt. Sie schaffte es nicht mal mehr ins Krankenhaus. Zwei Tage überlegte Marta, nach Mailand zu fahren, hielt es dann aber für ein unnötiges Risiko, das ihre Mutter bestimmt nicht gutgeheißen hätte. Die Vorstellung, dass diese mit gespreizten Beinen inmitten von Einkaufstüten auf dem Bürgersteig gelegen hatte, quälte sie: eine Frau, die zeitlebens Wert auf Haltung und Anstand gelegt hatte. Nach Jahren betrat sie erstmals wieder eine Kirche – nicht um dort zu beten oder Kerzen anzuzünden, sondern weil sie einen Ort der Stille brauchte, um ihrer Mutter zu gedenken und ihrer Trauer freien Lauf zu lassen.

Nach einigen Tagen kam ein Brief von Roberto. Er schrieb ihr, wie man auf dem Friedhof ihr Grab fand, sollte sie jemals Lust verspüren, es zu besuchen. Er beschrieb das Foto, das er für den Grabstein ausgesucht hatte, und zählte die Verwandten auf, die bei der Beerdigung anwesend gewesen waren und deren Beileid er ausrichten sollte. Blieb noch das Problem mit der Wohnung, aber sie könnten ja in Ruhe entscheiden, was sie damit machen wollten. Das bisschen Geld, das sie geerbt hatten, könnten sie nach Abzug der Kosten teilen. Der Brief las sich, als hätte ihn ein Notar verfasst. »Und wie geht es dir?«, schrieb Marta zurück. Zu ihrer Überraschung antwortete Roberto. Er teilte ihr mit, dass er sich verloren und irgendwie alt vorkomme. Dass er geglaubt habe, Erwachsenwerden sei ein schrittweiser Prozess, stattdessen habe er sich äußerst abrupt vollzogen. Er schrieb, dass er oft an sie denke – jetzt, wo die Mutter tot sei. Marta habe Geheimnisse, die er nicht kenne, aber die interessierten ihn im Moment nicht: Hauptsache, sie hielten zusammen. »Auch wenn dir das nie gepasst hat, endete sein Brief, bin ich nach wie vor dein großer Bruder.«

Marta schilderte ihm ihr Leben in Paris. Sie beschrieb die italienische Gemeinde und die Wohnung, in die sie inzwischen gezogen war, die Anthropologievorlesungen, die sie an der Sorbonne besuchte, und die Tageszeitung, bei der sie angestellt war: Sie tue sich nach wie vor schwer, auf Französisch zu schreiben, aber eine junge Redakteurin lese all ihre Artikel gegen und versichere ihr, sie mache rasch Fortschritte. In Frankreich lasse es sich gut leben. Auch diese Nation habe ihre Gegensätze, doch von hier aus wirke Italien wirklich sehr archaisch: wie ein reiches Land, das sich Mafiosi und Priester untereinander aufteilen. Sie selbst habe italienische, aber auch französische Freunde und fühle sich nicht einsam. »Und was machen deine Frauen?«, fragte sie.

»Rossanas Launen sind mir ein Rätsel«, schrieb Roberto. »Jeden Abend frage ich mich beim Heimkommen, ob sie mich an der Tür umarmen wird oder ob ich sie weinend im Dunkeln vorfinde. Sofia geht in die erste Klasse, sie liebt Hunde und kennt mehr Rassen als wir beide zusammen.« Aus seinen Briefen sprachen Sorge um die eine und Stolz und Staunen über die andere. Rossana litt an Schlafstörungen. Tagsüber war sie erschöpft und reizbar. Die Nachmittage verbrachte sie im Bett. Sie malte seit Monaten nichts mehr. Sie ging zu Ärzten, sodass aus »Rossanas Launen« innerhalb kürzester Zeit »Rossanas Problem« und schließlich »Rossanas Krankheit« wurde.

1985 wurde Roberto befördert und beschloss, aufgrund der damit verbundenen Gehaltserhöhung ein Haus im Grünen zu kaufen, wo Rossana den von ihr ersehnten Garten und großzügige Räume zum Einrichten bekommen würde, außerdem gleichaltrige Nachbarinnen, mit denen sie sich anfreunden konnte. Er hoffte, dass ihr die Veränderung guttäte. Da dachte Marta: »Ihr seid doch verrückt, willkommen in der Hölle!« Sie musste wieder an die Tränen denken, die Rossana immer kurz vor dem Heimgehen vergossen hatte. Roberto schrieb: »Es ist ein zweistöckiges Haus inmitten eines Parks – kaum zu glauben, dass es so nah bei Mailand liegt. Ich wünsche mir, dass du es dir früher oder später persönlich anschaust.« Marta hatte keine Chance, sich einzuschalten, und das wäre auch nicht richtig gewesen. Im Stillen verabschiedete sie sich von Rossana, während sie ihr alles Gute ausrichten ließ: ganz so als handelte es sich um eine Kindheitsfreundin, die der Welt entsagt hatte, um als Nonne ins Kloster zu gehen.

1992 kehrte sie nach Mailand zurück – nicht weil sie sich außer Gefahr wähnte, sondern weil sie in all den Jahren gemerkt hatte, dass sie für ein Leben im Ausland nicht gemacht war. Paris war wunderschön, es lebte sich gut dort, und Marta hatte die Stadt aufrichtig geliebt, allerdings immer das Gefühl gehabt, dort nur zu Gast zu sein. Die italienischen Genossen nannten sich »Exilanten«, doch ihr kam es so vor, als habe sie sich bloß eine lange Auszeit vom echten Leben genommen. Mailand war in den Neunzigerjahren ein bisschen gepflegter, als sie es in Erinnerung hatte. Ansonsten kam es ihr so vor wie immer: schroff, neurotisch, abweisend, arbeitsbesessen und knallhart. Auch Marta fühlte sich so – wie der blühende Innenhof eines Steinklotzes. Sie zog in die Wohnung, in der sie zur Welt gekommen war, in die Wohnung ihrer Mutter, die sie in der Zwischenzeit vermietet hatten. Doch es sollten Wochen vergehen, bis sie sich mehr als Bettwäsche kaufte. Sie war sich sicher, dass der Geheimdienst von ihrer Rückkehr wusste. Aber vermutlich wusste er auch, dass sie inzwischen harmlos war: Es gab jede Menge kleine Fische wie sie, die teilweise mitgemacht hatten und inzwischen niemandem mehr was nutzten. Dass sie nie gemordet hatte, war ihre Rettung. Trotzdem erinnerte sie sich noch gut an die Gänsehaut, als sie einen Mann mit der Pistole bedroht hatte. Die ersten drei Monate war sie noch auf der Hut, dann gelangte sie zu dem Schluss, dass man sie in Frieden lassen würde.

Sie nahm das Angebot eines Lokalradios an, das ihr eine eigene Sendung anbot. Sie hatte großes Talent für Interviews. Sie nahm im Studio gern vor anderen Menschen Platz, sorgte dafür, dass sie sich wohlfühlten, um anschließend herauszufinden, was sie zu verbergen hatten: In manchen konnte man lesen wie in einem Buch, andere musste man knacken wie einen Safe. Aber früher oder später erlagen alle der Versuchung, sich so zu zeigen, wie sie waren – dermaßen schmeichelhaft war das Interesse, das sie an den Tag legte. Da sie der Job nicht auslastete, bewarb sie sich als Dozentin bei einer Journalistenschule. Das war ihre Art, Schuld zu begleichen. Sie ging diesen Beruf an, wie andere Bäume pflanzen oder versuchen, Krankheiten zu heilen. Das merkten ihre Studenten sofort: Sie kamen überwiegend von außerhalb, hassten Mailand, wohnten beengt, hatten kein Geld und ständig Hunger. Marta lud sie zu sich nach Hause ein, gab ihnen sowohl geistige als auch körperliche Nahrung. Sie hörte sich die Probleme an, die sie mit ihren Eltern, Lehrern, Partnern und Mitbewohnern hatten, riet ihnen stets durchzuhalten, ihren Abschluss zu machen, die Eltern zu respektieren, nichts für die Liebe zu opfern und sich mithilfe eines Jobs unabhängig zu machen – lauter althergebrachte, konservative Ideen, die aber aus Martas Mund revolutionär klangen. Sie hielt an ihrer Gewohnheit fest, nur wenig Besitz anzuhäufen und sich von unnötigem Ballast zu befreien. Die jungen Leute, die sie spätnachts verließen, hatten immer Bücher und Lebensmittel, die Mädchen Bücher, Schuhe, Kleider und Lebensmittel dabei. Die Nachbarinnen streuten böse Gerüchte über diese Besuche, aber das war Marta egal. Es stimmte, dass ihr manchmal Liebeserklärungen gemacht wurden. Einmal war sie von einer Studentin sogar auf der Schultoilette bedrängt worden. Doch sie hatte ihre Verehrer stets sanft, aber beharrlich zurückgewiesen. Sie wusste, dass sie große Macht über sie hatte, und es wäre ein Leichtes gewesen, diese zu missbrauchen. Sie lebte schon seit Jahren allein und war damit zufrieden.

Immer mal wieder passierte es, dass jemand auf der Straße ihre Stimme erkannte und sagte: »Entschuldigen Sie, sind Sie nicht Marta Muratore, die aus dem Radio?« Nicht so oft, dass sie das Gefühl gehabt hätte, prominent zu sein, aber oft genug, um ihr zu beweisen, dass sie gehört wurde und ihre Arbeit etwas bedeutete. Man machte ihr Komplimente, anschließend hieß es regelmäßig, man habe sie sich beim Hören ganz anders vorgestellt. Wie genau, wurde nicht gesagt. »Älter«, dachte Marta. Das lag an den Zigaretten und an den aus der Mode gekommenen Dingen, die sie sagte. Sie glaubten einer ergrauten Feministin zu lauschen, einer Simone de Beauvoir, die nur mit Büchern, aber ohne Familie lebte. Oft konnte es Marta kaum erwarten, so zu werden und endlich ihrem idealen Alter zu entsprechen. Sie war achtunddreißig, hatte fünfundzwanzigjährige Studenten und keine Freunde unter fünfzig.

1994 rief Roberto an und sagte mit zitternder Stimme, Sofia habe eine ganze Schachtel Valium geschluckt und liege im Krankenhaus. Marta dachte zuerst, er habe die Namen verwechselt – war nicht Rossana manisch-depressiv? Dann wurde sie wieder zur Kampf-, zur Rettungs-, zur Problemlösungsmaschine, ließ alles stehen und liegen und eilte in die Klinik, in die Sofia eingeliefert worden war. Sie ähnelte weniger einem Krankenhaus als einem Beratungszentrum für verhaltensauffällige Jugendliche.

»Was machst du bloß für einen Unsinn?«, sagte sie im Besucherraum. Damals waren sie noch zwei Fremde, wenn auch mit demselben Nachnamen. Ihre Verwandtschaft rechtfertigte gewisse Vertraulichkeiten.

»Ich hasse die ganze Welt, aber vor allem mich selbst«, erwiderte Sofia.

»Gehör ich auch dazu?«

»Dich kenn ich nicht. Aber ich warne dich! Am besten, du hältst dich da raus.«

Sofia trug ein schwarzes Sweatshirt und eine schwarze Jogginghose, ihre Haare waren nur auf einer Seite abrasiert und das linke Ohrläppchen von jeder Menge silberner Ringe durchlöchert. Sie wog mindestens zehn Kilo zu wenig, an den Händen standen die Adern hervor, aber Marta ließ sich nicht so schnell abschrecken. Sie gehörte einer Generation an, die von Politik und Heroin zerstört worden war, und hatte genug Leute leiden sehen. Sie beschloss, sich keineswegs rauszuhalten.

»Brauchst du irgendwas?«, fragte sie.

»Zigaretten.« Auf einmal zeigte Sofia Interesse. Sie nahm die Schachtel, die Marta ihr hinhielt, und steckte sie ein. »Und eine Sonnenbrille, eine riesengroße dunkle Sonnenbrille. Das viele Weiß sengt mir das Hirn weg.«

Für eine Möchtegernselbstmörderin hatte sie erstaunlich viele Bedürfnisse. Sie bat auch um einen Walkman, eine Vanilleseife, Haarentfernungswachs, weil sie hier keine Rasierklingen benutzen durfte, um Stanislawskis Buch »Die Arbeit des Schauspielers an sich selbst« und eine Schachtel Kondome – das Einzige, was Marta wirklich nervös machte. Sie musterte die Packungen mehrmals an der Supermarktkasse, fand es aber irgendwie unpassend, die Kondome zusammen mit Gemüse und Keksen zu kaufen. Daher nahm sie eines Tages das Auto, fuhr eine halbe Stunde durch die Gegend, parkte dann in zweiter Reihe und betrat eine ihr bis dahin unbekannte Apotheke. Als sie sie wieder verließ, fühlte sie sich wie nach einem Überfall. Noch am selben Nachmittag überreichte sie Sofia die in Papier eingeschlagene Schachtel. Nur um etwas zu sagen, fragte sie, ob Sofia in der Klinik von ihrem Freund Besuch bekomme.

»Wenn ich jemanden hätte, der *mein Freund* ist«, erwiderte Sofia, »müsste ich auch *seine Freundin* sein, oder? Nein, danke. Ich lass hier drin nur ein bisschen die Matratzen quietschen.«

Marta musste lachen. Wo kam nur auf einmal diese ausgebuffte Verführerin her? Roberto hatte sie vorgewarnt: »Glaub nichts von dem, was sie dir erzählt. Sie ist eine krankhafte Lügnerin.« Marta fragte, ob die freie Liebe nicht etwas aus der Mode gekommen sei, und Sofia begriff nicht, dass man sie auf den Arm nahm. Sie sagte, dass aus ihrer Sicht fast alles Übel auf der Welt auf sexuellem Frust beruhe. Probleme wie Kriege, Rassismus und Religion ließen sich alle sofort lösen, wenn jeder zwischen dreizehn und neunundneunzig mit jedem fickte. Sie fügte hinzu, dass sich diese »Scheißgesellschaft« auf die Familie stütze, und um die Familie zu schützen, habe man die perverse Institution Ehe erfunden. Wie könne man etwas ändern, wenn man nicht gegen diese eingebildeten »Besitzansprüche« ankämpfe? Mal ganz zu schweigen von denen dem Planeten und Tieren gegenüber.

Unabhängig davon, ob sie nun eine notorische Lügnerin war oder nicht: Marta konnte ihren Gedanken durchaus folgen.

»Mit wie vielen Männern warst du schon im Bett?«, fragte Sofia.

»Mit vieren«, erwiderte Marta gedankenverloren.

Sofia brach in Gelächter aus, und sie musterte sie überrascht: Unglaublich, wie sehr sie ihrer Mutter ähnelte. Lag es nur an dem schrillen Lachen oder auch an der Art, wie sie den Kopf in den Nacken warf – genau wie Rossana? Marta fragte, was es denn da zu lachen gebe, und Sofia sagte, sie habe nach allem, was die Eltern so erzählten, stets geglaubt, Marta habe einen enormen Männerverschleiß und würde jede Woche den Freund wechseln. Marta zuckte nur mit den Schultern, als wollte sie sagen: Und was kann ich dafür?

»Als ich zwanzig war, war die Liebe nicht so wichtig. Ich würde sogar sagen, dass sie als Übel galt. Als etwas viel zu Privates. Ich habe durchaus Freunde gehabt. Manchmal waren wir ganz eng befreundet. Aber sobald wir im Bett gelandet sind, war die Hölle los.«

»Wieso?«

»Dann wurden sie besitzergreifend, wenn nicht gewalttätig. Auch hochgebildete Männer konnten unfassbar brutal werden. Angeblich habe ich sie geradezu provoziert, mich wie Dreck zu behandeln.«

»Und du hast das zugelassen?«

»Quatsch! Ich hab sie eher getröstet. Meist hat es ohnehin nur so lange gedauert, bis sie eine andere kennengelernt und sich richtig verliebt haben In eine richtige Frau. Anschließend kamen sie wieder bei mir angekrochen, um sich bei mir auszuheulen, schließlich war ich ja ihre beste Freundin.«

»Unglaublich! Und dann?«

Marta hatte es geschafft, ihre Neugier zu wecken. Inzwischen wollte Sofia alles über die Liebe in den Siebzigern wissen. Sie unterhielten sich lange, und während Marta ihr von ihren Liebesgeschichten erzählte, als wären sie ein Comic – einschließlich der Rückschläge, die sie hatte einstecken müssen, der Lügen, an die sie geglaubt hatte, und der vielen Male, die sie ausgenutzt, betrogen, erniedrigt und sitzen gelassen worden war –, sagte Sofia immer wieder »Das kann doch nicht wahr sein!« oder »Und du? Und er?« oder »Ich bitte dich, ich lach mich tot!«. Und jedes Mal wenn sie sie zum Lachen brachte, war Marta wie hypnotisiert von ihr.

In Paris hatte sie offenbar so einiges verpasst, was ihre Nichte anging. »Du findest sie also gar nicht so schlimm?«, fragte Roberto am Telefon. »Dann hör mir mal gut zu.« Mit zehn war Sofia vor der Erstkommunion mit ihrer Mutter beim Friseur gewesen. Danach hatte sie einen Pagenschnitt wie Rossana und war in Tränen aufgelöst. Zu Hause schloss sie sich im Bad ein, griff zur Schere und schnitt sich selbst die Haare. Das war das letzte Mal, dass sie jemanden an ihren Kopf gelassen hatte.

In der sechsten Klasse hatte sie den Lehrern weisgemacht, ihr Name im Klassenbuch stimme nicht, da sie bloß ein Pflegekind und die Adoption nie ganz über die Bühne gegangen sei. Daher müsse man sie mit dem Nachnamen ihrer »richtigen Mutter« anreden.

»Und was war das für ein Nachname?«, fragte Marta.

»Keine Ahnung. Adoptiveltern! Das muss man sich mal vorstellen! Aber das Beste ist, dass ihr alle geglaubt habt.«

Mit vierzehn lief sie von zu Hause weg, weil sie eine Woche Hausarrest bekommen hatte. Sie war unauffindbar. Die Polizei verhörte die Nachbarn und legte sogar den Teich der Siedlung trocken, weil sie überall herumerzählt hatte, sie werde sich eines Tages darin ertränken. Wie sich herausstellte, war sie von Freunden auf dem Dachboden versteckt worden, die glaubten, sie vor ihren Eltern beschützen zu müssen. Sie waren fest davon überzeugt, dass Roberto ein brutaler Faschist und Rossana eine Religionsfanatikerin sei.

»Na ja, stimmt ja auch, dass du ein Faschist bist«, bemerkte Marta.

»War ich nicht apolitisch und konservativ?«

»Hör mal, ich glaube, du übertreibst! Ihr einziges Problem besteht darin, dass sie sechzehn ist. Ich war genauso.«

»Nein!«, sagte Roberto entschieden, »so warst du nie.«

Wie dann?, hätte sie gern gefragt, ließ es aber bleiben. Sie lief durch die Wohnung, den Hörer ans Ohr geklemmt, damit sie die Hände frei hatte. Während sie mit ihrem Bruder telefonierte, rauchte sie eine Zigarette, räumte die Spülmaschine aus und wischte den Glastisch mit einem feuchten Tuch ab, um ihn von Fingertapsern zu befreien.

»Weißt du, was ich manchmal denke?«, sagte sie. »Dass sie für das büßen muss, was wir getan haben.«

»Was soll sie denn bitte büßen?«

»Ich kann ihre Probleme nicht von dem trennen, was wir vor zwanzig Jahren gemacht haben.«

»Wer ist ›wir‹, Marta? Ich hab rein gar nichts gemacht. Im Gegenteil, ich glaube, ich hab deutlich mehr gegeben als genommen.«

Ein Gutes hatte die Sache: Indem sie über Sofia redeten, kam sie Roberto wieder näher. Ihr Bruder hatte sich seit seiner Zeit als Einserstudent sehr verändert. Der Karrieremythos war die zweite große Enttäuschung in seinem Leben gewesen, gleich nach der Heirat, die eher einer Strafe ähnelte. In der Firma musste Roberto mit ansehen, wie er von jüngeren und ehrgeizigeren Kollegen überholt wurde. Er war ein paar Mal befördert worden, aber ihm fehlten einige Qualifikationen für den Sprung ganz nach oben, und inzwischen hatte er sich damit abgefunden, eine untergeordnete Stellung zu bekleiden. Er sprach ganz offen darüber. Er hatte Tugenden wie Nachsicht und Toleranz neu schätzen gelernt. Er wusste, dass er seine Frau nicht verstand, ihren Bedürfnissen nicht gerecht wurde, und jedes Mal wenn er mit ihr diskutierte, wurde er mit seinem begrenzten Horizont konfrontiert. Aber zumindest hörte er ihr zu. Marta gegenüber zitierte er ein orientalisches Sprichwort, das mehr oder weniger besagt: »Wenn dein Haus von einem Orkan überrascht wird, schließ dich nicht darin ein, sondern mach Türen und Fenster auf und lass ihn hindurchziehen.« Marta war überrascht. Ihr alter Sturkopf-Bruder hatte den Zen-Buddhismus entdeckt. Aber sie wusste genug von Orkanen, um diesen neuen Roberto zu schätzen, zu merken, dass er jemand war, mit dem man endlich reden konnte.

Anschließend rief sie Sofia in der Klinik an. Währenddessen sah sie sich eine auf leise gestellte Politsendung an und belud die Waschmaschine mit Weißwäsche.

»Hör mal!«, sagte Sofia, die Stanislawski las. »Vergessen Sie nie, dass man mit dem Spiegel sehr vorsichtig umgehen muss; er verleitet den Schauspieler, nicht auf das Innere, sondern auf das Äußere bedacht zu sein.«

»Ich würde sämtliche Spiegel abhängen«, bemerkte Marta und stellte das Kochwäscheprogramm ein.

»Was machst du denn da? Wäschst du Wäsche? Um zehn Uhr abends?«

»Tagsüber hab ich keine Zeit dazu.«

»Ich hab schon einige Neurosen erlebt, aber du bist wirklich total gestört.«

»Ich weiß nicht, wovon du redest, Sofia.«

»Wovon ich rede? Von deinen Unterhosen! Würdest du sie ein bisschen öfter wechseln, müsstest du sie nicht so ausgiebig waschen. Botschaft angekommen? Das solltest du mal ausprobieren.«

»Danke für den Rat. Und gute Nacht! Wir hören uns morgen.«

Im Bett wälzte sie sich lange schlaflos hin und her. Sie wusste nicht mehr, wie es war, sechzehn zu sein. Wenn sie an ihre Sturm-und-Drang-Phase zurückdachte, kam ihr das vor, als würde sie die Biografie einer Fremden lesen. Fakten lassen sich auswendig lernen, aber sie zu leben ist was ganz anderes. Nur Träume riefen ihr manchmal in Erinnerung, dass alles wirklich passiert war, und dann stand sie auf und suchte sich noch etwas, das sie putzen konnte.

In ihrem Kopf verschwamm Rossana mit vielen anderen ehemaligen Freunden. Einige hatten für ihre Vergangenheit teuer bezahlen müssen, andere weniger, aber niemand war unbeschädigt davongekommen. Doch alle hatten die Wahl gehabt, ihr Schicksal selbst in die Hand nehmen können. Bei Sofia war das völlig anders.

»Weißt du, was dein Problem ist?«, hatte die ihr eines Abends gesagt.

»Noch eines?«

»Dass du tief in deinem Innern Kommunistin bist. Ihr seid genauso wie die Katholiken, ihr reißt euch den Arsch auf, weil ihr an die Zukunft glaubt. Aber ich will *im Hier und Heute* glücklich sein.«

Die Klinik wollte sie möglichst bald loswerden. Sofia streunte nachts durch die Zimmer, außerdem hatte sie sich mit mehreren Schwestern angelegt. Sie hielt sich nicht an die Regeln und war ein katastrophales Vorbild für andere Patienten. Eines Morgens teilte man Marta mit, das sei die letzte Aufforderung, jemand müsse die Rechnung bezahlen und sie abholen.

»Was ist, organisierst du einen Aufstand?«, fragte sie Sofia bei ihrem wöchentlichen Besuch. »Schaffst du es nicht, auch nur einen Tag keine Probleme zu machen?«

Sofia meinte, sie tue das schließlich nicht mit Absicht. Und bei den vielen Beruhigungsmitteln, die man ihr gebe, habe sie Angst, sie werde genauso wie ihre Mutter. Manchmal spüre sie Rossana tief in ihrem Innern, die Seele ihrer Mutter, die rauswolle, und müsse sie dann mit Gewalt zurückdrängen. Etwas kaputt zu machen sei ein gutes Gegenmittel, aber die Krankenschwestern zu beleidigen helfe ebenso.

»Was hat denn deine Mutter Böses getan?«, fragte Marta.

»Ich weiß gar nicht, wo ich anfangen soll.«

»Meiner Meinung nach gibt es so einiges, das du nicht weißt.«

»Ach ja?«, erwiderte Sofia. »Du meinst Geheimnisse? Hab ich dir je erzählt, wie oft ich sie Koffer packen und wieder auspacken sah? Das war ihre Lieblingsdrohung. ›Ich halt es nicht mehr aus, ich gehe, verstanden?‹, hat sie dann geschrien. Einmal muss sie die Tabletten vertauscht haben, da ist sie direkt neben dem offenen Koffer umgekippt und sofort eingeschlafen.

Sie hatte ihn gerade erst gepackt, um abzuhauen. Aber eine Stunde nach der anderen verging, und sie wurde nicht wach. Irgendwann hab ich mir gedacht: ›Besser, mein Papa sieht das nicht.‹ Also hab ich alles wieder weggeräumt: die Kleider, die Schuhe … damals war ich zwölf. Als er schließlich von der Arbeit kam, ist sie benommen aufgestanden, aber da hatte sie sich schon wieder beruhigt. Wir haben nie darüber gesprochen. Hast du davon gewusst?«

»Nein«, gestand Marta.

»Ich will nicht so werden.«

»Aber du bist auch nicht so. Es ist völlig ausgeschlossen, dass du so wirst – glaub mir!«

»Ist das dein Ernst?«

»Klar.«

»Ist das dein Ernst, oder sagst du das bloß, damit ich mich wieder beruhige?«

»Wenn ich wüsste, wie ich dich beruhigen kann, würde ich nicht als Journalistin arbeiten«, erwiderte Marta. »Sondern als Dompteuse.«

Darüber lachten sich beide kaputt. Es war lange her, dass Marta jemanden so zum Lachen gebracht hatte. Bevor sie Sofia kennenlernte, war sie fest davon überzeugt gewesen, keinen Sinn für Humor zu haben.

»Freust du dich denn gar nicht darauf, hier rauszukommen?«, fragte sie, als es ihr absurd vorkam, sich in diesem Besucherzimmer zu treffen. »Darauf, nicht mehr rund um die Uhr unter Aufsicht zu stehen und einfach dein Leben leben zu können? Gibt es denn gar nichts, was du gerne tun willst?«

»Theater spielen«, erwiderte Sofia wie aus der Pistole geschossen.

»Wir könnten in Mailand eine Schauspielschule für dich

ausfindig machen. Ich kenne ein paar Regisseure. Du könntest auch bei mir wohnen, wenn du mir versprichst, nicht auszuflippen.«

»Meiner Meinung nach hältst du das genau eine Woche aus und wirfst mich dann raus.«

»Meiner Meinung nach werden wir einen Riesenspaß haben«, sagte Marta, die schon seit Tagen darüber nachdachte. Sie lebte seit zwanzig Jahren allein und war sich nicht sicher, ob sie es schaffen würde, das Bad mit jemandem zu teilen, aber sie sah keine andere Lösung.

Eines Samstags nahm sie das Auto und machte die Fahrt, die sie bisher stets hinausgeschoben hatte: Sie fuhr quer durch Mailand nach Norden, ließ die Innenstadt mit dem Bollwerk der Porta Venezia, dem Corso Buenos Aires sowie die endlose Peripherie nach dem Piazzale Loreto hinter sich, überquerte den Ring und fand sich in einer ganz anderen Stadt wieder, die es vorher noch nicht gegeben hatte – das war zumindest ihr Eindruck. Überall Wohnblöcke, Fabrikhallen, die sich wie Granatsplitter in die Felder gebohrt hatten, Unmengen von Reihenhäusern und hin und wieder ein Einkaufszentrum. An diesem Horizont gab es keinerlei Orientierungspunkt mehr, und Marta verfuhr sich, bat um Hilfe, wendete und verfuhr sich erneut. Lagobello war genau so, wie Roberto es beschrieben hatte: Von außen sah es aus wie ein eingezäunter Park. Am Eingang waren Überwachungskameras angebracht, und sie musste ihren Ausweis beim Portier lassen und darauf warten, dass ihr Bruder sie vom Parkplatz abholte. Während sie ihm über die gepflasterten Wege folgte, musste sie wieder an Sofias Schilderungen denken, an ihre politischen Parolen gegen die Institution Familie. Es war still in der Siedlung, in der sie aufgewachsen war, überall gepflegte Gärten und viel

Platz für Kinder, hübsche Häuser und ein angenehmer Duft in der Luft. Doch hier war nur eine mögliche Lebensweise vorgesehen, nämlich die eines verheirateten Paares mit Kindern und Hund. Hier war kein Platz für Leute wie Marta, vielleicht auch nicht für solche wie Sofia.

Rossana war nicht zu Hause. Vermutlich war das besser so. Roberto bat sie ins Wohnzimmer, und Marta sah gleich, wer es eingerichtet hatte: Sie erkannte die früheren Lieblingsfarben – Gelb, Lila, Orange –, eine Vorliebe für warme Töne und kühle Materialien wie Plastik und Metall. Der Garten jenseits der Terrassentür wucherte üppig. Auch das Innere des Hauses erinnerte an einen Regenwald, so als wären Möbel und Dekorationsgegenstände Schlingpflanzen, die mit ihren Tentakeln allen Platz beanspruchten. Vielleicht lag es aber auch nur daran, dass Marta daran gewohnt war, in kahlen Räumen zu leben.

Sie diskutierten über ein paar kleine Details, Roberto unterschrieb die Entlassungspapiere der Klinik, und Marta verweigerte den Scheck, den er ihr anbot. Stattdessen freundete sie sich mit Sofias Hund an, der alles verstanden hatte und mitwollte. Roberto warf hin und wieder einen Blick in den Flur. Im Gehen glaubte Marta, ein Geräusch zu hören, und konnte es sich nicht verkneifen, zum ersten Stock hochzuschauen. Die Rollläden waren heruntergelassen und das Fenster durch Gitterstäbe geschützt.

»Sie hat so viele Ängste«, hatte ihr Sofia erzählt, »dass sie sich nur noch in ihrem Bett sicher fühlt. Allein schon entscheiden zu müssen, was sie zum Abendessen kochen soll, versetzt sie in Panik. Ich glaube, sie hat noch nie in ihrem Leben eigenständig eine Entscheidung getroffen – auch nicht die, zu heiraten oder ein Kind zu bekommen.«

Eines stand jedenfalls zweifellos fest, nämlich dass Rossana am Ende doch noch ein Zimmer für sich allein gefunden hatte.

Alles, was von ihnen beiden noch blieb – im geplünderten Reich ihrer Erinnerungen, zwischen verbrannten Papieren, geächteten Namen und Bilanzen, in denen man Recht und Unrecht gegeneinander aufrechnete, ohne dass sie jemals aufgingen –, war das eine Mal, als Rossana – sie hatte alle Tiegel und Flakons auf dem Tisch aufgereiht – sie zum Sitzen aufgefordert und gesagt hatte: »Mach die Augen zu. Bitte, mach die Augen zu, vertrau mir!«

Sie hatte mit der Grundierung begonnen, mit den Fingern Druck ausgeübt, wo diese verblendet werden musste. Sie hatte mit einer Quaste Puder und mit einem Pinsel Rouge aufgetragen, und Marta hatte das Gefühl gehabt, eines ihrer Bilder zu sein. Sie spürte die unterschiedliche Konsistenz der Materialien auf ihrer Haut, geschickte Finger, Malerinnenhände. Vielleicht war sie auch eingeschlafen, und wenn nicht, befand sie sich in dem halb wachen Zustand, in den man während einer Massage verfällt: entspannt und voller Vertrauen. Rossana sang, während sie arbeitete, und ihre Stimme war kristallklar.

»Mach die Augen auf!«, flüsterte sie und weckte sie. Marta wusste nicht, wie viel Zeit vergangen war. Sie hätte sich lieber nicht angeschaut, wollte diesen vollkommenen Moment nur ungern zerstören. Sie hatte sich in der Vergangenheit selbst geschminkt und wusste, dass sie sich vulgär finden würde – die markanten Züge lächerlich abgemildert, wie ein Straßenjunge, den man in einen feinen Anzug gezwungen hat, oder wie eine Verkäuferin an ihrem freien Abend. Aber sie hatte dem Spiegel nicht ausweichen können. Vor ihr war eine androgyne Person mit extrem weißer Haut aufgetaucht, die Augen ein schwarzer Abgrund, spitze Wangenknochen über blutleeren Wangen.

»So siehst du mich also?«, hatte sie verblüfft gefragt.

»Ich sollte dir auch die Haare machen«, hatte Rossana erwidert. »Beim nächsten Mal bring ich Haarlack und Föhn mit.« Aus ihrer Handtasche war eine Polaroidkamera zum Vorschein gekommen, und sie hatte ein Foto von ihr gemacht, das kurz darauf verloren gegangen, bei der Flucht zurückgelassen worden war.

Aber für ein paar Tage hatte es existiert. Es hatte am Badezimmerspiegel gesteckt, wo es Marta jeden Morgen zeigte, wer sie sein könnte, und wer sie war. Und vielleicht war es dieses Foto gewesen, das diese Erinnerung konserviert, sie lebendig gehalten hatte.

Im Oktober 1994 wienerte Marta gerade die Badezimmerfliesen, als sie ein dumpfes Klappern im Treppenhaus hörte. Sie trat in den Hausflur, wo ihre Nachbarin bereits alarmiert stand, und beugte sich übers Geländer: Fünf Stockwerke unter ihr schleifte ein von Kopf bis Fuß schwarz gekleidetes Mädchen unter Getöse einen Koffer hinter sich her, der größer war als es selbst, indem es ihn mit beiden Händen Stufe für Stufe nach oben zog.

»Sofia!«, rief Marta vom Treppenabsatz aus, lächelte und winkte. »Das ist meine Nichte«, sagte sie zu ihrer Nachbarin, einer alten Witwe, die etwas vor sich hin brummte und wieder in ihrer Wohnung verschwand. »Sofia, es gibt einen Lift.«

Sofia erwiderte etwas, das Marta nicht verstand. Sie war etwas schwerhörig wegen des vielen Lärms, den sie in ihrer

Jugend abbekommen hatte. Das Mädchen ließ den Koffer los, bildete mit beiden Händen einen Trichter und rief: »Den kann ich nicht nehmen, ich hab Platzangst.«

»Auch das noch!«, sagte Marta. »Warte, ich komm runter.«

»Nein, nein«, gab Sofia zurück. »Ich schaff das schon.«

Sie setzte die Kapuze ihres Sweatshirts auf, in dem sie fast verschwand. »Würde jemand versuchen, sie zu packen«, dachte Marta, »würde er nichts als Luft zu fassen bekommen.« Ihr fiel das Kind wieder ein, das sich einst zwischen den Beinen seiner Mutter versteckt hatte. Und jetzt war es hier, wurde von einem Hustenanfall geschüttelt und hielt Einzug in ihr Leben. »Scheißstufen!«, sagte es hustend. »Ich bin im Endstadium.«

Sofia weigerte sich, Hausschuhe anzuziehen, aber zumindest gefiel ihr die Wohnung. Wenig Möbel, nackte Wände. In Martas Zimmer stand ein Doppelbett, auf einem Stuhl stapelten sich Bücher. Ins Arbeitszimmer hatte Marta am Vortag ein Klappsofa gezwängt, indem sie den Schreibtisch in eine Ecke geschoben hatte.

»In diesem Schrank hab ich dir Platz frei geräumt«, sagte sie. »Den teilen wir uns, ich hab nur wenig Sachen.«

»Arbeitest du hier?«, fragte Sofia.

Marta erklärte, dass sie in der Schule, beim Radio und zu Hause arbeite, sich aber so organisieren werde, dass Sofia ihre Ruhe habe.

»Wäre es nicht praktischer, ich nehm dein Zimmer und du das hier?«

»Vergiss es!«, sagte Marta.

Sofia begann ihr neues Zimmer zu erkunden. Sie betrachtete die Paris-Fotos im Regal: ein Boulevard mit einer Demonstration, das Flussufer voller Fahrräder, eine mit zerfetzten Plakaten bedeckte Mauer, Marta in Begleitung französisch aussehender, bedeutender Männer. Dann sah sie das Bild über dem Sofa. Es war eine Madonna mit Kind. Im Hintergrund ein Feld mit Sonnenblumen, die reinste Farbexplosion. Außerdem war die Madonna nackt. Sie hatte lange Haare, die ihren Busen bedeckten: eine Hippie-Madonna, die ihrer Mutter ziemlich ähnlich sah. Das Kind war also ein Mädchen – mit anderen Worten sie. Sofia nahm eine Zigarette aus der Schachtel auf dem Schreibtisch und zündete sie an.

»Magst du Thunfisch?«, fragte Marta, die so aufgeregt war wie bei einem ersten Rendezvous. »Wir können uns einen Salat mit Oliven, Tomaten und hart gekochten Eiern machen.«

»Hier drin ist es so aufgeräumt, dass man es direkt mit der Angst bekommt«, bemerkte Sofia.

»Oder lieber ein Zucchini-Omelett, was meinst du?«

Diesmal hatten sie Zeit, und niemand war ihr auf den Fersen – nichts, was einer möglichen Freundschaft im Weg stand.

»Ich esse mittags nichts«, erwiderte Sofia und riss das Fenster auf, um zu gucken, wie es unten auf der Straße aussah.

Vom Wind gezeichnet

Kurz bevor Emma ihn verließ, schickte man sie nach Singapur – so weit weg von zu Hause waren sie noch nie zusammen gewesen. Roberto hatte dieser Reise wochenlang entgegengefiebert. Während sie sich im Hotel ausruhte, bat er den Portier um Tipps und drehte draußen eine Runde, um die Benommenheit des Fluges abzuschütteln und sich den Indischen Ozean anzuschauen. Als Binnenlandbewohner beeindruckten ihn Häfen immer wieder: Er folgte der Uferpromenade bis zur Flussmündung, lief über die Baustelle eines noch unfertigen Gebäudes und sah sich auf einmal dem Meer gegenüber wie in einer befestigten Stadt, bei der das Wasser als Wehrmauer dient. Er stellte sich vor, aus dem Jahr 1991 in die Zeit der Kolonien zurückgereist zu sein. Er betrachtete den Wald aus Baukränen, die an den Hotelkais vertäuten Motorboote und die Handelsschiffe, die jenseits der Insel Sentosa, auf der sich malaiische Hafenarbeiter für die großen multinationalen Konzerne krummlegten, aufs offene Meer hinausfuhren.

Noch am selben Abend gingen sie mit den chinesischen Großhändlern, die Alfa Romeos in halb Asien verkauften, zum Essen. Im Lokal war eine lange Tafel gedeckt – acht Italiener auf der einen und acht Chinesen auf der anderen Seite –, ein jeder seinem hierarchischen Pendant gegenüber wie bei einer

Schachpartie. Roberto hatte die Position des rechten Läufers inne, während Emma am Rand den linken Turm gab. Und als er sich setzte, sah er, wie sie einem eleganten jungen Mann die Hand gab. Da es zwischen ihnen gerade nicht gut lief, versetzte es ihm bei ihrem Lächeln einen eifersüchtigen Stich.

»Haben Sie den 164er entworfen?«, fragte der ihm gegenübersitzende Chinese. Er hatte aschgraues Haar, sein Teint wies dieselbe Farbe auf – wie so oft bei Kettenrauchern. Ohne auf den Kellner zu warten, hatte er den Champagner bereits aus dem Kühler genommen und schenkte zwei Gläser randvoll.

»Nur zum Teil«, erwiderte Roberto.

»Was für ein wunderbares Auto!«, bemerkte der Chinese. »Wunderbar.« Er hob das Glas und stieß auf den 164er an. Roberto tat es ihm gleich, nahm einen Schluck vom Champagner und fand ihn ein wenig zu süß. Er stellte das Glas wieder ab, während der andere seines leerte, als enthielte es nur Wasser. Er schien sich schnellstmöglich betrinken zu wollen, schenkte sich nach und sagte: »Eins-sechs-vier. Hat das irgendeine Bedeutung?«

»Nein, keine«, erwiderte Roberto. »Das ist nur eine Typenbezeichnung.«

»Das hab ich mir bereits gedacht«, meinte der Chinese und schlug auf den Tisch. »Wussten Sie, dass wir hier eine andere verwenden müssen, weil den Wagen vorher niemand gekauft hat?«

Nein, das war Roberto neu. Er nahm noch einen Schluck Champagner und hörte zu. Der Mann erzählte, dass die Bestellungen im ersten Quartal katastrophal gewesen seien, ohne dass sie die Gründe gekannt hätten. Auf anderen Märkten lief das Auto gut, und in Malaysia fehlte es schließlich nicht an kaufkräftiger Kundschaft: Nur dass es keine Malaien, sondern Kanton-Chinesen waren. Er lachte, und Roberto sah, dass seine Zähne ebenfalls grau waren. Dunkelgrau, wie tot. Das konnte nicht nur am Rauchen liegen. Dann, so fuhr der Mann fort, hätten sie gemerkt, dass die wenigen Käufer etwas Seltsames taten: Sie entfernten die Ziffern von der Karosserie, kaum dass sie den Parkplatz des Vertragshändlers verlassen hatten. In Malakka und Kuala Lumpur fuhren diese 164er namenlos herum. Da hatten sie nachgehakt und erkannt, was dahintersteckte.

»Und zwar?«, fragte Roberto schwer getroffen. Insgeheim betrachtete er dieses Auto als sein Baby. Es war das, was dem Sohn, den Emma und er nie bekommen hatten, am nächsten kam. Sie hatten vier Jahre zusammen daran gearbeitet, und es war die schönste Zeit ihrer Beziehung gewesen.

»Aberglaube!«, sagte der Chinese verächtlich, wie ein Wissenschaftler, den man gezwungen hat, mit Kannibalen zu arbeiten. »Auf Kantonesisch hat jede Zahl eine bestimmte Bedeutung. Sodass eine dreistellige Ziffer einen ganzen Satz bilden kann, wenn Sie verstehen, was ich meine. Die Eins steht für das Subjekt, ganz so als würde man ›Ich‹ sagen, und die Sechs für das Verb ›sein‹. Das ergibt ›Ich bin‹, okay?«

»Und die Vier?«, fragte Roberto.

»Das ist die schlimmste Zahl von allen. Raten Sie mal!«

»Keine Ahnung. Unglück?«

»Schlimmer«, erwiderte der Chinese.

»Ruin. Zerstörung.«

»Noch schlimmer.«

»Was gibt es Schlimmeres? Den Tod?«

Der Chinese nickte lebhaft.

»Ich bin tot«, murmelte Roberto, und der Chinese hob begeistert das Glas. »Ich bin tot!«, rief er. »Eins-sechs-vier!«

Er bedeutete ihm, darauf anzustoßen. Jetzt lachte er nicht mehr: Seine Stirn war schweißbedeckt, und seine Augen glänzten wie die eines Betrunkenen. Roberto begriff, dass er Bestätigung, ja sich vergewissern wollte, dass sie im Kampf zwischen Zivilisation und Barbarei auf derselben Seite standen. Hilfesuchend sah er sich nach Emma am Ende des Tisches um, aber die Zeiten, in denen es genügt hatte aufzuschauen, damit sich ihre Blicke trafen, waren schon lang vorbei. Sie erklärte etwas Technisches und nahm dabei den Finger zu Hilfe, mit dem sie etwas auf die Tischdecke zeichnete. Währenddessen saß der Chinese da und hielt das Glas in die Luft – der x-te Kunde, den es zufriedenzustellen galt: Roberto hob resigniert das Glas und stieß mit dem grauen Herrn auf den Tod an.

Er war im Winter 1975 zu Alfa Romeo gestoßen wie jemand, der auf eine Party kommt, nachdem die Musik gerade verklungen ist: Die *Anonima Lombarda Fabbrica Automobili* hatte in den Fünfziger- und Sechzigerjahren wild getanzt. Damals war ganz Italien asphaltiert und motorisiert worden. Aber mit den Gewerkschaftsprotesten von 1969 wurden die ersten Misstöne laut, und die Ölkrise von 1973 war der Anfang vom Ende. Doch von alldem wusste der sechsundzwanzigjährige Roberto Muratore damals nur wenig. Er stieg vor der Niederlassung in Arese aus dem Bus – mit dem energischen Schritt und dem militärischen Kurzhaarschnitt des frisch entlassenen Artillerie-Unteroffiziers, schloss sich dem Strom der Angestellten und Arbeiter an, die dem Eingang zustrebten, marschierte durch die Fabriktore … und verlief sich. Hier gab es niemanden, der Kommandos brüllte und die Leute von rechts nach links schickte. Beim Bewerbungsgespräch hatten *zwanzigtausend Angestellte* sein Vorstellungsvermögen noch deutlich überstiegen.

Doch jetzt nahm diese Zahl plötzlich konkrete Formen an: Die Fabrik war so groß wie eine Kleinstadt. Roberto irrte zwischen Gießerei, Presswerk, Innenausstattung und Montage umher, bis er in der Fertigung seinen ersten Kollegen kennenlernte. Er hieß Giuseppe Russo und trug den schwarzen Schnauzbart eines sizilianischen Banditen. Er erklärte Roberto, er habe den falschen Eingang genommen, begleitete ihn ins Technikzentrum und überließ ihn der Obhut einer Sekretärin. Zum Abschied erzählte er einen Witz, den er bestimmt schon mehrmals angebracht hatte: »Du kannst das hier so oder so sehen, als Familie oder als Knast. Die Knastleute erkennst du auf Anhieb, die haben eine Mordswut. Ich bin einer vom alten Schlag und gehör zur Familienfraktion.« Mit diesen Worten klopfte er ihm auf die Schulter, brach in lautes Gelächter aus und kehrte in seine Abteilung zurück, gerade noch rechtzeitig, bevor die Glocke den Schichtbeginn einläutete.

Zwei Tage später – Roberto versuchte noch immer seine Aufgaben zu verstehen – wurden die Büros von Demonstranten in blauen Overalls gestürmt. Sie bliesen in Trillerpfeifen und trugen Ölfässer um den Hals, auf die sie mit Schraubenschlüsseln eintrommelten und so einen Höllenlärm machten. Sie fegten alles von den Schreibtischen und schrien »Streikbrecher«! Roberto war gerade auf dem Klo. Als ihn das Getöse des Aufruhrs erreichte, fiel ihm nichts Besseres ein, als sich in einer der Kabinen einzuschließen. Er wurde von einer Art Wikinger mit strohblondem Bart aufgestöbert, der die Tür aufriss und ihm ins Gesicht schrie: »Streikbrecher, warum streikst du nicht?« Einem Reflex gehorchend, schlug Roberto die Hacken zusammen und stand stramm. Für den Wikinger war das schlimmer als ein Schlag ins Gesicht. Er musterte ihn von Kopf bis Fuß und ließ ihn einfach dort zurück, stramm stehend auf der Herrentoilette wie ein Geistesgestörter, um zu seinen Genossen zurückzukehren, die gerade die höheren Etagen stürmten.

Das gehörte zu den täglichen Überraschungsmomenten: Jede Zahl kam ihm riesig vor, jeder Raum maßlos, die Fabrik wie von unbeherrschbaren Kräften gesteuert. Sie stellten jedes Jahr zweihunderttausend Autos aus Metall, Glas und Plastik her. Die Werkstoffe wurden tonnenweise mit Güterzügen herbeigekarrt und kamen als aneinandergereihte, auf Hochglanz polierte Autos im Auslieferungslager wieder heraus. Damals ging die Giulia am besten: Sie wurde schon seit zwölf Jahren gebaut und war bereits eine Million Mal verkauft worden. Aber am Fließband regierte die Gegenwart, und in der Entwicklungsabteilung schaute man in die Zukunft. Im Vergleich zu den bereits zugelassenen Autos sahen diejenigen, die hier entstanden, aus wie Raumschiffe: Aus runden Formen wurden eckige, die Schnauzen länger und flacher und das Heck so zusammengestaucht, dass es beinahe verschwand. Eine Revolution bahnte sich an, und es war aufregend, daran beteiligt zu sein, wenn auch nur ganz am Rande. Auch sich mit dem Problem von Vibrationen bei hoher Drehzahl zu beschäftigen oder mit dem Differenzial- und Getriebeverschleiß bei den neuen Modellen mit Hinterradantrieb. Wenn er sich darauf konzentrierte, vergaß Roberto alles um sich herum: das herrische Gehabe seines Chefs, das Gemurmel im Hintergrund und die Streiks, die die Fabrik jeden zweiten Tag erschütterten. Wenn er eine Zeichnung nur lange genug betrachtete, gewann sie an Tiefe und Tempo, bis er sich in einer Art Fantasiewelt wiederfand, in der nur noch er und der wunderbare Alfa mit Doppelnockenwellenmotor existierten und in der alles mit allem verbunden war, jede Ursache eine

Wirkung hatte. Wie ein Komponist, der ein Notenblatt lediglich überfliegen muss, um eine Melodie zu hören, brauchte er nur einen gründlichen Blick auf eine Konstruktionszeichnung zu werfen, um den Motor in Aktion zu sehen.

»Kehr wieder in unsere Welt zurück, Muratore!«, sagten seine Kollegen und schnippten mit den Fingern. »Was ist, kommst du mit zum Mittagessen?«

»Ich mach das hier nur noch schnell fertig«, erwiderte Roberto und schaute sich blinzelnd in dem überfüllten Raum um, inmitten von technischen Zeichnern, Neonleuchten und den großen Fenstern, die auf die Probestrecke hinausgingen. Die Kollegen schüttelten nur den Kopf und steuerten die Kantine an. Lauter ihm selbst nicht unähnliche junge Männer mit weißen Hemden und großem Ehrgeiz, zu denen Roberto jedoch nie eine Beziehung aufbaute, die über rein Berufliches hinausging. So war es ihm auch schon an der Uni und beim Militär ergangen. Unter Männern gab es Verhaltenskodexe und Hierarchien, von denen er sich lieber fernhielt: Und nachdem die Meute vergeblich versucht hatte, ihn aufzunehmen, beschloss sie, ihn in seiner Motoren-Traumwelt zu belassen.

Einen Freund hatte er allerdings doch. Wenn sich ein Problem Lösungsversuchen hartnäckig widersetzte und er die abstrakten technischen Zeichnungen nicht mehr ertragen konnte, erhob sich Roberto von seinem Schreibtisch und ging hinunter zu den Mechanikern. Es war Giuseppe Russo, der ihn ermutigte, an den Motoren herumzuschrauben. Roberto lernte, dass sie in Wahrheit warm und schmutzig waren, dass ein jeder mit einer anderen Stimme brummte und sang, und manchmal, wenn er ihr zuhörte, verstand er, was sie ihm sagen wollte. Irgendwann wusste er sogar den Geruch in der

Werkhalle zu schätzen, kannte die Namen der Arbeiter, denen er begegnete, und schaffte es, die verschiedenen Dialekte zu entschlüsseln. Das Apulische, das Sizilianische. Ganz so als würde er auf einem Überseedampfer von der zweiten in die dritte Klasse hinabsteigen. Oder wie sagte Giuseppe so schön? Die Fabrik habe den Norden im Kopf und den Süden im Herzen: Das Edelfräulein Alfa trage zwar das Wappen Mailands, sei aber von Nicola Romeo, dem neapolitanischen Ingenieur, zum Altar geführt worden, woraufhin ihre prächtigen Formen ebenso Schule gemacht hätten wie die Effizienz ihres Motors. Er erzählte ihm diese Geschichten in der Kantine, wenn sie in der halben Stunde Freizeit nach dem Mittagessen Karten spielten: Ob Roberto eigentlich wisse, dass Henry Ford persönlich gesagt hatte: »Ich ziehe den Hut, wenn ich einen Alfa vorbeifahren sehe«? Ob er wisse, dass zwei Männer gerade erst vom Nordkap in Norwegen bis zum Kap der Guten Hoffnung in Südafrika gefahren seien, und zwar mit einer serienmäßigen Alfetta, ohne das geringste technische Problem – nur die Reifen hätten sie hin und wieder wechseln müssen? Und ob er wisse, dass dieser Doppelnockenwellenmotor mit sechs schräg hängenden Ventilen immer noch dasselbe verdammt perfekte Teil sei wie damals, als er noch kurze Hosen getragen hatte?

»Leg ab!«, sagte Roberto, nachdem er sich mit den Tressette-Regeln vertraut gemacht hatte. Momentan vertrieb er sich die Zeit damit, deutsche Motoren auseinanderzunehmen, um zu verstehen, wie sie gebaut waren: An die Mär von der Überlegenheit seiner Firma glaubte er schon lange nicht mehr.

Im Mai 1977 ging er eine Woche in Urlaub – was höchst ungewöhnlich war für einen, der sogar noch an Weihnachten gearbeitet hätte. Bei seiner Rückkehr hängte er einen

Bilderrahmen neben den Schreibtisch: Darin befand sich das Foto einer hübschen dunkelhaarigen jungen Frau – Rossana – mit dem offenen Lächeln eines Teenagers und einer verdächtigen Wölbung unter dem Brautkleid. Und tatsächlich: Schon bald nach dem ersten Foto hängte er ein zweites auf. Der winzige, verschrumpelte Außerirdische darauf war Sofia. Wo hatte jemand wie Roberto Muratore bloß so eine Frau gefunden? Das konnte sich keiner erklären, und niemand wurde je eingeladen, sie kennenzulernen: Die Hartnäckigkeit, mit der Roberto sein Privatleben vor der Außenwelt schützte, stellte eine unüberwindbare Hürde dar. Jetzt, wo er Ehemann und Vater war, beschloss er, dass es an der Zeit war, Züge und Busse hinter sich zu lassen und sich sein erstes Auto zu kaufen, eine weiße gebrauchte Alfetta, die er in den Kleinanzeigen am Schwarzen Brett entdeckt hatte und mit der er tagtäglich die jeweils fünfzehn Kilometer Stau zwischen Mailand und Arese bewältigte.

Damals begannen die Sabotagen. Es geschah nachts, trotz Wachpersonal: Beim Anlassen des Fließbands stellte sich heraus, dass eine Maschine manipuliert worden war, woraufhin die Produktion tagelang ruhte. Im Presswerk, wo die Arbeiter kamen und gingen, als wenn nichts wäre, tauchte ein Spruchband mit dem Slogan »Die Fabrik den Arbeitern!« auf, statt dem Firmenlogo war der fünfzackige Stern abgebildet. Dasselbe Symbol zierte ein Flugblatt, das die Vor- und Zunamen einiger Firmenbosse auflistete sowie konkrete Forderungen: einen sofortigen Stopp der Gehaltskürzungen beim Personal, die Abschaffung von Überstunden sowie von internen Kontrollmechanismen. Die betroffenen Bosse hofften, es handele sich nur um leere Drohungen. Bis dem Ersten auf der Liste das Büro angezündet wurde und dem Zweiten das Auto. Daraufhin wurde jemand panisch und bat um seine Versetzung, ein anderer gewöhnte sich an, bloß noch mit Leibwächtern zur Arbeit zu kommen. Es gab auch solche, die weiterhin den harten Mann markierten, und bei denen zielte man mit einer Pistole auf die Knie.

Robertos Kollegen gelang es, den tobenden Krieg zu ignorieren, doch er litt sehr darunter. Das war der Schützengraben, in den er allmorgendlich hinabsteigen musste, und an manchen Tagen schlug ihm die Angst dermaßen auf den Magen, dass er sein Mittagessen erbrach. Blass und erschöpft kehrte er nach Hause zurück. Wenn ihm Rossana Fragen stellte, wechselte Roberto das Thema oder reagierte gereizt. »Lies doch Zeitung!«, sagte er. »Lauf durch Mailand und schau, was an den Hauswänden steht! Willst du sonst noch irgendwas wissen?«

Zum Beispiel, dass ein Firmenboss direkt vor seiner Haustür entführt worden sei? Dass morgens inzwischen Polizei vor den Fabriktoren stehe? Und dass man trotz alledem dem Chef der Lackiererei in seiner eigenen Abteilung zehn Mal auf die Beine geschossen, ja dass er selbst in der Kantine miterlebt habe, wie sich einige Arbeiter bei der Nachricht zugeprostet hatten?

Rossana, die sich vom anderen Leben ihres Mannes ausgeschlossen fühlte, begann die Fabrik als Intimfeind zu betrachten. Sie rief ihn unter irgendeinem Vorwand in der Arbeit an, und sein Ton war dermaßen genervt, dass sie häufig schon am Telefon stritten – ein bloßer Vorgeschmack auf den Abend zu Hause. Roberto warf ihr vor, sich absichtlich einzumischen. Es scheine ihr regelrecht Spaß zu machen – allein schon der Tonfall, in dem sie sage: »Ich bin die Frau von Roberto Muratore, kann ich bitte meinen Mann sprechen?« Beleidigt, weil er sie im Falsett nachäffte, sagte Rossana, er solle sie bloß nicht für selbstverständlich halten, sonst werde er eines Abends nach Hause kommen und niemanden mehr vorfinden – weder Frau noch Tochter noch sonst was. Aus heiterem Himmel fing sie sich eine Ohrfeige ein, bei der Angst und Wut die Hand führten. Es war die erste und letzte ihrer Ehe, denn auch Roberto erschrak über die Wucht, mit der er zugeschlagen hatte.

Rossana stellte ihre Anrufe ein. Die Nummer lag stets neben dem Telefon bereit, aber mit der Zeit wurde daraus eine Art Notrufnummer – etwas, das man hoffentlich niemals braucht. Ihr neuer Lieblingssatz lautete: »Lass deine Arbeit im Büro.« Das war ganz in Robertos Sinn, für den eine dicke, abschließbare Tür genau das Richtige war, um zwei Leben voneinander getrennt zu halten, die für ihn unvereinbar waren.

Am 19. September 1980 erhob er sich nach dem Abendessen, zog seinen Sakko wieder an, ignorierte das feindliche Schweigen Rossanas, die den Abwasch machte, sagte der kleinen Sofia Gute Nacht, nahm den Wagen und fuhr zurück zur Fabrik. Er hatte sich mit Giuseppe verabredet, aber es kamen viel mehr Leute als gedacht, und sie verpassten einander. Scharen von Arbeitern strömten in die Werkhalle 6, wo man an jenem Morgen eine Bühne errichtet und lange Bankreihen aufgestellt hatte. Roberto fühlte sich bei seinem Eintreten wie ein verdeckter Ermittler. In den darauf folgenden zwei Stunden wohnte er der Theaterkomödie *Filumena Marturano* bei, aufgeführt von Eduardo De Filippo, ein Geschenk des Firmenvorstands an die Angestellten, die in diesem Jahr massive Personaleinschnitte hatten hinnehmen müssen. Erst eine Woche zuvor hatte Fiat Turin von fünfzehntausend Entlassungen gesprochen, woraufhin sofort der Generalstreik ausgerufen worden war. Im Werk Mirafiori standen Tag und Nacht

Streikposten vor dem Tor. In Arese verfolgten sie das Tauziehen über die internen Gewerkschaftskanäle – wohl wissend, dass sie als Nächste an der Reihe sein würden. Wie ein Zweitgeborener, der den Streit zwischen Bruder und Vater verfolgt, um zu wissen, wie weit man gehen kann und welche Strafen man zu erwarten hat.

An diesem Abend ertappte sich Roberto dabei, öfter ins Publikum zu schauen als auf die Bühne. Jede Lachsalve war ohrenbetäubend, und jeder Applaus ließ die Werkhalle erbeben. Zehntausend Leute waren gekommen. Es herrschte eine ganz besondere Stille: Während Filumenas Schlussmonolog, als vor Rührung niemand einen Mucks von sich gab, glaubte Roberto den Atem der Fabrik um sich herum zu spüren wie das dunkle Innere eines riesigen Blasebalgs. Davon hätte er Rossana gern erzählt. Es war, als befände er sich in den Eingeweiden eines dösenden Dickhäuters. Nichts als Dunkelheit und der heiße, feuchte Atem von zehntausend Menschen im Nacken. Als das Theaterstück zu Ende war, ließ man Eduardo gar nicht mehr aus dem Saal: Jeder einzelne Arbeiter wollte sich per Handschlag bei ihm bedanken. Roberto ging bereits beim ersten Applaus, fuhr durch leere Straßen zurück nach Mailand, zog sich zu Hause schweigend aus und schlüpfte, ohne Licht zu machen, ins Bett, wo er noch lange neben der schlafenden Rossana wach lag.

Am 14. Oktober, nach einem fünfunddreißigtägigen Streik, demonstrierten vierzigtausend Fiat-Angestellte in den Straßen Turins gegen ihre eigenen Kollegen und forderten ihr Recht ein, die Arbeit wiederaufzunehmen. Die Belegschaft war gespalten, und der Gewerkschaft blieb nichts anderes übrig, als klein beizugeben. Drei Tage später liefen die Autos wieder vom Band, während die Ingenieure sich erneut ihren

Berechnungen widmeten, die ungelernten Arbeiter Bleche pressten, die Arbeitslosen sich neue Stellen suchten und die Siebzigerjahre mit einigen Monaten Verspätung endgültig Geschichte waren.

Emma Di Lorenzo stieß 1982 dazu, zusammen mit den Computern. Sie war vierundzwanzig Jahre alt und trug einen blauen Mantel, den sie ständig über irgendwelchen Stuhllehnen vergaß. Jetzt war es Roberto, der das Labyrinth in- und auswendig kannte und durch die Flure irrenden Neueingestellten den Weg wies. »Kommt man hier auch irgendwie wieder raus?«, fragte sie erschöpft, als sie sich das erste Mal vor dem Kaffeeautomaten trafen.

»Erst muss man vorher eine schriftliche Anfrage beim Personalchef einreichen«, erwiderte Roberto, ohne ihr auch nur den Hauch eines Lächelns zu entlocken. Auf einen Schlag verging ihm jede Lust darauf, den Witzbold zu spielen.

Stattdessen wurde er zu ihrem eifrigsten Schüler. Die anderen Ingenieure hatten nicht die geringste Lust, das Reißbrett stehen zu lassen, um zu lernen, wie man am Bildschirm zeichnet, weil sie dabei wie Grundschüler erneut üben mussten, einen Kreis und eine gerade Linie zu ziehen. Roberto dagegen lag der elektronische Stift schon nach wenigen Tagen genauso gut in der Hand wie ein Tuschefüller. Emma führte ihn in die dreidimensionalen Wunderwelten des Computerdesigns ein: Das bot viel mehr Möglichkeiten als gedacht, und er erkannte, dass seine Arbeitsweise nie mehr die alte sein würde. Bei dem vielen Lernstoff hatte er kaum Augen für sie. Sie gehörte zu den Menschen, die einem im Zug gegenübersitzen und die man sofort vergisst, sobald sie ausgestiegen sind. Sie trug flache Schuhe, die Haare stets zum Zopf gebunden und eine dicke schwarze Brille wie eine Studentin, die die ganze Nacht über ihren Büchern sitzt. Aber sie hatte eine Stimme wie Samt. Als sie eines Tages vor dem Rechner saßen und arbeiteten, fiel Roberto etwas Asche von seiner Zigarette auf den Sakkoärmel. Emma schnippte sie mit dem Finger weg, und da war ihm, als würden sie sich bereits ewig kennen. Ihm fiel auf, wie gern er ihrer Stimme lauschte, die ihm Anweisungen gab. Verstohlen musterte er ihr Spiegelbild im Bildschirm. Wenn das Programm ein Kommando nicht befolgte, erschienen zwei Steilfalten über dem Nasensteg ihrer Brille. Und wenn sie müde war, schob sie diese auf die Stirn, rieb sich die Lider und schaute anschließend aus dem Fenster. »Wozu so ein Auto, wenn man sich dann um das Vergnügen bringt, es zu fahren?«, fragte sie sich eines Abends laut, als sie sah, wie ein Vorstand in seinem Montreal mit Chauffeur davonfuhr. Roberto verstand sofort, was sie meinte. Hinter ihrer unscheinbaren Fassade verbarg sich etwas Kostbares, und das war ihm nicht verborgen geblieben.

Damals ließen sich Rossanas Probleme nicht mehr mit einem »schwierigen Charakter« kleinreden, sondern nahmen beunruhigende Formen an. Mal drohte sie, ihn zu verlassen, mal bat sie ihn in Tränen aufgelöst um Verzeihung. Sie tat drei Nächte hintereinander kein Auge zu, um dann den ganzen Sonntag zu verschlafen, wenn sie eigentlich Zeit hätten zusammen verbringen können. Sie meinte, sie brauche nur einen Job, ein neues Haus, ein zweites Kind, mehr Zeit mit ihm oder mehr Zeit für sich – ohne Sofia, die seit fünf Jahren ihre einzige Gesellschaft war. Eines Samstags kaufte sie sich ein Kleid, ging zum Friseur, füllte das Haus mit Blumen und kochte ihm ein köstliches Essen, als wollte sie sagen, jetzt ist wieder alles bestens, die Probleme haben sich verzogen wie dunkle Wolken an einem Aprilhimmel. Roberto hatte sich bereits damit abgefunden, dass sie vermutlich so war, die Liebe zwischen Erwachsenen: eine Übung in Nachsicht und Toleranz, Gewöhnung an die Fehler des anderen, während man ihm die eigenen aufbürdet, und am Ende trägt jeder sein Bündel Unglück allein. Und ausgerechnet als er am wenigsten damit rechnete, wachte er schon vor Sonnenaufgang auf und konnte es kaum erwarten, zur Arbeit zu gehen, nahm bei Betreten des Büros sofort Witterung auf, um herauszufinden, ob Emma schon da war, bekam sie unter Umständen den ganzen Tag kein einziges Mal zu Gesicht, wusste aber trotzdem stets, wo sie war, wie er ihren Weg kreuzen und das als Zufallsbegegnung ausgeben konnte. Er brachte sie zum Erröten oder löste Niesanfälle bei ihr aus – manchmal nieste sie sogar zehn Mal hintereinander. Wäre er nicht so ein Analphabet in puncto Körpersprache gewesen, hätte er gemerkt, dass sie seine Gefühle erwiderte. Stattdessen waren beide schüchtern, und ohne die passende Gelegenheit hätte Roberto sie weiterhin mit den kleinen Höflichkeiten eines Kavaliers umworben, bis sie ihm von einem hungrigeren Räuber weggeschnappt worden wäre.

Zum Glück nahm sich die Firma der beiden an. Im Herbst schickte man sie für zwei Wochen nach Neapel, wo sie die Konstruktionszeichnungen für den Alfa 33, mit dessen Bau damals gerade in Pomigliano d'Arco begonnen wurde, auf den Computer übertragen sollten. Ein Wink des Schicksals: Ausgerechnet in Emmas Geburtsstadt hatte Alfa Romeo seine Zweigniederlassung. Als sie dort nach einer langen Zugfahrt ausgehungert ankamen, war es schon dunkel. Sie nannten dem Taxifahrer ihre Hoteladresse und baten ihn anschließend um einen Tipp, wo man gut essen könne: Er brachte sie nach Santa Lucia – zwischen den Mauern der alten Festung und dem Meer – in eine typische Touristenfalle und kam mit hinein, um mit dem Besitzer zu sprechen. Roberto war sich sicher, dass man sie übers Ohr hauen würde, aber an diesem Abend war ihm das völlig egal. Bei einem Antipasto mit Meeresfrüchten erzählte ihm Emma – teils aus Müdigkeit, teils wegen des Weins – zum ersten Mal von sich – auch dass Neapel nur ihre Geburtsstadt war. Ihre Eltern waren nach Mailand gezogen, als sie erst wenige Monate alt war. Dem Hochzeitsfoto nach war die Figur ihrer Mutter vor der Schwangerschaft kräftig, aber normal gewesen, doch anschließend hatte sie immer mehr zugenommen. Ihr Vater, der lange Arbeiter gewesen war, hatte sich selbstständig gemacht, sobald er das Geld für einen Laster zusammengespart hatte. Viele seiner Freunde waren Fernfahrer, und das Fahren war immer sein Traum von Freiheit gewesen. Er begann, die Straßen Nordeuropas abzufahren, während seine Frau Kilo um Kilo zunahm und seine Tochter ihre Leidenschaft für Mathematik entdeckte. Als Emma das Gymnasium mit Bestnoten verließ, dauerten die Touren des Vaters bereits Wochen. Und als sie ihr Ingenieursstudium beendete, war er vollends verschwunden, schickte nur ab und an etwas Geld, während die krankhaft übergewichtige Mutter es kaum noch schaffte, das Haus zu verlassen. Jetzt war es Emma, die sich um sie kümmerte – so weit ihre traurige Lebensgeschichte. Sie lächelte betrübt. Roberto nahm ihre Hand, und auf einmal waren sie sich ganz nah. Sie umarmten sich, auch wenn sie etwas ganz anderes wollten. Wegen der Tischdecke und den Gläsern fiel die Geste unbeholfen aus. Die Kellner ließen sie nicht aus den Augen: Sie hatten den Ehering an seinem Finger gesehen und malten sich schon genüsslich alles aus.

Nach einer langen Umarmung gestand Roberto: »Ich weiß nicht recht, was ich jetzt machen soll.«

»Vielleicht könnten wir versuchen, uns zu küssen«, schlug Emma vor, »und gucken, wie sich das anfühlt.«

»Einverstanden«, sagte er. Er, der an Rossanas dicke, volle Lippen gewöhnt war, die weiche Küsse gaben, entdeckte an diesem Abend harte Küsse mit Muskeln und Zähnen. Auch im Bett war alles anders. Roberto hatte die körperliche Liebe erlernt wie einen Balanceakt, so als würde er auf dem Seil der Erregung seiner Frau tanzen, das mal anstieg, mal abfiel und den Höhepunkt nur erreichte, wenn sie den Ton angab. Eine falsche Bewegung genügte, und alles brach zusammen. Emma dagegen gab sich ihm rückhaltlos hin. Ihre Haut wirkte aufgerieben, als wäre sie stets von Kleidern bedeckt gewesen, und ihr Körper leistete keinerlei Widerstand. Roberto hatte das Gefühl, als sagte er: »Mach mit mir, was du willst, und pass auf mich auf.«

Während der restlichen Dienstreise ließen sie keine Sekunde voneinander ab. In ihrer Erinnerung wurde sie später zu ihren heimlichen Flitterwochen. Bei einem Restaurantbesuch, einem gemeinsam verbrachten Abend oder einer Kurzreise, in jedem glücklichen Moment sagten sie fortan: »Genau wie damals in Neapel!« In jenen Tagen wurde das Drehbuch für Szenen geschrieben, die sie noch häufiger aufführen und sich selbst und einander verklärt vortragen sollten. Mit Dialogzeilen wie: »Signorina, ein Fisch, der frischer ist als der hier, schwimmt noch im Meer!« Und mit Komparsen wie dem schmierigen Taxifahrer, dem falsch spielenden Stehgeiger, dem Kellner, der mit dem Seebarsch herumfuchtelte und so tat, als wäre er noch am Leben, mit der Hoteldirektorin, die ihnen böse Blicke zuwarf, und mit dem völlig ahnungslosen

Kollegen. Angesichts der Restaurantrechnung musste Roberto laut lachen. In der Stadt herrschte laues Herbstwetter, und abends waren alle draußen unterwegs. Sie beide waren ständig müde, und es war rührend zu sehen, wie der andere am helllichten Tag gähnte. Und dann war da noch die Bettwäsche in Emmas Zimmer, die allabendlich zerknittert werden musste, damit sie benutzt aussah, die fiebrige Arbeit am Alfa 33, der fortan den Spitznamen »Fluchtfahrzeug« trug, und jener Sonntag auf Capri, der als perfekter Tag in die Geschichte, in ihre Geschichte einging: klar und deutlich, in Stein gemeißelt, ideal, um in schlimmen Zeiten als schöne Erinnerung zu dienen. Danach kehrten sie wieder nach Mailand zurück.

Roberto dachte, das Schwierigste wären die ersten Sekunden: Schon an der Haustür würde Rossana ein misstrauisches Gesicht machen, seinen Kopf in die Hände nehmen, ihm wie eine Augenärztin in die Pupillen schauen und fragen: »Was hast du getan?«

Stattdessen war sie überglücklich. Sie hatte morgens auf dem Markt Steinpilze bekommen und ihm ein Risotto mit Wurstbrät und Pilzen gekocht – eine seiner Leibspeisen. Sie zeigte ihm das Bild, das sie in seiner Abwesenheit gemalt hatte, und erzählte ihm von dem Fest, das sie für Sofia und deren Klassenkameraden gegeben hatte. Dafür hatte sie sie ein andermal bei einer anderen Mutter gelassen und eine Ausstellung besucht. Roberto begriff, dass sie stolz darauf war, all das unternommen zu haben, zwei Wochen allein gewesen zu sein und sich trotzdem wohlgefühlt zu haben.

»Ohne mich scheint es dir besser zu gehen«, sagte er und tat so, als wäre das ein Witz. So nahm sie es auch auf, sie schlang ihm die Arme um den Hals und überhäufte ihn mit Küssen.

Dabei sagte sie: »Meine Güte, bist du schön! Wie hab ich das nur geschafft, so einen schönen Mann zu finden? Erträgst du mich noch ein bisschen, wenn ich versuche mich zu bessern?«

An diesem Abend stand Roberto noch lange vor dem Badezimmerspiegel, wenn auch nicht, um seine Schönheit zu bewundern. Ihm fiel auf, dass er – wenn er tief durchatmete und sich entspannte – ein mehr oder weniger völlig ausdrucksloses Gesicht bekam, in das man alles oder nichts hineinlesen konnte.

Er hatte Angst gehabt, die Wahrheit stünde ihm ins Gesicht geschrieben, doch der Mann im Spiegel war ein vierunddreißigjähriger Durchschnittsbürger ohne große Leidenschaften oder schreckliche Geheimnisse und erst recht unfähig zu lügen. Wenn ihn die anderen so sahen, war ihm das nur recht.

Mit Emma begann ihr Leben als heimliches Liebespaar. Im Büro arbeiteten sie an Entwürfen für den 164er und saßen den ganzen Tag nebeneinander. Sich an einem anderen Ort zu verabreden war das eigentliche Problem. Sich abends zu sehen oder sogar die Nacht zusammen zu verbringen kam für beide nicht infrage. Nur einmal nahmen sie sich den halben Tag frei und gingen in ein Motel. Aber das gefiel keinem von beiden, weshalb sie es nie mehr aufsuchten: Die Rezeptionistin, die Zimmereinrichtung, die schmuddelige Atmosphäre und die Abgestumpftheit gegenüber den Lastern der Gäste befleckten auch ihre Beziehung, werteten sie ab. Deshalb liebten sie sich in diesem Winter häufig im Auto, versteckt in den Feldern bei Arese, wie zwei Teenager – nach Büroschluss, wenn es bereits dunkel war. Nachdem sich die erste Leidenschaft gelegt hatte und es Frühling geworden war, gingen sie dieses Risiko lieber nicht mehr ein. Sie küssten sich im Lift und warteten ansonsten auf eine Dienstreise. In erster Linie liebten sie sich in Gedanken: Nie hätte Roberto geglaubt, dass man »zu zweit denken« kann, doch genau das passierte mit Emma. Noch in der Kantine diskutierten sie über Entwürfe. Der eine äußerte eine Idee, während der andere auf ihre Schwächen hinwies, sie aus einer anderen Perspektive betrachtete, sie weiter vorantrieb und fast immer einen noch besseren Vorschlag zuwege brachte. Das waren ihre intimen Momente, und wenn diese nicht im Bett stattfanden, war das auch keine Katastrophe.

Innerhalb von zwei Jahren meldeten sie mehrere Patente an und begannen Karriere zu machen. 1983 schickte man sie nach Athen und 1984 nach Johannesburg: drei Wochen insgesamt, gut zwanzig Tage, in denen sie wie ein richtiges Paar leben konnten. 1985 kaufte Roberto ein Reihenhaus in einer Siedlung bei Arese, wobei er sich bis über beide Ohren verschuldete. Damit stellte er Rossana zufrieden, die auf dem Land aufgewachsen war und die Stadt nicht länger ertrug. Doch bevor er seine gesamten Ersparnisse ausgab, schaffte er eine Million Lire beiseite und eröffnete ein Konto bei einer anderen Bank, ein Notgroschen für Emma, falls sie oder ihre Mutter darauf zurückgreifen müssten. Er fuhr damit fort, monatlich einen kleinen Betrag darauf einzuzahlen. Dieses der Haushaltskasse entzogene Geld befriedigte sein Gerechtigkeitsempfinden: Zu Beginn der Beziehung mit Emma hatte er noch befürchtet, in eine Krise zu geraten, für dieses Doppelleben nicht gemacht zu sein. Doch mit der Zeit stellte er fest, dass ihm die Bigamie sehr entgegenkam. Er fühlte sich nicht als Ehebrecher, sondern als Mann, der gleich zwei Frauen treu ergeben war. Zwei Frauen zu lieben war für ihn genauso normal, wie jeden Tag von zu Hause zur Fabrik zu fahren, ohne dass eine Liebe die andere notwendigerweise ausschloss. Nie wäre er aufs Gegenteil gekommen, nämlich dass zwei Frauen zu haben vielleicht so ist, wie gar keine zu haben.

Außerdem verlangte Emma nicht viel von ihm. Sie dachte weder ans Heiraten noch ans Kinderkriegen – und schon gar nicht an ein Reihenhaus mit Garten. Außerhalb des Büros wurde ihr Leben von ihrer massigen Mutter beherrscht. »Weißt du noch«, fragte sie ihn, »als du mir von deiner Tochter erzählt hast? Als sie im Brutkasten lag und du davorstandst und sie betrachtet hast? Davon, wie schwer es war, dich selbst als Vater wahrzunehmen? So als hättest du auf einmal einen neuen Platz in der Welt, und die dir bekannte Ordnung der Dinge wäre völlig über den Haufen geworfen worden. Du hast gesagt, dass du völlig umdenken musstest. Ich wusste genau, was du damit meinst. Weil ich mich nur als Tochter wahrnehme: Solange meine Mutter lebt, muss ich mich um sie kümmern. Das ist meine Aufgabe. Man kann das als Fluch betrachten oder aber versuchen, sich damit auszusöhnen. Dasselbe gilt für die Vaterrolle, nicht wahr?«

Wie er sich damals erschreckt hatte, als er merkte, wie sehr ihn Emma idealisierte! Er hatte die Vaterrolle einfach an die Mutter delegiert. Er wusste, dass er ihre Bewunderung nicht verdiente, es fühlte sich an, wie wenn Rossana zu ihm sagte, wie schön er sei: Die Frauen machten sich offenbar ein Bild von ihm, das sie dann liebten, bis sie das Bild leid wurden oder es sich so sehr von der Realität unterschied, dass es für sie jede Glaubwürdigkeit verlor. An diesen Moment wollte Roberto jedoch lieber nicht denken.

1986 beschloss der italienische Staat, einige Industriebeteiligungen zu Geld zu machen. Nach monatelangen Verhandlungen, politischen Einmischungen und vorab ausgehandelten

Abmachungen mit den Gewerkschaften wurde Alfa Romeo zu einem Freundschaftspreis an den langjährigen Konkurrenten Fiat verkauft. Es war Rom, das Mailand an Turin verkaufte ... oder laut Giuseppe Russo so, als würde man ein französisches Restaurant an eine Pizzakette verscherbeln. Dieser befürchtete, dass er von nun an Nutzfahrzeuge wie den Panda, den Uno und andere Kisten zusammenschrauben müsse, aber der Plan war deutlich grausamer: Die Einrichtung sollte verbrannt, Köche und Kellner entlassen, mit der Pacht spekuliert und das Lokalschild als Trophäe behalten werden. Nur dass man diesen Plan nicht sofort umsetzen konnte. Aber es dauerte nicht lange, und man wusste, woher der Wind wehte: 1987 wurden sechstausend Angestellte entlassen, überwiegend Arbeiter und alle im pensionsfähigen Alter. Giuseppe stand auch auf der Liste. Er war neunundvierzig Jahre alt, fünfunddreißig davon hatte er in der Fabrik verbracht. Er war direkt nach der Schule dort gelandet, als er noch ein Teenager war. Seine letzte Woche verbrachte er damit, die üblichen Aufgaben zu erledigen, wobei er sich allerdings häufig umdrehte, um den Eingang zu seiner Abteilung im Auge zu behalten. Ganz so als wartete er auf jemanden. Als er am Freitagabend seinen Firmenausweis abgeben musste, blieb ihm nicht mal die übliche Leibesvisitation erspart, da Arbeiter an ihrem letzten Arbeitstag bekanntlich alles Mögliche mitgehen lassen – vom Schraubenzieher bis hin zur Gabel aus der Kantine. Der Wachmann kontrollierte seine Taschen und strich ihn dann von einer Liste: Der Nächste bitte!

»Was hab ich bloß erwartet?«, sagte Giuseppe, als Roberto ihn zu Hause besuchte. »Dass man mir dankt? Ich hab die Tage gezählt, die noch fehlen, und konnte einfach nicht glauben, dass alles einfach so aufhört, an einem Scheißfreitag um fünf. Vielleicht hab ich auf eine Überraschung gewartet, wie auf einem dieser Feste, bei denen sich alle im Zimmer nebenan verstecken. So was in der Art. Darauf, dass ich die Tür aufmache und alle rauskommen, der Vorstand, der Geschäftsführer bis runter zum Personalchef. ›Russo‹, würden sie sagen, ›wir danken dir, es war uns eine Ehre, all die Jahre mit dir zusammenzuarbeiten.‹ Ein schöner Traum, nicht wahr? Mann, war ich blöd!«

Sie saßen im Wohnzimmer, im siebten Stock eines Wohnblocks bei Gallarate: Sofas im Blümchendekor, mit Kinderfotos zutapezierte Wände. Giuseppes Frau servierte Kaffee auf einem Silbertablett, vollkommen eingeschüchtert vom Besuch des Herrn Ingenieur, um gleich darauf in die Küche zurückzukehren. Zwischen den riesigen Fingern Giuseppes wirkte alles wie ein Kinderservice: die Espressotasse, der Unterteller, der Kaffeelöffel. Er sprengte das Bild eines Rentners.

»Die von heute machen's richtig«, fügte er hinzu und reichte Roberto den Zucker. »Die wechseln alle fünf Jahre den Job und gehen zu dem, der am meisten zahlt. Ja, was glaubst du denn? Dass es deine Fabrik ist? Sie gehört schließlich nicht dir. Es gehört alles ihnen, vergiss das nie!«

Monate später telefonierten sie noch mal. Giuseppe arbeitete inzwischen in der Autowerkstatt seines Schwagers und schien zu seiner alten guten Laune zurückgefunden zu haben. Roberto versprach vorbeizuschauen, was er allerdings nie wahr machte. Er fand einfach nicht den Mut, ihm zu sagen, dass er dank des Erfolgs des 164ers zum Chef befördert worden war. Und dass man ihm – während sechstausend ehemalige Kollegen in ihren geblümten Sofas versanken, den Hund ausführten und vor dem Frühstücksfernsehen verblödeten – das Gehalt verdoppelt, einen Dienstwagen, eine Sekretärin und ein Einzelbüro gegeben hatte. Nicht dass es seine Schuld gewesen wäre, aber wie sollte er das Giuseppe erklären? Er stellte ihn sich als glücklichen Menschen vor, unter einer Karosserie liegend, um Radaufhängung und Bremsen zu kontrollieren, und sollte ihn nie mehr wiedersehen.

Als sie essen gingen, um die Beförderung zu feiern, tat Rossana einen feierlichen Schwur: Es fühle sich an, als sei ihr Leben 1977 stehen geblieben. Doch jetzt wolle sie dort weitermachen, wo sie aufgehört habe. Als Erstes den Führerschein machen, unabhängiger werden, damit sie nicht mehr so an dieses vermaledeite Haus gefesselt sei. Die ihr noch fehlenden Prüfungen an der Kunstakademie ablegen und sich dann eine Halbtagsstelle suchen. Eine Freundin habe ein Blumengeschäft aufgemacht. Vielleicht brauche die ja eine Aushilfe. Mitzuerleben, wie Roberto, der so viel arbeite, jetzt die Früchte seiner Arbeit ernte, sei wie ein Weckruf für sie gewesen. Anfangs sei sie ein wenig neidisch gewesen, doch jetzt strotze sie nur so vor Energie und guten Vorsätzen, und dafür sei sie ihm dankbar. »Danke, dass du so bist, wie du bist«, sagte sie. Roberto lächelte, schenkte ihr Wein nach und behauptete, er freue sich, das zu hören, versprach, sie bei allen ihren Projekten zu unterstützen. Doch insgeheim glaubte er ihr kein Wort.

Im Herbst schickte man Emma und ihn nach Frankfurt zur IAA. Sie stellten sich auf eine kalte, abweisende Stadt ein, doch als sie sich treiben ließen, entdeckten sie in der Berger Straße, in einem Viertel voller italienischer Einwanderer, nette alteingesessene Lokale und Studentenkneipen. Roberto bestellte die teuerste Flasche, um Emma zu eröffnen, dass man ihm die Entwicklung eines Motors mit Doppelzündung anvertraut habe: zwei Zündkerzen pro Zylinder statt eine. Der sei für Fiat, Lancia und Alfa Romeo gedacht. Er müsse eine

Arbeitsgruppe aus einem Dutzend Leuten zusammenstellen, natürlich werde sie seine rechte Hand sein. Doch sie war nicht so begeistert wie erhofft.

»Die werden denken, dass ich die Stelle bloß durch Beziehungen bekommen habe«, sagte sie.

»Nein, die werden denken, dass du gut bist. Außerdem: Ist doch egal, ich hab die Macht, das zu entscheiden.«

»Dann muss ich mich auch nicht bei dir bedanken, stimmt's? Es ist allein mein Verdienst.«

»Klar«, sagte Roberto, enttäuscht, dass sein Geschenk nicht richtig gewürdigt wurde. Er sollte sich schon bald an die mangelnde Dankbarkeit gewöhnen, die zu dem weitreichenderen Gefühl gehörte, das er »die Einsamkeit des Chefs« nannte. Das hatte weniger damit zu tun, dass man als Erster kam, als Letzter ging und mehr arbeitete als alle anderen. Sondern damit, dass man ziemlich viele negative Gefühle auf sich zog. Man musste Entschlossenheit zeigen, auch wenn man von Zweifeln geplagt war. Und sollte man erbrechen müssen, hatte man sich aufrecht zur Toilette zu begeben und stets Pfefferminzbonbons bei sich zu führen. Wo man früher, wenn man etwas nicht verstanden hatte, einfach den Vorgesetzten gefragt hatte, behielt man es jetzt lieber für sich.

1988 bekam die elfjährige Sofia folgendes Aufsatzthema: »Erzähle von deinem Vater.« Sie schrieb, dass sie ihren Vater nicht kenne, daher könne sie der Aufgabe nicht nachkommen. Wenn möglich, würde sie stattdessen gern von ihrem Hund erzählen, was sie dann auch tat. Der Lehrerin war neu, dass ihre Eltern geschieden waren, deshalb schickte sie den Aufsatz nach Hause, damit die Eltern ihn lesen konnten. Das Blatt landete bei Rossana und abends dann bei Roberto. Es traf ihn wie ein Schlag. Verbittert und mit finsterer Miene zog er sich in sein Zimmer zurück. Am nächsten Tag bat er um einen Besucherausweis, und am Montag darauf nahm er Sofia mit in die Fabrik, damit sie einen Eindruck von seiner Arbeit bekam und sah, wo er seine Zeit verbrachte. Auf diese Weise würde sie ihn hoffentlich langsam etwas besser kennenlernen.

Sie begannen im Designzentrum. Dort arbeiteten die Leute, die aus Holz, Ton und Gips jedes Detail von Wageninnerem und der Karosserie modellierten: Eine Abteilung, die stets großen Eindruck machte, und das klappte auch bei Sofia. Bei der Innenausstattung und der Montage entdeckte das Mädchen, dass es auch Arbeiterinnen gab. Sie bauten die Sitze und Armaturenelemente ein, waren diese Tätigkeit so gewohnt, dass sie dabei plauderten. Ihre Hände bewegten sich, ohne dass sie noch hinschauen mussten. Eine von ihnen rief Roberto zu: »Was für eine hübsche Tochter Sie haben, Herr Ingenieur! Kommt sie nach der Mutter oder dem Vater?« Alle lachten, und er machte eine wegwerfende Geste, als wäre das ein Insiderwitz. Im Vergleich zu den riesigen Fließbandanlagen war Sofia von den Büros doch etwas enttäuscht: weiß, kahl, wie Wartesäle. Doch jetzt konnte sie sich ihren Vater wenigstens an einem konkreten Ort vorstellen.

»Und wer ist das?«, fragte sie, als sie ihr Foto an der Wand entdeckte. Sie fühlte sich geschmeichelt, es dort inmitten von Preisen für Patente und Oldtimerplakaten zu sehen.

»Das kleine Mädchen, das ich einmal hatte«, erwiderte Roberto.

»Und wie war sie so?«

»Sie hat mich regelmäßig zur Verzweiflung getrieben.«

»Ich hab einen Riesenhunger«, sagte sie. »Ich könnte drei Portionen auf einmal essen.« Vorläufig hatten sie Frieden geschlossen.

Sie aßen in der Kantine, an seinem üblichen Tisch. Auch Emma befand sich unter den jungen Ingenieuren des Teams. Und Sofia nahm sie sofort ins Verhör: Ob sie Hunde möge? – Ja. – Lieber einen Rassehund oder einen Mischling? – Eindeutig ein Mischling. – Einen großen oder kleinen? – Für sie kämen nur große infrage. Sofia nickte zufrieden. Sie unterhielten sich noch ein wenig über Hunde und dann über den Bruder, den beide gern gehabt hätten. Über das Problem, Einzelkind zu sein und stets die Eltern im Nacken zu spüren. Dann wollte Sofia noch wissen, warum sie hier unter lauter Männern arbeite, und Emma erwiderte, dass sie deutlich besser mit Männern als mit Frauen klarkomme. »Ich auch«, sagte Sofia. Beglückt, weil sie jemand auf Augenhöhe behandelte und ernst nahm, stand sie auf, um für sie beide ein Stück Torte zu holen.

Roberto hätte diese Begegnung gern vermieden. Emma wurde bald dreißig. So langsam wuchs sie aus der Rolle der Tochter und der Geliebten hinaus. »Wie groß sie geworden ist!«, sagte sie und beobachtete Sofia aus der Ferne, denn auf dem Foto im Büro war Sofia drei Jahre alt, und Emma konnte sich Robertos Tochter gar nicht mehr anders vorstellen als im roten Badeanzug und mit dem vorstehenden Bauch eines Kindes.

Das war nicht der einzige Nebeneffekt dieses Besuchs.

Von irgendwoher drang das verdammte Wort »Chef« an Sofias Ohr. Vielleicht sogar bei Tisch, als einer der Ingenieure es in den Mund nahm. Es blieb ihr im Gedächtnis haften, vielleicht mehr als manches andere. Später in der Pubertät benutzte sie es als Waffe, wenn sie ihrem Vater richtig wehtun wollte, als böses Schimpfwort, das sie ihm ins Gesicht schrie: »Du bist nicht mein Chef, kapiert? Hast du das verstanden,

Ingenieur Muratore? Dass du hier verdammt noch mal nicht das Geringste zu sagen hast?«

1991, in Singapur, verbrachten sie ihre letzte gemeinsame Nacht. Im Zimmer roch es nach Chlor und Nikotin so wie in fast jedem Hotelzimmer, in dem sie gewesen waren. Bevor sie ins Bett gingen, rief Roberto zu Hause an, und Emma nahm eine lange Dusche. Sie wickelte ein Seifenstück aus, riss eine Packung Gratis-Shampoo auf und ließ sich vom heißen Wasserstrahl den Nacken massieren. Als sie aus dem Bad kam, telefonierte Roberto immer noch, nur dass er jetzt Englisch sprach. Er diskutierte mit jemandem über Deadlines und Verzögerungen. Emma, die sich das Panorama anschauen wollte, zog den Vorhang auf und entdeckte gegenüber einen weiteren Hotelflügel. Der Spiegeleffekt wäre perfekt gewesen, wenn sie dort auf der anderen Seite eine in ein Handtuch gehüllte Frau gesehen hätte, die sie beobachtete: ohne jede Freude im Blick und dreiunddreißig Jahre alt, die man ihr deutlich ansah. Hotelzimmer, Büros, Flugzeuge und Restaurants waren die einzigen Orte, an denen sie je zusammen gewesen waren.

Doch etwas gefiel ihr nach wie vor, nämlich nachts mit ihm zu reden: sehr spät, fast schon frühmorgens, wenn sie sich beide schlaflos hin und her wälzten und dann geschlagen gaben – wohl wissend, dass sie wach bleiben würden. Dann warteten sie plaudernd darauf, dass die Sonne aufging. Kein Telefon läutete. Nach einer Weile drang Licht durchs Fenster. Manchmal schloss einer von ihnen für ein paar Minuten die Augen: So kam es zu unzusammenhängenden Gesprächen, geträumten Sätzen, vermischt mit tatsächlich Gesagtem, zu Wortwechseln, an die sie sich anschließend kaum noch erinnern konnten.

»Mein Vater hatte einen Sessel«, sagte sie in dieser Nacht. »Einen breiten Polstersessel, sogar die Armlehnen waren gepolstert. Bequemes Sitzen war wichtig für ihn als Fernfahrer. Als ich so vierzehn, fünfzehn war, war er meist die ganze Woche über unterwegs und kam erst freitagabends wieder. Meine Mutter und ich führten unser eigenes Leben, und dann gab es noch das gemeinsame mit ihm. Unter der Woche bestand unser Alltag aus Schule, Medikamenten, Arztbesuchen, Streitereien darüber, ob ich abends ausgehen darf oder nicht, sowie ihren Essstörungen. Aber es gab auch schöne Momente. Momente, in denen wir reden konnten wie Freundinnen. Damit war es am Freitagabend vorbei: Zwei Tage lang drehte sich alles nur um meinen Vater, um seinen Laster und seine gute oder schlechte Laune. Dann fuhr er wieder weg, nur sein Sessel blieb zurück. Obwohl ich meinen Vater kaum sah, fühlte es sich nicht an, wie keinen zu haben. Sondern wie einen abwesenden Vater zu haben.«

Kurz darauf sagte sie: »Weißt du, was ich empfunden habe, als er irgendwann nicht mehr zurückgekommen ist? Eine enorme Erleichterung. Davor war seine Abwesenheit etwas Sichtbares, Greifbares, genau wie dieser leere Sessel. Den haben wir dann weggeworfen, und schon ging es mir besser.«

Noch später, als es längst Morgen war, sagte sie tatsächlich oder aber in ihrer Fantasie: »Angenommen, ich würde jetzt ein Kind wollen, dann würd ich keinen Wert darauf legen, es mit einem hochintelligenten Mann zu zeugen. Oder mit einem starken oder extrem fleißigen. Ich würde mir nur einen Mann wünschen, der da ist, einen, von dem ich weiß, dass er nicht woanders ist, wenn ich ihn brauche. Das ist doch nicht zu viel verlangt?«

Am Ende sagte sie ihm nicht, dass sie ihn verlassen werde, nur dass sie das Versetzungsangebot angenommen habe. Während die Fabrik in Arese nach und nach demontiert wurde, bot man der mittleren Führungsebene, zu der auch Emma gehörte, Gehaltserhöhungen und Beförderungen an, wenn sie nach Turin oder Neapel ging. Und irgendwann fragte sie sich: »Was mach ich eigentlich noch hier?« Sie entschied sich für Neapel. Ihrer Mutter würde es bestimmt guttun, in die Heimat zurückzukehren. Als sie Roberto von ihrer Entscheidung in Kenntnis setzte, war er traurig, unternahm aber nicht den geringsten Versuch, sie umzustimmen. Er hatte von Anfang an gewusst, dass es einmal so enden würde: dass Emma erwachsen werden und gehen würde wie eine Tochter, die irgendwann auszieht. Das war die Art Liebe, die er für sie empfand.

Nach dem Champagner, den Petits Fours und den Glückwünschen der Kollegen blieben sie allein zurück – zu der ihnen wohlvertrauten Tageszeit, schließlich hatten sie im verlassenen Büro oft Überstunden gemacht.

»Du wirst uns fehlen«, sagte er und sprach in der Mehrzahl. Als er es merkte, fügte er noch hinzu: »In erster Linie natürlich mir.«

»Ich ruf dich an, sobald ich mich eingelebt habe«, erwiderte Emma. »Es wird ein wenig dauern, also hab etwas Geduld.«

»Wollen wir versuchen, uns zu küssen, und gucken, wie sich das anfühlt?«, schlug Roberto vor. Das war die Zauberformel, mit der sie in all den Jahren immer sämtliche Missverständnisse aus dem Weg geräumt hatten: Sobald sie einer von ihnen aussprach, vergaß der andere sofort den Grund für seinen Ärger.

»Jetzt nicht«, sagte Emma. »Entschuldige, aber ich ruf dich an.«

Roberto hatte für sie im Historischen Museum noch ein Geschenk besorgt, es im letzten Moment jedoch für eine dumme Idee gehalten und nicht den Mut gehabt, es ihr zu geben. Es war ein Modell des legendären 24 HP, genannt Torpedo: der erste Alfa von Anfang des Jahrhunderts. Er blieb in Robertos Schublade und später auf seinem Schreibtisch, um als Briefbeschwerer zu dienen und ihn daran zu erinnern, was er ihr alles hatte schenken wollen, aber für sich behalten hatte. Ihm blieb auch das Geld, das er für Emma zur Seite gelegt hatte. Auf dem Konto befand sich inzwischen ein stolzes Sümmchen. Er überlegte kurz, was er damit machen sollte, dachte darüber nach, es zu investieren, und beschloss schließlich, es dort liegen zu lassen, bis Sofia es eines Tages gebrauchen konnte.

Da war es also, das Ende des Jahrhunderts, von dem alle schon so lange redeten. Die Fabrik wurde abgewickelt. Ganz Mailand schien abgewickelt zu werden. Auch der Verbrennungsmotor, hieß es, werde schon bald der Vergangenheit angehören, doch Roberto weigerte sich, dieser Prophezeiung Glauben zu schenken. In der Firma erforschte man ökologisch verträgliche Fahrzeugtechnologien, doch er wusste, dass das nur ein Ablenkungsmanöver war, um die Gewerkschaften bei Laune zu halten, öffentliche Gelder zu kassieren und so zu tun, als hätte Alfa in Arese noch eine Zukunft. Die gesamte Werkhalle 10 wurde diesem Vorhaben gewidmet. Unter den Arbeitern kursierte ein Witz, nach dem nur zwei Personen dort arbeiteten: einer, der Pressemitteilungen verfasst, und einer, der auf seinem Rundgang die Lichter ein- und wieder ausschaltet. Roberto setzte seine Angewohnheit fort, manchmal in den Fabrikräumen vorbeizuschauen, um sich die Beine zu vertreten und die von ihm entworfenen Motoren mit eigenen Augen zu sehen. Inzwischen waren die Arbeiter jünger als er. Sie arbeiteten ohne Leidenschaft und ohne Wut, gaben sich einfach damit zufrieden, ihre Jobs so lange wie möglich zu behalten. Er bestand darauf, sie alle mit Handschlag zu begrüßen. Wenn jemand verlegen darauf reagierte und entschuldigend die ölverschmierten Finger zeigte, brachte er einen Spruch an, der in den Siebzigern schwer in Mode gewesen war: »Es ist mir eine Ehre, eine Hand zu drücken, die sich mit Arbeit schmutzig gemacht hat.« Wenn er wieder weg war, schauten sie sich bloß an und fragten sich: »Was wollte uns der damit sagen? Hat er das ernst gemeint, oder wollte er uns verarschen?«

Dann begann er vom Singapur-Auto zu träumen. Es hatte die Form des 164ers und die Farbe der Prototypen − Mattschwarz −, in der es keine Serienfahrzeuge gab, das Schwarz von Verbranntem. Dieses Auto geisterte durch Robertos Träume, selbst wenn es in ihnen um etwas ganz anderes ging. Ort und Situation wechselten: Es konnte im heimischen Garten oder in einer fremden Stadt passieren, mit Emma, Rossana oder noch öfter mit einer Frau, die sowohl die eine als auch die andere war. Vielleicht kamen sie gerade aus einem Laden oder aßen auf der Terrasse eines Lokals, als der 164er auftauchte. Die Ziffern waren von der Karosserie entfernt worden, und das Mattschwarz stach aus dem Verkehrschaos hervor wie ein Loch in einem zugefrorenen See oder eine Lücke in einer Menschenschlange. Weil Passanten ihm die Sicht nahmen, reckte Roberto den Hals, konnte das Nummernschild allerdings nicht erkennen, genauso wenig wie den Fahrer.

»Was ist denn?«, fragte die Frau, die sowohl Emma als auch Rossana war, die Frau aus seinen zwei Frauen. »Hast du irgendwas gesehen?«

Darauf hätte Roberto gern gesagt: Es geht weniger um das, was ich gesehen habe, als um das, was ich *nicht* gesehen habe: wie wenn man draußen in der Sonne sitzt und einem ein Schatten übers Gesicht huscht. Schaut man dann auf, um zu gucken, ob er von einem Vogel, einer Wolke oder sonst was stammt, ist es schon zu spät – was immer es war, es ist längst weitergezogen.

Aber solche Antworten erwartete man von einem Mann wie Roberto nicht. »Nichts«, erwiderte er. »Nur ein Auto.« Und behielt diesen Augenblick für sich, weil er es für weiser hielt, nicht von Dingen zu reden, die er nicht verstand.

Wenn erst mal Anarchie herrscht

Gegen Ende des Seminars teilt Leo jedem Schüler eine Film-szene zu. Du bekommst zur Abwechslung die eines kleinen Mädchens, das in einen erwachsenen Mann verliebt ist. Du bist eine zwölfjährige Waise ohne einen einzigen Freund auf der Welt – außer dem Scharfschützen, der dich nach Aus-löschung deiner gesamten Familie mitgenommen hat. Auf der Bühne hast du soeben deine Liebeserklärung abgegeben.

»Woher weißt du, dass es Liebe ist, wenn du dieses Gefühl noch nie zuvor gehabt hast?«, fragt Leo spitzfindig in die Dun-kelheit hinein.

»Weil ich es fühle«, sagst du.

»Und wo?«

»Im Bauch.« Du schließt die Augen und legst die Hände auf den Bauch. Stellst dir vor, mit einer heißen Wärmflasche im Bett zu liegen. »Alles ist warm«, sagst du. »Ich hatte hier immer so einen Knoten, aber jetzt ist er weg.«

Leo schweigt. Er ist ein strenger, ruheloser Typ, der schon so manchen Job gemacht hat – auf Baustellen, in Werkstätten, aber auch am Theater. Er ist für seine Überzeugungen verprü-gelt und verhaftet worden. Damals ist dein größter Wunsch, dass er dich wenigstens einmal, nur ein einziges Mal, nach so einer Übung anschaut. Dass sich seine in Falten gelegte Stirn glättet, diese nach zwanzig Jahren Politik und unzähligen

Kopfschmerztabletten entstandene Steilfalte verschwindet, und er sagt: »Ja, genau so so ist es gut!« Doch dazu kommt es nie. Noch bevor du die Augen wieder aufschlägst, geht er schon auf dich los: Er packt deine Schultern und drückt dir mit den Händen den Magen zusammen. Es sind die kräftigen Hände eines Handwerkers.

»Spürst du es hier?«, fragt er. »Dort? Oder da?«

Er drückt aufs Sternum, wo es am meisten wehtut. Seine Hände wandern zum Unterbauch, der ohnehin schon ganz verkrampft ist vor lauter Angst und dem vielen Kaffee, den du heute Morgen getrunken hast. Während du versuchst, dich ihm zu entwinden, drückt er noch mal, ein paar Zentimeter weiter oben, und findet sie: die Stelle, bei der du in die Knie gehst und nach Luft schnappst.

»Da!«, sagt er. »Dort spürst du es, nicht wahr? In unmittelbarer Nachbarschaft von Angst und Wut. Such es dort, wenn du es brauchst.« Dann lässt sein Druck nach, und du merkst, dass du wie eine Marionette, der die Fäden abgeschnitten wurden, zu Boden gehst.

Die Liebe sitzt im Bauch, die Liebe ist ein alter blinder Hund, der dir fehlt, seit du von zu Hause ausgezogen bist. Sonntags kehrst du seinetwegen nach Lagobello zurück. Um zehn nimmst du die Metro, durchquerst Mailands Eingeweide und schlüpfst erst in die Tochterrolle, wenn der Zug an die Oberfläche gekommen und die Stadt verschwunden ist. Dein Vater wartet schon an der Endstation auf dich, scheint regelrecht mit ihr verschmolzen zu sein: Groß und dünn und in einem Winteranorak, der ihm viel zu groß ist wegen der Krankheit, die an seinem Körper nagt, steht er jenseits der Drehkreuze, den Hund an der Leine. Doch dann wittert dich Käpt'n

Stummel, wird ganz aufgeregt, und seine dreißig Kilo Muskeln und Glück gewinnen die Oberhand. Gewinsel, Gelecke und Pfoten im Gesicht, du umarmst deinen Vater, während die Leine sich um euch wickelt.

Die Viertelstunde Autofahrt bis Lagobello ist für dich ein guter Zeitpunkt, um ihm von der Schule zu erzählen, auf die du gerne gehen würdest. In Rom, im kommenden Herbst.

»Schon wieder eine neue Schule?«, fragt er und sagt »Rom«, um dem exotischen Klang nachzuspüren, als handelte es sich um Rio de Janeiro oder Bombay. Dein Vater hat immer davon geträumt, um die Welt zu reisen, es aber nur selten wahr gemacht – und wenn, immer nur beruflich.

»Das ist eine Filmschule. Das ist was anderes«, sagst du. Du versuchst ihm den Unterschied zu erklären. Nennst die Namen berühmter Schauspieler, die dort unterrichten, und erzählst ihm was von acht Stunden Unterricht am Tag, von der einwöchigen Aufnahmeprüfung.

»Das ist was Seriöses«, sagt dein Vater und fährt gedankenverloren weiter. Er stellt keine Fragen, aber jetzt, wo es was Seriöses für ihn ist, weißt du, dass er es nicht vergessen wird. Er wird darüber nachdenken und seinerseits Informationen einholen. Er wird das Gespräch wiederaufnehmen, sobald er so weit ist.

Zu Hause wird alles von der schlechten Beziehung zwischen dir und deiner Mutter überlagert. Sie ist gerade aus ihrem Zimmer gekommen, in dem sie die Tage damit verbringt zu schlafen, sich mit jeder Menge Tabletten vollzupumpen, Briefe an brasilianische Kinder zu schreiben, die sie statt deiner adoptiert hat, und irgendwelche Glückwunschkarten für die Pfarrei zu malen.

»Rauchst du jetzt auch schon vormittags?«, fragt sie.

»Ich rauch nicht vormittags«, erwiderst du. »Genauer gesagt rauch ich, wenn ich verdammt noch mal Lust drauf hab.«

»Diese Ausdrucksweise hast du wohl von deiner Tante gelernt.«

»Bitte!«, schaltet sich dein Vater ein. »Bitte.«

»Die hab ich von ganz allein gelernt wie alles andere auch«, erwiderst du.

»Werd endlich erwachsen!«, sagt deine Mutter. »Du willst wie eine Erwachsene behandelt werden? Dann beweis uns, dass du kein kleines Kind mehr bist.«

Doch das bist du nach wie vor, und genau das ist das Problem. Deine Mutter hat recht: Sobald du dieses Haus betrittst, bist du wieder ein kleines Kind. Mittags, während sie den Tisch deckt, nimmst du Schal und Mütze und drehst mit Käpt'n Stummel eine Runde durch den Park. Nur ihr beide, genau wie früher. Am Teich der Siedlung nimmst du zwei Züge von einem Joint, den dir alte Freunde anbieten, die hiergeblieben sind – Überlebende einer Pubertät voller illegaler Substanzen … und eines Samstagabends, an den du dich nur ungern erinnerst.

»Dein Hund ist verliebt«, sagt einer, als Stummel dir die Hand leckt. »Schau nur, was er macht.«

Wieder zu Hause, findest du deine Eltern am Esstisch vor. Du setzt Wasser auf, machst dir einen Instantkaffee und nimmst neben ihnen Platz. Gedämpfter Reis mit gedämpftem Gemüse: das auf ein Minimum reduzierte Sonntagsmahl. Doch dein Vater behält nicht einmal mehr das bei sich. Nach ein paar Bissen steht er auf und geht ins Bad. Deine Mutter sieht ihm seufzend nach, wartet, bis sie das Rauschen der Spülung hört, und räumt dann resigniert den Tisch ab.

»Was ist, habt ihr gestritten?«, fragst du. Du erträgst es nicht, wenn es ohne dich stattfindet. »Habt ihr etwa meinetwegen gestritten? Das wär doch nicht nötig gewesen!«

Sie bleibt stehen, den Teller noch in der Hand, und widersteht dem Drang, ihn dir ins Gesicht zu schleudern. Doch sie beherrscht sich, stellt ihn zu den anderen und knallt verächtlich die Tür des Geschirrspülers zu.

Gegen fünf bringt dich dein Vater zurück zum Zug, und trotz der halben Stunde, die du mit Stummel verbracht hast, um ihm Bauch und Ohren zu kraulen, trotz des Versprechens, dass du bald wiederkommst, musst du ihn schließlich im Garten einsperren und sein Gewinsel beim Abschied ertragen.

»Vielleicht wär es besser für ihn, wenn er mich gar nicht mehr sieht«, sagst du, als ihr weit genug weg seid. »Ich tu ihm bloß weh.«

»Aber ich freu mich, dich zu sehen«, erwidert dein Vater, das Gesicht völlig verzerrt vor Schmerz, und zwar schon seit dem Mittagessen.

»Wir sind dir auf den Magen geschlagen, was, Papa? Entschuldige, ich bin einfach schrecklich. Entschuldige!«

»Ich mag schwierige Frauen«, sagt er und zwingt sich zu einem Lächeln.

Im Film deines Lebens ist das der Teil, in dem du zwanzig bist und die Stadt mit neuen Augen siehst. Du magst es, dich ins Gewühl zu stürzen. Du überquerst die Straße, schlängelst dich zwischen den Autos hindurch, fährst ohne gültige Fahrkarte mit öffentlichen Verkehrsmitteln. An einer Haltestelle wirst du erwischt, und zwar als du aus dem Straßenbahnheckfenster schaust und zusiehst, wie der Regen auf die Schienen fällt. Eines kalten Januarmorgens kommst du mit der Rolltreppe aus der Metro hoch und liest Hakim Bey, *T.A.Z. – Die temporäre autonome Zone*. Du lachst, als du darin die Geschichte von Libertalia entdeckst, der Piratenkolonie, die Käpt'n Misson in Madagaskar gegründet hat. In einem indischen Imbiss kaufst du eine Portion Hühnercurry mit Reis, weiches Brot, eine Dose Bier und Mangosaft. Du zahlst mit einem Stapel mühsam zusammengesuchter Münzen. Du magst die Inder und ihre Gelassenheit, die Nachsicht, die sie angesichts deiner leeren Taschen walten lassen. Eine Straße weiter kommst du an dem Graffito »Besetzt!« vorbei und betrittst einen alten Hof mit Werkstätten: Eines der Gebäude wird inzwischen als Bar genutzt, und im Innenhof steht die Bühne, auf der du im vergangenen Sommer aufgetreten bist. Trotzdem dürfte der Ort nicht viel anders aussehen als noch vor dreißig Jahren. Große, von Metallgittern geschützte Fenster, Flecken vom Öl, das in den Zement gesickert ist, abblätternder Putz und von vielen Wintern eingesunkene Dächer, die nur notdürftig repariert worden sind. In Leos Werkstatt übertönt Generatorlärm jedes andere Geräusch. Du überraschst ihn von hinten. Er trägt seinen grünen Mechaniker-Overall und hat das Haar voller Sägespäne. Du küsst ihn auf den Hals, er erschrickt und muss lachen. Er schaltet die Maschinen aus, um dich zu begrüßen.

»Was machst du da?«, fragst du.

»Bodendielen.«

»Für wen?«

»Für eine Freundin, die sich eine Wohnung gekauft hat. Ich renovier sie ihr ein bisschen, dafür gibt sie mir Informatikunterricht.«

»Zeig mal!«, sagst du – wohl wissend, wie sehr er es liebt, über seine Arbeit zu sprechen. Am Theater hat er dir vor allem beigebracht, dass Menschen, Reisen, Lokalhistorie, Dinge, die man beschnuppern, kosten und anfassen kann, mit das Wichtigste sind. Dass das, was ein Schauspieler auf der Bühne leistet, gar nicht so von Bedeutung ist und man besser nicht allzu viele Worte darüber verliert. Er zeigt dir das Holz, das er von Wertstoffhöfen holt, Dielen, die ganz schwarz sind von Feuchtigkeit und Schlick, und wie sie aussehen, nachdem er sie gereinigt, abgeschliffen und neu eingelassen hat. Er verwendet ausschließlich Recyclingmaterial: Neues findet er genauso schrecklich wie Krankenhausflure. Am anderen Ende der Werkstatt steht eine Werkbank, das Bad dient gleichzeitig als Dunkelkammer, und oben auf dem Hochbett befinden sich eine Matratze, eine Schreibmaschine und Bücher. Er mag keine Dinge, die nicht mindestens zwei Funktionen haben, und keine Leute mit nur einem Job. Das ist seine temporäre autonome Zone, über der ein Räumungsbefehl schwebt, der in drei Monaten fällig wird.

»Ich bring dir das Buch von Hakim Bey zurück«, sagst du. »Den Kropotkin les ich noch.«

»Isst du eigentlich auch mal was?«, fragt er und stippt das weiche Brot in das Hühnercurry, nimmt einen Schluck Bier.

»Ab und an«, bedeutest du ihm mit der Hand, den Fruchtsaft-Strohhalm zwischen den Lippen.

»Und du trinkst keinen Alkohol, stimmt's?«

»Einmal hab ich welchen getrunken, und das hat mir gereicht«, gibst du den Spruch von dir, den du für solche Gelegenheiten parat hast.

»Der muss echt gut gewesen sein«, bemerkt Leo amüsiert.

Später geht ihr nach oben. Du willst ihn ausziehen, seinen Körper erkunden, als würdest du eine Skulptur enthüllen. Er ist der erste Vierzigjährige, den du nackt siehst, und seine Haut hat eine ganz andere Beschaffenheit als die Gleichaltriger.

Anschließend massierst du ihm ausgiebig den Rücken. Du spürst, wie er sich unter deinen Händen entspannt und beinahe einschläft. »Ich möchte dich fotografieren«, sagt er, als du auf ihm sitzt und er die Finger über dein Gesicht schweben, die Daumen über Wangenknochen und Brauen hinauf- und dann auf der Nase wieder hinuntergleiten lässt und so dein Profil in der Luft nachmodelliert.

Es stimmt nicht, dass du nie was isst. Du isst nur, wenn dich niemand sieht. Diese Regel kennt nur eine Ausnahme, und das ist deine Tante Marta. Bei euch läuft es folgendermaßen: Marta kocht jeden Abend für sich und deckt den Tisch mit einem Teller, einem Glas und Besteck. Sie nimmt daran Platz und beginnt zu essen. Kurz darauf kommst du in die Küche, als suchtest du nur etwas Gesellschaft. Du schenkst dir ein Glas Wasser ein. Du rauchst eine Zigarette. Sie fragt dich nach der Schule und du sie nach ihrem Job beim Radio: ein Gespräch unter Freundinnen. Sobald die Unterhaltung in Gang gekommen ist, streckst du, ohne groß darauf zu achten, ja fast gedankenlos, die Hand nach einem Stück Brot aus. Oder nach einer gekochten Kartoffel beziehungsweise einem Apfelschnitz, den Marta vor dem Teller liegen hat lassen. Wie nebenbei ernährt sie dich, und wie nebenbei lässt du dich ernähren. Oder aber sie merkt, dass mal wieder der Kühlschrank gefüllt werden muss, und bringt dir deine Mozzarellas, deine Bananen und dein Industrieeis mit. Vier Jahre geht das jetzt schon so.

»Es gibt einen theoretischen Teil«, sagst du und überfliegst den Lehrplan. »Filmgeschichte, Theorie der Filmsprache. Auch ein bisschen Fotografie und Tontechnik. Hundertzwanzig Stunden.«

»Allgemeinbildung«, sagt Marta. »Das gefällt mir.«

»Die Stanislawski-Methode, sechzig Stunden. Stimmbil-
dung, sechzig Stunden.«

»Ein bisschen Unterricht wird dir guttun«, bemerkt sie.

Du schaust von deinem Blatt auf und streckst ihr die Zunge
raus, knabberst an einer rohen Möhre. Könnte deine Mutter dich jetzt sehen, würde sie ihren Augen nicht trauen. Mit
sechzehn bist du von zu Hause ausgezogen: offiziell, um eine
Theaterschule in der Stadt zu besuchen, doch in Wahrheit, um
so weit wie möglich von ihr wegzukommen. Vorher habt ihr
vergeblich Techniken des Miteinander ausprobiert, einschließlich Ohrfeigen und Psychoanalyse. Als Marta vorgeschlagen
hat, etwas Abstand zwischen euch zu bringen, schien das der
sprichwörtliche Geistesblitz zu sein, auf den bisher niemand
gekommen war.

»Tanz«, sagst du. »So ein Scheiß! Wozu soll ich tanzen lernen?«

»Hast du schon mal gesehen, wie ein Balletttänzer läuft?«

»Wieso, wie läuft er denn?«

»In Paris bin ich mal Nurejew begegnet. Es muss auf dem
Boulevard Saint-Germain gewesen sein. Er ist diese stark
belebte Allee entlangspaziert, doch man hätte meinen können,
er wäre vollkommen allein. Oder auf einem Seil, zehn Meter
über der Erde. Er hatte das perfekte Gleichgewicht, wenn du
verstehst, was ich meine. Wie Katzen, die angeblich nie abstür-
zen. So als würde er ganz bewusst gehen. Man muss es mit
eigenen Augen gesehen haben, um die Bedeutung des Wortes
›Anmut‹ oder ›Harmonie‹ zu verstehen.«

»Oder ›Sex‹«, sagst du und triffst damit voll ins Schwarze.

»Davon hab ich nicht geredet«, sagt Marta peinlich berührt
und etwas beleidigt über deine Vereinfachung.

»Doch, genau davon hast du geredet.« Du klaust ihr eine

Zigarette und das Feuerzeug. »Na gut, sagen wir mal so: Wer tanzen lernt, lernt auch besser zu ficken. Danke für den Tipp, Tante.«

Sie erhebt sich schnaubend, denn neben »ficken« gibt es noch ein anderes Wort, das sie nicht ausstehen kann, nämlich »Tante«. Sie reicht dir einen sauberen Aschenbecher und muss gleich darauf lachen. Normalerweise sagst du in so einem Moment, »Was würdest du bloß ohne mich machen?«, woraufhin sie erwidert: »Dasselbe wie vorher.« Doch jetzt, wo diese Möglichkeit sehr konkret im Raum steht, dürfte das keine von euch lustig finden.

»Und dann?«, fragst du. »Damals mit Nurejew, wie ist es ausgegangen?«

»Dann ist auch er abgestürzt«, sagt Marta. »Er war HIV-positiv, ist mit Anfang fünfzig gestorben, sah aber aus wie neunzig. Ein herber Verlust.«

Nachts nimmt dich Leo mit auf Erkundungszüge durch die Peripherie, steuert verbotene Orte, Straßenbahndepots, Umsteigebahnhöfe, verlassene Bauernhäuser und Fabriken an. Seit er weiß, dass du in einer Wohnsiedlung aufgewachsen bist, hat er sich zum Reiseführer ernannt: Sein Spezialgebiet ist die Stadt des 20. Jahrhunderts. Das Zentrum interessiert ihn nicht, Gebäude und Kirchen sind für ihn nur ein Haufen lebloser Steine. Die eigentliche Stadt verbirgt sich außerhalb, jenseits des Rings: Nachts zwischen Bovisa und Niguarda mit dem Moped herumzufahren, die Hände in seine Taschen gesteckt und die Wange an seinen Rücken geschmiegt, während dir die kalte Januarluft um die Ohren pfeift, gehört mit zum Schönsten, was du je erlebt hast. Ihr besucht die lokalen Sehenswürdigkeiten wie auf einer Pilgerfahrt: Gedenksteine für Partisanen; die Böschung, auf der Visconti eine Szene von *Rocco und seine Brüder* gedreht hat; die Trattoria, in der einmal Buffalo Bill gegessen haben soll, und der mitten aus dem Gehweg sprießende Aprikosenbaum, der gegossen, gepflegt und von allen vorm Abholzen bewahrt wird. Auf halber Höhe einer verlassenen Straße kettet Leo das Moped an einen Laternenpfahl, nimmt deine Hand und führt dich in eine alte Gasfabrik – durch ein Loch in der Mauer, das Kupferdiebe geschlagen haben. Auch hier findet er sein Material. Du willst wissen, wozu das riesige Rostskelett einmal gedient hat, und statt dir zu antworten, fragt er dich in herausforderndem Ton, ob du es schaffst, daran hochzuklettern. Der alte Anarchist aus der Stadt hat immer noch nicht begriffen, dass er das Mädchen der Platanen, Ulmen und Rosskastanien vor sich hat, die unangefochtene Herrscherin über sämtliche Bäume Lagobellos.

Dort oben, vierzig Meter über dem Boden, erkennst du zum ersten Mal, dass die nördliche Peripherie Mailands ein einziges Schienengewirr ist: Die Gleise führen über Viadukte und an Fabriken vorbei, glänzen im Schein der Laternen, bis sie sich in der Dunkelheit verzweigen.

»Hier unten wurde die Kohle aufgeschichtet«, sagt Leo und zeigt auf den Boden des Gasometers. »Wenn Kohle mit bestimmten Säuren reagiert, verströmt sie ein natürliches Gas. Das ist auch der Grund, warum hier alle Böden verseucht sind. In diesem Käfig befand sich ein Riesenballon, der sich aufblies wie ein Fesselballon. Er füllte sich mit Gas und setzte es unter Druck, um es anschließend ins Netz einzuspeisen. Damit wurde die ganze Gegend versorgt. Kannst du dir das vorstellen?«

Ein Fesselballon in einem Käfig: Genauso fühlst du dich, seit du auf der Welt bist. Leo legt dir den Arm um die Schultern, und zwei Paar Beine baumeln ins Leere. Der Gasometer ist ein Riesenrad mit toller Aussicht und Mailand euer Jahrmarkt.

Im Auto, auf dem Parkplatz der Metro, sagt dein Vater: »Weißt du noch, wie du dir mit zehn die Haare abrasiert hast?«

»Klar weiß ich das noch«, erwiderst du. Du wolltest nicht zur Erstkommunion gehen, und das war deine Art, dagegen zu protestieren. In der Schule glaubten anschließend alle, du hättest Läuse gehabt, aber das war es wert: Nach mehreren Gesprächen zwischen deiner Mutter, dem Priester und der Lehrerin »ruhte« deine Katholikenlaufbahn auf unbestimmte Zeit, so die offizielle Formulierung.

»Ich hab das jetzt auch gemacht«, sagt dein Vater. Er nimmt die Mütze ab und beugt sich zu dir, zeigt dir seinen nackten Schädel.

»Papa«, sagst du mit einem Kloß im Hals. Aber er bleibt so, in dieser halb ritterlichen Verbeugung, als wartete er auf eine Investitur, und du legst ihm die flache Hand auf den kahlen Kopf. Er ist glatt und weich. Es ist der Kopf deines Vaters.

»Wie seh ich aus?«, fragt er.

»Du hast ein Muttermal im Nacken.«

»Siehst du? Aber muss man wirklich erst so alt werden wie ich, um festzustellen, dass man ein Muttermal am Kopf hat?«

»Ich wusste schon immer, dass du viele Geheimnisse hast.«

Von den Haaren einmal abgesehen scheint ihm die Chemotherapie gutzutun. Er isst wieder und kauft sich jede Menge Landhaus-Zeitschriften, schaut sich Fotos und Grundrisse an und hat beschlossen, eine neue Gartenveranda mit gemauerten Säulen zu bauen, das Dach wird aus Terrakottaziegeln sein statt aus Wellblech. Die alte Veranda war sowieso nie sehr praktisch. Mit der Zeit habt ihr euch an dieses Vordach gewöhnt, das bei Regen tropft und bei Sonne kochend heiß wird, ein generelles Problem dieses Hauses … bis zu dem Nachmittag, an dem dein Vater beschließt, es abzureißen. Du setzt dich in den Garten, um ihm dabei zuzuschauen. Du bist dir sicher, dass auch deine Mutter von ihrem Fenster im ersten Stock aus zuschaut. Mit dem Wellblech und dem verfaulten Holz fallen auch noch andere Dinge ins Gras – nächtliche Fluchten eines Mädchens, ein Essen im Freien, für das eine junge Frau sorgfältig den Tisch gedeckt hat –, Dinge, die nur ihr beide sehen könnt, nicht aber dein Vater. Er schaut immer bloß nach vorn.

Als Nächstes vermengt er Wasser und Sand in einem Plastikeimer.

»Papa«, sagst du, »wann hast du das eigentlich alles gelernt?«

»Heute Morgen«, erwidert er achselzuckend. »Glaubst du etwa, es ist kompliziert, eine Veranda zu bauen?«

»Keine Ahnung. Beim letzten Mal hat es nicht besonders gut geklappt.«

»Versuch und Irrtum«, sagt er. »Intelligenz besteht nicht darin, etwas gut zu beherrschen, sondern in der Lage zu sein, es zu erlernen, meinst du nicht auch?«

Dann wird er blass. Er beißt sich mit einer Grimasse auf die Lippen, die sie inzwischen nur zu gut kennt. Er entschuldigt sich, legt die Schaufel weg und eilt ins Haus, versucht weder zu rennen noch mit den Türen zu knallen. Auch in diesem Stadium will dein Vater vor allem Haltung bewahren. Du richtest den umgefallenen Eimer wieder auf und schaust nicht nach oben, aus Angst, dem Blick deiner Mutter zu begegnen.

An diesem Abend gibst du dich in der besetzten Fabrik deinem Kummer hin. Du gehörst nicht zu den Frauen, die ganze Taschentücher vollheulen, damit es auch ja alle mitbekommen.

Aber wenn es mit dir durchgeht, ist es so wie die Regen-maschine im Film: Dann rollen eimerweise Tränen. Du ent-deckst etwas Neues an Leo: Er mag keine Leute, die weinen. Als dir die Stimme bricht, steht er auf und dreht sich an der Werkbank eine Zigarette. Er behält dich von dort aus im Auge, das seltene Exemplar einer weinenden jungen Frau. Er wartet, bis du dich wieder beruhigt hast, zündet sich dann die Ziga-rette an und sagt: »Und, was soll ich jetzt deiner Meinung nach tun? Zu dir kommen und dich in den Arm nehmen?«

»Wie bitte?«, fragst du und wischst dir die Tränen aus den Augen.

»Es gibt nur eine aufrichtige Art zu weinen, und zwar allein. Deshalb tun wir es auch so gut wie nie.«

»Was willst du damit sagen? Dass ich mich anstelle?«

»Nein, du weinst für mich. Weil du mein Mitgefühl brauchst. Das ist die einfachste Art, es zu bekommen, das lernt man gleich nach der Geburt.«

»Entschuldige bitte, darf ich nicht einfach mal traurig sein?«

»Du bist Schauspielerin, Sofia. Du weißt genau, was ich damit sagen will.«

Er lehnt mit dem Rücken an der Werkbank und raucht mit verschränkten Armen. Du bist dir nicht sicher, ob du weißt, was er damit sagen will, hasst es aber, dich angegriffen zu fühlen.

»Verstehe«, erwiderst du und mauerst sofort. »Somit hab ich auch heute Abend eine Lektion bekommen. Was für ein Glück aber auch!«

»Wenn du reden willst, reden wir.« Dein Sarkasmus lässt Leo völlig ungerührt. Er ist unerschütterlich – wie damals, als er ins Gefängnis ging, um keinen Wehrdienst leisten zu müssen: Was die freiheitlichen Grundrechte anbelangt, gibt es für ihn keine Diskussion. Und in diesem Moment steht seine Freiheit auf dem Spiel, gerührt zu sein, wann er es will. »Oder aber du weinst, ich schmeiß hier Sachen kaputt, und wir gucken, wer besser darin ist, sich vom anderen lieben zu lassen.«

Da siehst du zum ersten Mal das Ende vor dir. Das ist ein Spiel, das du als Mädchen häufig gespielt hast. Am Anfang jeder Beziehung hast du dich gezwungen, dir die Szene genau vorzustellen: Noch während dich ein Junge geküsst hat, hast du dir überlegt, ob das eine Tut-mir-leid-, eine Und-tschüs!-, eine Leck-mich-am-Arsch- oder aber eine Wir-bleiben-Freunde-Geschichte wird. Ob es in einem Bett oder mitten auf der Straße passieren wird, welches Gesicht er dabei machen wird, und ob es ein Typ ist, der dich beleidigen, dich anflehen oder mit der Faust gegen die Wand hauen wird, um dich anschließend zu hassen. Danach bist du deutlich entspannter gewesen. So als würde man bereits die letzte Seite eines Buches kennen, um sich dann angstfrei der Handlung hingeben zu können.

Nachts drehst du dich zum nackten, schlafenden Leo um, unter dem orangefarbenen Himmel Mailands, der durchs Oberlicht dringt. Sein Bauch hebt und senkt sich langsam – weich und ohne jede Anspannung. Nur zu dieser Stunde bekommst du ihn so zu sehen, bevor ihn der Tag zurückfordert, ihn dir sein ruheloser Aktivismus entreißt. Du gibst der Versuchung nach, ihn dort am Bauchnabel zu streicheln. Ohne es zu wollen, weckst du ihn. Als er die Augen aufschlägt, braucht er einen Moment, bis er wieder weiß, wer du bist und was du in seinem Bett zu suchen hast.

»Macht sich deine Tante denn keine Sorgen, wenn du nicht zum Schlafen nach Hause kommst?«

»Ach Quatsch!«, sagst du. »Außerdem ruf ich sie gleich an.«

An diesem Abend sichtest du mit Marta das Material, das du zur Zulassungsprüfung mitnehmen willst. Ihr sucht zwei Fotos aus, eine Ganzkörper- und eine Nahaufnahme aus der Serie, die Leo bei euren Ausflügen zu den Gleisen von dir gemacht hat. Die Ganzkörperaufnahme zeigt dich an einem Bahnsteig. Auf der Nahaufnahme schaust du in die Kamera, den Mantelkragen gegen die Kälte hochgeschlagen und die Haare noch ganz zerzaust von der Mopedfahrt. Im Hintergrund unscharfe Gleise, das Gewirr der Oberleitungen.

»Das bist echt du«, sagt Marta, die sie gründlich mustert.

»Echt doof?«, fragst du. »Echt hässlich?« In jener Zeit geht dir dein Gesicht irgendwie auf die Nerven.

»Die Frau mit den zwei Gesichtern«, erwidert Marta. »Siehst du das? Nicht nur das Auge, sondern auch die Braue, der Mundwinkel und diese kleine Narbe auf der Wange – dein Gesicht ist total asymmetrisch.«

»Und so soll ich sein? *Asymmetrisch?*«

»Warte!« Marta nimmt ein Blatt Papier und deckt damit die rechte Bildhälfte ab. Deine linke Gesichtshälfte hat was Ironisches, Aufmüpfiges. Sie lächelt. Sie hat das Durchsetzungsvermögen einer Frau, die es alleine schafft.

»Das bist du, von außen betrachtet«, sagt Marta. »Siehst du? So wie du dich anderen gegenüber zeigst, wie du gelernt hast, dich in der Öffentlichkeit zu geben. Damit meine ich nicht, dass du eine Maske trägst, es ist eher vergleichbar mit einem schönen Kleid, mit der Diktion, die deinen früheren Akzent verdeckt. So ziehst du dich an, wenn du ausgehst, stimmt's? Und so, wenn du zu Hause bleibst.«

Sie schiebt das Blatt nach links, und die junge Frau auf dem Foto verändert sich abrupt, das Lächeln verschwindet. Sie ist misstrauisch, fast schon aggressiv. Außerdem wirkt sie müde:

Sie ist es leid, vor der Kamera zu stehen, ist es leid, angeschaut zu werden. Du versuchst, dich an den Tag mit Leo zu erinnern, daran, ob sich schon etwas zwischen euch verändert hat. »Siehst du?«, sagt Marta. Als sie das Blatt wegnimmt, findest du es einfach unglaublich, dass zwei so unterschiedliche Menschen eine Einheit bilden können.

Du schleppst deine beiden Identitäten mit dir herum wie streitsüchtige Schwestern: Eine zerrt an dir und will weiterkommen, während die andere die Absätze in den Boden rammt. Mit hoch erhobener Nase, den Schal vor dem Mund und deiner sibirischen Pelzmütze auf dem Kopf, stehst du mitten in der Demo und lässt die Gebäude am Corso di Porta Ticinese auf dich wirken. Das ist ein ganz neuer Anblick für dich: eine für den Verkehr gesperrte Stadt. Mitten auf der Straße und während deine Gefährten singen verlierst du dich zwischen den Balkonen, Fenstern, Gesimsen und Dächern.

In der Via Torino bleibt der Demonstrationszug stehen. Leo läuft zum vorausfahrenden Wagen, um zu gucken, was los ist. Die Fabrikbesetzer diskutieren mit zwei Polizisten und versuchen, sich über die weitere Route zu einigen. Sie haben eigentlich vor, bis zum Rathaus zu marschieren, sollen aber schon vorher abbiegen. Einer der jungen Männer wird laut. Ein Polizist breitet bedauernd die Arme aus. Noch während sie verhandeln, beginnen die hinter dir nach vorn zu drängen, und es wird immer enger um dich. Jetzt spürst du ihn, den Druck der wütenden Menge, ihr explosives Potenzial. Die Gesänge verstummen. Du bemerkst Details, die dir vorher gar nicht aufgefallen sind: ausgebeulte Taschen, Helme, Fahnenstangen. »Fängt es so an?«, fragst du dich, traust dich aber nicht, Leo darauf anzusprechen. Und du – bist du bereit dafür?

Dann setzt sich der Demonstrationszug wieder in Bewegung. Dort vorn muss eine Einigung erzielt worden sein. Jemand auf dem Wagen brüllt ins Megafon, fordert alle dazu auf, zusammenzuhalten und nicht den Kopf zu verlieren. Ihr lauft jetzt langsamer, dichter nebeneinander, schweigend zwischen den Rollladengittern der Geschäfte, die vor Kurzem hastig geschlossen haben. Maklerbüros, Juweliere, Boutiquen, Versicherungs- und Bankniederlassungen. Als du nach oben schaust, trifft dein Blick den der Angestellten, die euch vom Fenster aus beobachten: Ihr seid keine Drohung, sondern eine Art Karneval, ein Aufzug in historischen Kostümen, eine Wiederaufführung der Siebzigerjahre, um die Mittagspause unterhaltsamer zu gestalten. Diese Zeit und diese Stadt gehören ihnen, ihr seid die Außenseiter. Zwei Stockwerke tiefer werden die Nebengassen von der Polizei überwacht, und du merkst, dass es von hier bis zum Dom keinen Fluchtweg mehr gibt. Würde jetzt jemand schießen, gäbe es ein Blutbad.

»Ein Blutbad für wen?«, fragt Leo, als du ihn darauf hinweist, in einem ebenso aggressiven wie traurigen Ton. Du weißt, wie sehr ihn die Vorstellung von Gewalt quält. Du suchst nach seiner Hand und drückst sie. Das nervt ihn, und er reißt sich sofort los.

Am Domplatz seht ihr euch einem Heer von Polizisten in schwerer Montur gegenüber: die Schilde erhoben, die Schlagstöcke fest in der Hand. Vom Ende des Demonstrationszugs fliegen Beleidigungen und ein paar Steine nach vorn. »Ruhig bleiben!«, ruft das Megafon. »Ruhig!« Wieder erhebt sich ein Sprechchor – immerhin ein kleines Ventil für die Wut. Dann biegt der Wagen wie vereinbart links ab, während ihm der Demonstrationszug langsam folgt.

Zwei Stunden später lässt du Leos Wanne volllaufen, findest aber keinen Badezusatz und gibst dich irgendwann damit zufrieden, ins durchsichtige Wasser zu gleiten. Heimlich führst du eine Bestenliste der Bäder deiner Freunde, gestaffelt nach Wannengröße und -form, dem Duft der Seife, der Qualität des Schwamms und der Flauschigkeit der Handtücher. Leos landet auf dem allerletzten Platz. Das einzige Fenster wird von einem Brett verdeckt, die Glühbirne spendet rotes Licht, und du hast erst die Fixierschalen aus der Wanne räumen müssen. Trotz allem sorgt das heiße Wasser dafür, dass es dir sofort besser geht, die aufgestaute Anspannung lässt nach: Seit du kein festes Zuhause mehr hast, ist die Wanne der einzige Ort, an dem du – egal wo – die Augen schließen und dich wie daheim fühlen kannst.

Dann wird an der Klinke gerüttelt. »Warum hast du dich eingeschlossen?«, fragt Leo.

»Mir war kalt«, sagst du. »Ich hatte Lust zu baden.«

»Ja, aber musst du dich deswegen gleich einschließen?«

»Du willst mich rauswerfen, also schließ ich mich ein«, lautet deine logische Argumentation. Ist er nicht Besetzer eines besetzten Hauses?

»Was für ein raffiniertes politisches Konzept«, sagt Leo. »Ich glaub allerdings nicht, dass uns das irgendwie weiterbringt.«

Es ist eine kurze Wanne, aber wenn du die Knie noch etwas mehr an die Brust ziehst, kannst du dich auf den Rücken legen und bis zum Hals, zum Kinn, zum Mund untertauchen. Ja, bis zu den Ohren, nur die Nase bleibt draußen. Du entdeckst die akustische Welt unter Wasser: ein gurgelndes Rohr, Radiomusik. Irgendwo bellt ein Hund. Ein Telefon klingelt, und das Radio wird leiser gestellt, jemand läuft durch ein Zimmer.

»Du wirkst zwar noch jung«, sagt Leo, als du wieder auftauchst, »aber ich hab dich durchschaut. Du bist wie Gas, sobald du die Möglichkeit dazu hast, breitest du dich aus. Deshalb muss ich Grenzen ziehen, verstehst du? Man kann lernen, allein zu sein, sogar lernen, sich dabei wohlzufühlen. Aber wenn ich dich jetzt reinlasse, beanspruchst du den ganzen Platz für dich.«

»Ein schöner Monolog!«, denkst du. Wie ist es nur so weit gekommen? Du stellst dir vor, wie er da draußen vor der Tür steht und dagegen anredet, die halb geraucht, erloschene Zigarette im Mundwinkel, die Hände schmutzig und mit der Schweißerbrille, die ihm das Aussehen eines Tiefseetauchers verleiht.

»Hast du mich verstanden, Sofia?«, fragt er.

»Natürlich.«

»Und würdest du mir bitte sagen, was du davon hältst?«

»Darf ich noch kurz in der Wanne bleiben, bevor ich gehe?«

»Was?«

»Nur solang das Wasser noch schön heiß ist. Dann mach ich mich aus dem Staub, versprochen. Und breite mich woanders aus.«

»Sofia«, sagt er erschöpft. Du kennst die gedehnte Aussprache deines Namens zur Genüge. Du hörst, wie etwas, das seine Stirn sein dürfte, gegen die Tür klopft. Es klopft ein zweites Mal, dann nichts mehr. Kurz darauf geht der Generator wieder an, und du streckst den Arm nach dem Handtuch aus.

»Und was ist das für ein junger Mann? Was macht er?«, fragt dein Vater, als ihr im Park von Lagobello spazieren geht.

»Er arbeitet mit Holz und Eisen«, erwiderst du und gehst über die Worte »junger Mann« hinweg. »Er baut Bühnenbilder, macht aber auch wunderbare Schwarz-Weiß-Fotos. Er ist Künstler, auch wenn man ihn nicht so nennen darf.«

»Er mag die Bezeichnung Künstler nicht?«

»Nein.«

»Wieso denn das?«

»Die Bezeichnung Schreiner, Kunstschmied, Bühnenbildner oder Schauspieler gefällt ihm genauso wenig. Er mag es nicht, auf einen Beruf reduziert zu werden. Er sagt immer, dass er all das *macht*, aber ein *Mensch ist*, mehr nicht.«

»Verstehe«, sagt dein Vater. Und wer weiß, was er versteht, der für alle immer nur der *Herr Ingenieur* gewesen ist! Wenn erst mal Anarchie herrscht, wirst du ihm erklären müssen, dass der Unterschied zwischen geistiger und körperlicher Arbeit vollkommen aufgehoben wurde, und man Häuser bauen, Felder bestellen, Eisen bearbeiten und anschließend Bücher schreiben kann, ohne sich davor auch nur die Hände zu waschen.

»Und was magst du so an ihm?«

»Dass er mir vieles beibringt«, erwiderst du. Dann verbesserst du dich. »Nein, dass er mir hilft, vieles zu verstehen. Es ist nicht so, dass er mir was erklärt, stattdessen hilft er mir eher beim Denken. Wenn mich was verwirrt und ich mit ihm drüber rede, seh ich danach irgendwie klarer.«

»Und, liebt er dich?«, fragt dein Vater.

»Tja, das ist ein heikles Thema.«

Am Teichufer setzt ihr euch auf eine Bank. Du hast Lust auf eine Zigarette, aber in letzter Zeit verkneifst du es dir, in seiner Gegenwart zu rauchen – als könnte das jetzt noch was ändern! Du kraulst Käpt'n Stummel am Kopf, während er zu den Enten in der Mitte des Teichs schaut, ohne sie wirklich zu sehen. Er nimmt sie mit anderen Sinnen wahr, und sein Jägerherz pocht und bebt.

»Meiner Meinung nach erwartest du dir zu viel von Beziehungen«, sagt dein Vater.

»Was soll das heißen, ›zu viel‹? Ein bisschen Liebe … findest du das zu viel?«

»Nicht die Liebe, sondern das, was du dir davon erwartest.«

»Was erwarte ich denn bitte schön?«

Dein Vater seufzt. »Du kannst vom andern verlangen, dass er dir ein wenig Gesellschaft leistet. Aber nicht, dass er mit dir verschmilzt, sein Leben in deine Hände legt und ein gemeinsames mit dir aufbaut. Wenn du das von der Liebe erwartest, wirst du von allen nur enttäuscht werden.«

»Papa, aber das ist doch wahnsinnig traurig!«

»Das seh ich anders.«

»Ein wenig Gesellschaft? Du bist seit zwanzig Jahren verheiratet, und das soll alles sein?«

»Hör mal, ich bin glücklich mit deiner Mutter«, sagt er. »Und ich bin glücklich, wenn ich mit dir zusammen bin – freue mich darüber, dass wir in diesem Augenblick miteinander reden. Aber die Liebe reicht nur bis zu einem gewissen Punkt. Ich kann nicht viel für dich tun, außer dir helfen, wenn du mich brauchst, dich finanziell unterstützen, dir sagen, lern was, geh fort, geh nach Rom, geh deinen eigenen Weg. Mehr aber auch nicht. Und du kannst mir meine Krankheit nicht abnehmen – und sei deine Liebe auch noch so groß: Hier drin gibt es nur mich.«

Bei »Hier drin« schlägt er sich gegen die Brust, und das Seltsame ist, dass du erleichtert bist, als dein Vater dir seine schrecklichen Wahrheiten enthüllt. Weil diese Bank kein Schlusspunkt, sondern ein Neuanfang ist.

»Wie spät ist es?«, fragt er, nachdem ihr eine Weile geschwiegen habt. »Kehren wir um?«

»Lass uns noch ein bisschen hierbleiben, wenn's dir nichts ausmacht.«

»Natürlich nicht«, erwidert er, reibt sich die Hände wegen der Kälte und bläst in sie hinein.

Wärst du Hakim Bey, würdest du das Buch damit beenden, dass die Liebe die temporärste autonome Zone ist, die es gibt. Das Ende der Liebe ist ein besetztes Haus am Tag vor der Räumung. Barrikaden errichten, sich an Tore anketten, mit Böllern und Lebensmitteln werfen ist etwas aus längst vergangenen Zeiten, das nicht mehr in deine hektische Epoche passt. Heute gilt es, einen Überraschungsangriff zu starten und gleich danach abzutauchen. An nichts das Herz zu hängen. Statt draufzugehen, ist es deutlich besser, mit den Überzeugungen, der Liebe und mit der wenigen Habe woanders hinzugehen. Und genau das geschieht in der Fabrik, als du sie zum letzten Mal aufsuchst. Der Nachmittag geht dafür drauf, den Innenhof aufzuräumen, die Kühlschränke mit Bier zu bestücken und Lautsprecher für eine lange Party aufzustellen. Auf der wird dann hingebungsvoll alles zerstört, was man nur zerstören kann – und zwar so, dass die Ordnungskräfte bei ihrem Eintreffen nur noch einen rauchenden Trümmerhaufen vorfinden werden. Doch weder Leo noch du hat Lust, dieser Zerstörung beizuwohnen. Du sitzt auf der Werkbank und zündest dir eine Zigarette an, während er auszieht: Er lädt seine Sachen in den Transporter eines Freundes, bei dem er für eine Weile unterkommt.

»Und das nimmst du nicht mit?«, fragst du und zeigst auf das Hochbett.

»Das ist mir zu viel Krempel«, sagt er. »Ich hab keinen Platz. Außerdem kann es nicht schaden, ein wenig auszumisten.«

Auch du lernst, mit leichtem Gepäck zu reisen. Du rauchst deine Zigarette zu Ende, lässt sie zu Boden fallen und springst von der Werkbank.

»Ich geh dann mal«, sagst du. »Morgen muss ich früh raus.«

»Sagt man das noch: Hals- und Beinbruch?«, fragt Leo mit einer vor Anstrengung gepressten Stimme, als er eine Werkzeugkiste hochhebt.

»Toi, toi, toi«, erwiderst du und trittst die Zigarette mit der Kappe deines Springerstiefels aus.

Und du hast noch etwas gelernt: Ein Schauspieler ist nichts anderes als ein Zeitreisender. So wie wir alle vermutlich, aber Schauspieler werden von einem mysteriösen Chauffeur durchgerüttelt, während du selbst am Steuer sitzt. Du strahlst vor Glück und bist wieder neun Jahre alt, spielst mit Käpt'n Stummel im Garten, weinst vor Einsamkeit und findest dich als Fünfzehnjährige in deinem Bett wieder. Doch deine Wut ist zwanzig Jahre alt: Du hast sie gerade erst heraufbeschworen und wieder verdrängt, hebst sie dir für später auf, wenn du sie brauchen kannst.

Du bist die Lehrerin und Schülerin deines Lebens. Du lernst von deinem früheren Ich, bringst deinem zukünftigen Ich etwas bei: Normale Menschen verlieren sich in diesem Labyrinth aus Identitäten, während du dich leichtfüßig hindurchbewegst.

Da dir alle etwas mit auf den Weg gegeben haben – Perlen der Weisheit, liebevolle Küsse –, wollte deine Tante auch nicht zurückstehen und hat dir einen Apfel für die Reise gekauft. Im Abteil reibst du ihn mit dem Pulloverärmel auf Hochglanz, klappst das Tischchen aus und legst ihn für später darauf. Dein Blick fällt auf dein Spiegelbild im dunklen Fenster. Du hebst die Rechte und verdeckst eine Gesichtshälfte, um der jungen Frau in ihr eines Schielauge zu gucken.

»Mach dir keine Sorgen!«, beruhigst du sie. Ich kümmre mich um dich. Dann hebst du die Linke und tauschst ein angedeutetes Lächeln mit der jungen, verwegenen Schauspielerin, die gerade dabei ist, sich in Hunderten Kilometern Entfernung etwas aufzubauen.

Das Spiel ist vorbei, als es gerade am schönsten ist, als der Zug den Bahnhof verlässt und ein milchiger Himmel das Fenster ausfüllt. Blinzelnd siehst du stehende Züge vorbeihuschen, Bahnhofsgebäude sowie die Sozialbauten zwischen dem Greco-Viertel und der Viale Monza. Bisher ist dir noch nie aufgefallen, dass die Gleise vom Hauptbahnhof nach Norden führen, dass man um halb Mailand herumfahren muss, um nach Süden zu gelangen. Für dich war das immer nur die Durchquerung von städtischem Sumpf, ein mühsamer Anlauf, bevor man auf offener Strecke endlich Fahrt aufnehmen konnte. Doch jetzt erkennst du die Orte. Die Brücke der Via Padova, das Lambrate- und das Ortica-Viertel. Die von der Zeit angenagten Hochhäuser der Peripherie, das verblichene Gelb und Rot, das zu einem eintönigen Militärgrün verblasst. Die übereinandergestapelten Balkone, die extra zu deinem Abschied herausgeputzt wurden und von denen dir riesige Badezimmerboiler und Waschmaschinen Lebewohl sagen, verbogene Wäscheständer, parasitenzerfressene Zimmerpflanzen, Käfige von Hamstern und Kanarienvögeln, die jetzt im Jenseits in der Unendlichkeit laufen und zwitschern, einbeinige, kopflose oder rasierte Puppen, die von älter gewordenen Mädchen ausgemistet worden sind, Schränkchen mit Eheringen und zerschlissener Wäsche sowie Haushaltsgeräte, die einst als Vorboten des Fortschritts über die Schwelle gekommen sind und jetzt bloß noch im Weg rumstehen, weil niemand weiß, wo er sie entsorgen soll. Dann beschlägt das Fenster, vielleicht auch durch deinen Atem. Und erst im Davonfahren merkst du, dass du diesen schmerzhaften Stich liebst, den deine winterliche Heimatstadt dir gibt.

Die Schauspielerinnen

Wäre diese Wohnung eine Bühne, ginge der Vorhang über einem Oktobermorgen auf: vor dem Fenster der sonnige Herbst Roms und in der Küche studentisches Chaos. Caterina, die lebenskluge, fröhliche Schauspielerin, macht singend Frühstück: Sie stellt Milch, Butter, Marmelade, Orangensaft, Früchtemüsli und drei verschiedene Kekssorten auf den Tisch. Ein Wahnsinnszuckerexzess tut sich da vor Sofia auf, der Schauspielerin mit dem schwierigen Charakter, die gleich nach dem Aufwachen erst mal nichts runterbringt, es hasst, Essen auch nur zu riechen, Konversation zu machen und angeschaut zu werden, und die sich erst dann mit der Welt versöhnt, wenn sie eine anständige Portion Nikotin und Kaffee intus hat. Caterinas Platz ist am Herd. Sofia sitzt mit dem Rücken zur Wand: Sie trägt T-Shirt und Unterhose, hat die Füße auf der Stuhlkante abgestellt und die Knie schützend an die Brust gezogen. Als Einzelkind aus der lombardischen Mittelschicht hört sie sich staunend Geschichten von Tanten, Schwestern, Neffen und Cousinen an, die sich alle im selben Viertel von Neapel drängen.

»Bei uns in der Familie geht es zu wie in einem Bienenstock«, sagt Caterina, die Naturwissenschaften studiert hat, bevor sie sich für den Film zu interessieren begann. »Besser gesagt wie in einem Schafstall oder Elefantenhaus: Die weiblichen Säugetiere bilden eine Herde und schützen sich gegenseitig. Hab ich dir schon erzählt, wie meine Tante Fiorella ihren Mann verlassen und sich bei uns versteckt hat? Und wie der dann fuchsteufelswild bei uns vor der Wohnung stand und drohte, die Tür einzutreten? Du ahnst ja nicht, welch ein Schreck das war, Sofi! Und was haben wir gelacht! Ich kann mir nicht vorstellen, in einer Wohnung ohne Frauen zu leben. Ich glaub, ich würd vor Traurigkeit eingehen.«

Sofia, deren Idealwohnung ein interstellarer Raum ist, in dem nicht einmal ein Meteoritensplitter auf Kollisionskurs mit ihr gehen kann, merkt sich diese x-te Tante, zündet sich noch eine Zigarette an und schweigt. Als sie des Sprechens wieder mächtig ist, sagt sie: »Ich hab bloß eine einzige Tante, aber die reicht mir vollkommen.« Oder: »Wie spät ist es? Rufst du die Königin von Bollywood?«

Kurz vor dem Aufbruch müssen sie Irene wecken, die schöne, faule Schauspielerin: Sie verpasst regelmäßig Freundschaftsmomente, weil sie einfach bis zur letzten Minute schlafen muss. Sie durchquert die Küche, ein strubbeliger Haarschopf über einem geblümten Bademantel, schließt sich im Bad ein und bleibt dort, bis Caterina klopft und mehrmals anmahnt, dass sie losmüssen. Aus derselben Tür kommt dann eine junge Frau mit kupferroten Locken, kajalumrandeten grünen Augen – eine wilde Zigeunerschönheit.

»Iss was«, sagt Caterina. »Sonst hast du nachher Hunger.«

»Hast du auch Sex mit dem Spiegel?«, fragt Sofia. »Oder gibst du ihm bloß Zungenküsse?«

Irene zeigt ihr den Mittelfinger, schnappt sich einen Keks und stürzt ein halbes Glas Fruchtsaft hinunter.

»Der Schal«, sagt Caterina. »Die Monatsfahrkarte für den Bus. Habt ihr alle eure Schlüssel dabei?«

Sie hinterlassen Haare in den Bürsten und Tassen in der Spüle, Unterwäsche auf dem Badezimmerfußboden und ausgedrückte Zigaretten im Aschenbecher – keine Mädchen mehr, sondern eine Schar junger Frauen – und brechen zur Schule auf.

Streitlustig, Funken sprühend und kichernd fallen sie abends in die Wohnung ein, um Perücken und Abendkleider anzuprobieren. Sie reden wie italoamerikanische Mafiosi oder mit dem schnarrenden R der Franzosen. Eine der drei reißt die Tür auf und lässt sich tot zu Boden fallen, die anderen beiden verzweifeln mit Stummfilmpathos. Sie halten sich den Bauch vor Lachen, sind ständig außer Rand und Band. Sie schleppen sich in die Küche und tun so, als wären sie nicht mehr ganz bei Trost: betrunken, benebelt, überreizt, halluzinierend, besinnungslos. Sie wetteifern darum, wer den besten Orgasmus vortäuschen kann.

Eines Tages nehmen sie einen Regiestudenten aus dem letzten Semester mit nach Hause, tragen schwer an Tüten und neu gelernten Begriffen. Er schraubt eine alte Videokamera auf ein Fotostativ und platziert einen Hocker vor der Wand. »Und, wer fängt an?«, fragt er.

Er macht den Fernseher an, mit dem die Videokamera verbunden ist, und als sich Irene auf dem Hocker niederlässt, erscheint ihr Gesicht auf dem Bildschirm. Man sieht sie vom Kinn bis zur Stirn: ein riesiges, grobkörniges Duplikat aus dem Teleobjektiv, in das Irene schaut, während sie den Kopf nach rechts und nach links dreht, vollkommen fasziniert von ihrem neuen Spiegelbild.

»Mikromimik«, sagt der Regiestudent. »Irene!«

»Was soll ich machen?«

»Zunächst lächelst du.«

»Wen soll ich anlächeln?«

»Lächle erst mal neutral. So als würdest du in einem Passbildautomaten sitzen und auf den Auslöser warten. Kapiert?«

»Klick!«, sagt Caterina vom Sofa aus.

»Gut«, sagt der Regiestudent. »Jetzt lächelst du ein zweijähriges Kind an.«

»Ganz reizend!«, bemerkt Sofia. »Du wirst noch als Babysitterin Karriere machen.«

»Und jetzt fahr die Krallen aus: Zeig mir, wie du einen Mann anlächelst, den du verführen willst.«

»Wenn ich ihn verführen will, lächle ich ihn nicht an«, protestiert Irene.

»Stimmt«, sagt der Student und kratzt sich im Nacken.

Bald darauf kommt Sofia an die Reihe. Sie lässt sich zunächst bitten. Seufzend erhebt sie sich vom Sofa. Als sie vor dem Objektiv Platz nimmt, scheint der Fernseher intensiver zu leuchten.

»Aha!«, sagt der Regiestudent.

»Was ist denn?«

»Du hast was. Du bist sehr fotogen.«

»Jaja, schon gut.«

»Nein, wirklich. Über eine Schauspielerin lässt sich erst was sagen, wenn man sie hier drin sieht. Versuch mir zu zeigen, wie du weinst.«

»Worüber weine ich?«

»Egal. Wein einfach.«

»So geht das nicht. Ich kann nicht *einfach so weinen*. Wer bin ich? Was ist mir zugestoßen? Ich muss meine Geschichte kennen.«

Da macht der Regiestudent eine bedeutungsschwere Pause

und hält allen dreien einen ernsten Vortrag. »Wir sind hier nicht am Theater«, sagt er in verächtlichem Ton. »Identifikation bedeutet hier etwas anderes, etwas, das man auch vor einem ganzen Filmteam können muss, mit Scheinwerfern, die einen blenden, und mit einem Mikro über dem Kopf, vielleicht sogar zwanzig Mal hintereinander. Man muss bereit sein, die Szene zu wiederholen, sobald man das Wort ›Action‹ hört. Es ist mir egal, woher du das Weinen nimmst«, beschließt er seine Rede. »Das ist deine Sache. Aber du musst es in der Schublade haben und darauf zurückgreifen können, sobald du es brauchst. Verstanden?«

»Mehr oder weniger«, sagt Sofia.

»Schau'n wir mal«, sagt der Regiestudent. »Bist du so weit?«

»Klar.«

»Action.«

Auf dem Bildschirm schließt Sofia die Augen. Sie kneift sie zu und hält die Luft an. Dann schnaubt sie, und als sie sie wieder aufmacht, sind sie trockener als vorher. Sie springt vom Hocker und sagt: »Ich kann das nicht. Was für ein Scheiß, ich bin schließlich kein Wasserhahn! Such dir eine andere, die auf Kommando heulen kann.«

Sie durchquert die Küche und schließt sich in ihrem Zimmer ein.

»Was hat sie denn?«, fragt der Regiestudent betroffen.

»Nichts«, sagt Caterina und winkt beruhigend ab. »Es liegt nicht an dir. Sie ist immer so, gleich ist es wieder vorbei.«

»Zumindest ist sie fotogen«, fügt Irene nicht ohne Eifersucht hinzu.

Freitags schlägt in dieser Wohnung die Stunde des Abschieds. Nach dem Abendessen schlüpft Sofia in einen Wollpulli, wirft ihre Zahnbürste und ein Buch in ihre Reisetasche und geht zum Bahnhof, um den letzten Zug nach Mailand zu nehmen. »Ich vermisse die Stadt«, erklärt sie, wenn sie gefragt wird, warum sie allwöchentlich weder Kosten noch Mühe scheut – so als wäre Rom tiefste Provinz. Irene vermutet, dass oben im Norden ein Freund auf sie wartet. Sie selbst hat einen in Palermo, betrügt ihn aber inzwischen ohne jedes schlechte Gewissen. Am Wochenende verlässt sie das Doppelzimmer, das sie sich mit Caterina teilt, und nimmt Sofias in Beschlag, wechselt die Bettwäsche, zündet Räucherkegel an und telefoniert dann mit einem ihrer Lover, lädt ihn zu sich ein.

Caterina fühlt sich von der Rolle, die sie sich geduldig erobert hat, nicht nur ausgeschlossen, sondern um sie betrogen. In der Wohnung ist sie normalerweise der unverzichtbare Dreh- und Angelpunkt, das ausgleichende Moment zwischen Irene und Sofia. Doch jetzt ist sie nichts weiter als die dicke Freundin der Schönen. Sonntags frühstückt sie allein. Sie bestreicht Kekse mit Marmelade und denkt an ihre Sofi. Versucht sich vorzustellen, was die sagen würde, wenn sie Irenes verliebtes Lachen oder ihr morgendliches Stöhnen hören könnte: einen bissigen, sarkastischen Spruch, um sich der Abgeschmacktheit dieser Szene zu erwehren. Später wird es Caterinas Aufgabe sein, dem Besucher auch noch Kaffee zu kochen, sich gastfreundlich zu zeigen, obwohl sie ihn in Wahrheit hasst – wegen der hochgeklappten Klobrille im Bad, der gelben Spritzer in der Toilettenschüssel, seines selbstgefälligen sexuellen Appetits, seiner sofortigen Neigung, sich an den Tisch zu setzen und sich bedienen zu lassen. Für Caterina ist die weibliche Natur dieser Wohnung so etwas wie eine Quelle: Sie fühlt sich als Wächterin ihrer Reinheit, als Beschützerin ihrer Unversehrtheit.

Sie ist tief in Gedanken, als das Telefon klingelt. Sie schaut auf dem Couchtisch nach, aber wie immer ist das Telefon nicht dort, wo es sein sollte. Sie findet es zwischen den Sofakissen, räumt sie beiseite, setzt sich und geht dran.

»Catè«, ertönt Sofias Stimme, »ich bin's.«

»Sofi«, erwidert Caterina. »Gerade habe ich an dich gedacht.«

Sie will noch was zum Thema Telepathie sagen, aber Sofia ist nicht nach Plaudern zumute. Sie schlägt einen sachlichen, kurz angebundenen Ton an, sagt Caterina, dass sie an diesem Abend nicht nach Hause kommt und vielleicht die ganze Woche in Mailand bleiben muss.

»Wieso denn das?«

»Mein Vater musste ins Krankenhaus.«

»Oh, doch hoffentlich nichts Schlimmes?«

Am anderen Ende der Leitung zögert Sofia und schnieft wegen ihrer Erkältung. Dann beschließt sie, sich ihr anzuvertrauen – und sei es nur, um es sich von der Seele zu reden. Ohne Punkt und Komma sagt sie: »Catè, mein Vater hat schon seit Längerem einen Tumor. Heute Nacht hat er das Bewusstsein verloren, ich weiß nicht, wie lange er noch durchhält.«

»Wie bitte?«, sagt Caterina tonlos, denn es verschlägt ihr die Sprache. Mit Flüsterstimme wiederholt sie: »Wie bitte?«

»Entschuldige, aber ich kann jetzt nicht lange reden. Wenn du willst, besprechen wir das ein andermal in Ruhe. Würdest du bitte der Schule Bescheid geben?«

»Na klar«, sagt Caterina mechanisch.

»Ich ruf dich bald wieder an, okay?«

»Okay. Nein, warte.«

»Ich muss jetzt Schluss machen. Ciao.«

»Sofia«, sagt Caterina, aber da hat Sofia bereits aufgelegt.

Das Ganze hat keine Minute gedauert. Eine unbedeutende

Zeitspanne für die Biorhythmen in diesem Haushalt: Der Kühlschrank brummt nach wie vor, ein Wassertropfen klammert sich an den Hahn. Das Telefon nach wie vor in der Hand, starrt Caterina an die Wand, und ihr fallen folgende Fragen ein: Wo bist du? Oder auch: Wo kann ich dich erreichen? Und als ihr Gehirn wieder richtig funktioniert: Brauchst du irgendwas? Ist jemand bei dir? Soll ich zu dir kommen? Und dann, als sie den Gesprächsfaden wieder aufgenommen hat: »Seit Längerem?« Seit wann genau? »... schon seit Längerem einen Tumor.« Wie kann das sein, dass wir schon seit vier Monaten zusammenwohnen, ja sogar unsere Unterhosen tauschen, und du hast mir noch nie davon erzählt?

Da fällt der Tropfen ins Waschbecken, der Kühlschrank verstummt zitternd, und Caterina kommt auf den Punkt: Wieso bin ich da bloß nicht selbst drauf gekommen?

»Wie dumm von mir!«, denkt sie. Was bin ich nur für eine dumme, fette Kuh, die es nicht schafft, über den eigenen Tellerrand hinauszuschauen. Du nutzloses Pseudoweib! Diese Technik wendet Caterina jedes Mal an, wenn ihr ein Kuchen verbrennt oder sie ein Glas kaputt macht: Nachdem sie sich ordentlich beschimpft hat, fühlt sie sich so erholt, als hätte sie auf einen Boxsack eingedroschen. Sie legt das Telefon dorthin, wo es hingehört, und weckt Irene, um mit ihr einen Notfallplan zu erstellen.

Sofia kommt am Samstag darauf zurück, zwei Tage nach der Beerdigung ihres Vaters. Sie wird vom Duft einer Bolognese-Soße empfangen, die den ganzen Nachmittag vor sich hin geköchelt hat. Sie öffnet die Tür und bleibt auf der Schwelle stehen: Sie hat die Haare offen und trägt denselben Pullover, in dem sie abgereist ist. Die feuchte Wolle stinkt nach Schweiß, nach Raucherabteil. Sie schaut sich in der Wohnung um, als wäre sie nicht bloß eine Woche, sondern sieben Jahre fort gewesen: Irene und Caterina wissen nicht, ob sie sie umarmen oder lieber noch damit warten sollen.

»Ich möchte baden«, sagt sie und lässt die Reisetasche auf den Boden fallen. Sie will sich nur für fünf Minuten hinlegen, bis die Wanne voll ist, und fällt in einen tiefen Schlaf. Sie lassen sie bis zum nächsten Morgen schlafen.

Die Atmosphäre in der Wohnung hat sich geändert. Jetzt ist es eine Wohnung, in der Trauer herrscht, was ihre Mauern dicker macht als normale Ziegelmauern. Um Sofia vor Schmerz zu schützen, verhalten sich Irene und Caterina wie Eltern hyperaktiver Kinder, die die Möbelkanten mit Schaumgummi ungefährlich machen. Caterinas Schaumgummi sind ihr offenes Ohr, ihr Tiramisu mit Amaretto und ihre weiche, einladende Figur. Irenes Schaumgummi besteht aus zahlreichen Schichten Unbekümmertheit: Ihrer Philosophie zufolge entspricht der physikalische Zustand von Verzweiflung Stille, und man kann unmöglich völlig am Boden sein, wenn man jemanden zum Reden hat.

Sie verbringen deutlich mehr Zeit zu Hause als vorher. Wenn sie Sofia vorschlagen auszugehen, sagt die, sie sei müde, ihr sei kalt oder sie habe keine Lust auf andere Leute. In ihrer Gesellschaft geht es ihr gut. Sie hat sogar wieder Appetit. »Ich ess nur, was Caterina kocht«, sagt sie immer wieder, nicht ahnend, welche Freude sie ihr damit macht. Sie erzählt von sich – unter anderem, dass sie immer ein gestörtes Verhältnis zum Essen hatte, weil es der Hauptkriegsschauplatz zwischen ihr und ihrer Mutter ist. Doch jetzt kommen ihr Aromen, von denen ihr früher übel wurde, anders und ungewohnt vor, machen ihr Lust, alles Mögliche zu probieren.

Dieselbe Lust und Freude empfindet Caterina, als sie anschließend zu dritt auf dem Sofa Platz nehmen und Sofia den Kopf in ihren Schoß legt, die Augen schließt und sich streicheln lässt. Irene sorgt für die nötige Unterhaltung. Sie erzählt von dem Typen, mit dem sie gerade was angefangen hat – ein Fernsehautor, den sie bei einem Vorsprechen kennengelernt hat –, und beschwert sich über ihren sizilianischen Freund: Er hat zwei Flugtickets nach Indien gekauft, ohne ihr vorher etwas davon zu sagen. Anstatt vor lauter Begeisterung auf und ab zu hüpfen, kommt sie sich eingeengt vor und hat ihm eine Szene gemacht.

»Wieso trennst du dich dann nicht von ihm?«, fragt Sofia.

»Weil wir schon so lange zusammen sind« sagt Irene und inhaliert etwas Gras aus einer Terrakottapfeife. »Das wär so als … Keine Ahnung, so als würd ich mich von meinem Bruder trennen. Kann man sich vom eigenen Bruder trennen?«

»Was bist du bloß für ein Arschloch«, bemerkt Sofia.

»Na hör mal, was verstehst du schon davon? Willst du dich als meine moralische Autorität aufspielen?«

»Du hast ja recht, du hast ja recht. Trenn dich nicht von deinem Bruder, heirate ihn und schenk ihm einen ganzen Stall voll Kinder. Darf ich auch mal was rauchen, bitte? Es ist schließlich mein Gras.«

»»Mein Gras, mein Gras, mein Gras««, erwidert Irene, nimmt einen letzten kurzen Zug und reicht ihr die Pfeife. »Da hast du deine Anarchie.«

Caterina lacht und amüsiert sich über das Gezicke wie über das Gezänk zweier alter Tanten. Sie massiert Sofias Schläfen, versucht, den Gedanken, die ihre Freundin quälen, die Spitze zu nehmen.

»Herrlich!«, sagt diese unter dem Einfluss Caterinas, des

Marihuanas und der Tropfen, die sie gegen die Angst nimmt. »Du solltest das zu deinem Beruf machen, statt Schauspielerin werden zu wollen. Unter deinen Händen schmelz sogar ich dahin.«

Sie bleibt ausgestreckt liegen, bis ihr die Sinne schwinden. Sie verstummt mitten im Satz, und die Zigarette entgleitet ihr. Da wechseln Irene und Caterina einen lächelnden Blick. »Besser so!«, denken sie. Es gibt Momente im Leben, in denen man keinen klaren Kopf braucht.

Während Irene sich die Zähne putzt, bringt Caterina Sofia in ihr Zimmer, zieht sie aus und legt sie ins Bett. Sie setzt sich zu ihr und streichelt sie, bis sie eingeschlafen ist. Diese Wohnung ist eingebuttert und eingemehlt, gefüttert, wattiert, gesteppt – ein Nest aus miteinander verwebten Strohhalmen und Federn: Sie ist vollkommen undurchlässig, mit Blei verplombt und mit Silikon abgedichtet. Nichts von den Wohltaten, die sie enthält, kann verloren gehen und nichts Böses von außen eindringen.

Eines Morgens ist der Frühling da. Es geschieht bei einem späten Frühstück, als Irene von einem seit zwei Tagen abgelaufenen Joghurt kostet und Sofia mit aller Kraft eine Orange auspresst: Auf einmal geht die Sonne über dem gegenüberliegenden Haus auf, und ein Lichtstrahl teilt die Küche. Caterina macht instinktiv die Vorhänge zu wie bei einem Krankenzimmer, doch Sofia rennt hin und öffnet sie wieder. Sie reißt auch das Fenster auf, und da riecht es in dieser von Winterdüften erfüllten Wohnung wieder nach Strandkiefern, Mopedabgasen, dem Obst auf den Märkten des Viertels und nach den nachts gewaschenen Straßen, die jetzt in der Sonne trocknen.

Sofia fühlt sich wie neu geboren. Am Montag macht sie sich auf die Suche nach einer freien Theatergruppe. Nach all dem Gehampel in Schulaulen hat sie das Bedürfnis, eine Bühne zu betreten. Sie klappert die freie Szene Roms ab, hängt deren Programme an die Kühlschranktür.

Mit der Lust am Spielen kehrt auch ihr Kampfgeist zurück. Abends bekommen Irene und Caterina mit, wie sich Sofia mit ihrer Tante über ihre Mutter streitet. Es ist nicht schwer zu erraten, worum es geht, da sie seit der Beerdigung nicht mehr in Mailand gewesen ist.

»Und ich, wen hab ich?«, schreit sie hinter ihrer Zimmertür, versetzt Caterina mit ihrer Undankbarkeit einen schmerzhaften Stich. »Glaubst du etwa, mir leistet hier jemand Gesellschaft? ... Von wegen Egoistin! Ist es etwa egoistisch, wenn man möchte, dass es einem gut geht? Dann gilt das auch fürs Atmen oder wenn man bei Durst einen Schluck Wasser trinkt! Immer willst du alle retten, dann rette du sie doch. ... Na ganz toll, ich gratuliere«, schreit sie und beendet das Gespräch.

Anschließend setzt sie sich in die Küche, beruhigt sich ein wenig und bereut es, sich so aufgeführt zu haben. Das ist eine Tante, die Caterina spontan sympathisch findet. Manchmal ist sie versucht, sie anzurufen, sich vorzustellen und sie wegen ihrer seltsamen Nichte um Rat zu bitten.

»Ich verdanke ihr wahnsinnig viel«, sagt Sofia. »Aber manchmal ist sie einfach unmöglich, sie hat einen wahnsinnigen Sturschädel.«

»Oje«, sagt Irene und feilt sich die Fingernägel.

»Sie hat nämlich nie eine Familie gewollt, immer die Verrückte gespielt, um sich von niemandem einengen zu lassen. Doch alle anderen sollen bleiben, wo sie hingehören, und sich lieb haben. Sie ist wie eine Art Schäferhund: Sobald jemand ausschert, umkreist er ihn und bellt, bis er wieder zur Herde zurückkehrt. Genau so ist meine Tante Marta: Ihr könnt gerne glückliche oder unglückliche Familien gründen – mir doch egal, denn eine Verrückte gibt es bereits: mich!«

»Vielleicht weil sie ihr insgeheim fehlt«, schlägt Caterina vor.

»Was?«

»Eine Familie.«

»Meiner Tante ganz bestimmt nicht! Höchstens ein Ehemann. Ein zapatistischer Guerillakämpfer vielleicht, mit Sturmhaube und allem Drum und Dran.«

Dann entdeckt Sofia das Straßentheater für sich und ist Feuer und Flamme. Sie wird Teil einer Truppe, die sich in einem Sozialzentrum am anderen Ende von Rom trifft. Während sie nur noch zum Essen und Schlafen nach Hause kommt, verbringt Caterina ein ganzes Wochenende mit Großreinemachen: Sie räumt die dicken Pullis weg, die Schals und Mützen, verwendet Mottenkugeln, um die Wolle vor Larven zu schützen. Sie nimmt den Sofabezug und die Vorhänge ab und bringt alles in die Reinigung. Sie hat sogar Lust, das Gefrierfach abzutauen.

Sofia bemerkt die Veränderungen nicht mal. Sie taucht erst Sonntagabend wieder auf, nach zwei Tagen völliger Abwesenheit: Sie hat anderswo übernachtet und nicht daran gedacht, Bescheid zu geben.

»Wisst ihr, was das Gegenteil von Straße ist?«, fragt sie bei Tisch, während sie in aufgewärmten Spaghetti herumstochert. Sie ist mit den Gedanken nur noch bei dem Stück, das sie mit der Truppe einstudiert.

»Keine Ahnung, ein Platz vielleicht?«, schlägt Irene vor.

»Nein, die Wohnung. Überleg doch mal: Eine Wohnung

trennt die Welt in zwei Sphären, in ein Innen und Außen. Wenn du drinnen bist, bist du nicht draußen und umgekehrt. Ist es denn die Möglichkeit, dass wir nicht darauf verzichten können? Dass wir unser Leben damit verbringen, uns in eine Schachtel nach der anderen zu sperren?«

»Na ja, man muss sich ja nicht unbedingt einsperren«, schaltet sich Caterina ein wenig genervt ein. »Man kann auch bloß darin wohnen, oder etwa nicht?«

»Klar, logisch. Wohnung, wohnen, Gewohnheit. Lauter Verbarrikadierungsmaßnahmen, lauter Schutzschichten.«

Caterina stöhnt auf. »Isst du die nicht mehr?«, fragt sie resigniert.

»Ich bin pappsatt«, verkündet Sofia. »Es war superlecker, Catè, wirklich.«

Erst als Caterina den Tisch abräumt, bemerkt sie den Trick: Sofia hat nichts anderes getan, als ihre Spaghetti klein zu schneiden und sie dann eine halbe Stunde lang von links nach rechts zu schieben. Sie muss wirklich Übung darin haben, hat die Technik bei den täglichen Mahlzeiten wahrscheinlich immer weiter perfektioniert. Sie ist verletzt – nicht so sehr, weil Sofia nichts gegessen, sondern weil sie sie hintergangen hat und sie letztlich auch zu ihren Feinden zählt. Sie fragt sich, womit sie das bloß verdient hat. »Das ist das letzte Mal, dass ich dir was gekocht hab!«, schwört sie sich und wirft Sofias Abendessen in den Mülleimer.

Um das Ende des Winters zu feiern, veranstalten sie eine Mottoparty. Sie verbringen den Nachmittag damit, sich zu schminken und sich als Sandokans Tochter (Irene), Weißer Wal (Caterina) und Robinson Crusoe (Sofia) zu verkleiden. Sie hängen Laternen auf, basteln Fische und üppige

Wasserpflanzen aus Zeitungspapier. Nach und nach treffen die Gäste ein: Matrosen, Sirenen, eine Qualle, zwei Überlebende der »Titanic«. Sie trinken viele Mojitos mit Minze vom Balkon. Sie tanzen zu Reggae und kubanischer Musik.

An diesem Abend sucht Caterina häufig Sofias Blick. Auch aus der Ferne, wenn die sich mit jemand anderem unterhält und Getränke ausschenkt. Caterinas Augen sagen: »Alles okay? Ich bin da, wenn du mich brauchst.« Aber Sofia reagiert nur widerwillig. Sie wirkt geistesabwesend, bis ihre Freunde vom Theater kommen. Von da an widmet sie sich ihnen und beginnt ein wenig zu lächeln. Einer ist als Sonnenanbeter-Hippie verkleidet: Er hat lange Haare, trägt einen Bademantel, Flipflops und eine Perlenkette um den Hals. Gegen Mitternacht sieht Caterina, wie die beiden eng zusammen auf dem Sofa sitzen. Ein Blick genügt, und sie versteht: Er reicht ihr einen Joint, sie lacht, er legt ihr den Arm um die Schulter. »Daher also diese extreme Leidenschaft fürs Theater!«, denkt Caterina. »Wie abgeschmackt und vorhersehbar das doch alles ist – Sofia, von dir hätt ich eigentlich mehr erwartet.«

Sie hat keine Lust, weiter zuzuschauen, deshalb sammelt sie leere Gläser ein. Dann denkt sie: »Vielleicht hab ich mich ja getäuscht?« Sie dreht sich um, sucht sie zwischen den tanzenden Leibern und stellt fest, dass Sofia und der Typ sich jetzt leidenschaftlich küssen. Inzwischen liegen sie auf dem Sofa. Er hält das Glas in die Luft, um keinen Mojito zu verschütten, und sie liegt auf ihm, als hätte sie ihn im Freistilringen zu Fall gebracht. Sie hat die Wangen mit einem rußigen Weinkorken geschwärzt, trägt eine zerfetzte Bluse, an den Knien zerrissene Jeans und ist barfuß – Sofias Füße sind schmal und haben lange Zehen, die blausten Venen, die man sich vorstellen kann. Es sind Füße, die weder Strümpfe noch Schuhe, keine Ordnung und auch keine Disziplin vertragen. Ihre sich beim leidenschaftlichen Küssen krümmenden Zehen sind das Letzte, was Caterina noch mitbekommt. Dann setzt sie sich an den Tisch und starrt auf ein Küchensieb aus Zinn. Sie hat es von ihrer Oma bekommen, als sie nach Rom gezogen ist. »Das ist dir also geblieben!«, denkt sie: eine nutzlose Liebe, wie einer von diesen Haushaltsgegenständen, die der Fortschritt überflüssig gemacht hat. Man kann sich das Ding an die Wand hängen, wenn man will, aber zu mehr taugt es nicht.

Ein Lied geht zu Ende, und ein neues beginnt. Caterina merkt, wie jemand sie am Arm zieht. Auf einmal steht Sofia vor ihr und sagt, »Catè, zu dem hier müssen wir unbedingt zusammen tanzen.« Es ist *I Can't Help Falling in Love with You* von Elvis, in einer Reggae-Version, die ein paar Jahre vorher in Mode gekommen ist. Caterina tanzt nie – aber heute Abend, wie soll sie da Nein sagen? Das ist ihr letzter Walzer. Sie ist in ein Laken gehüllt, und zig Gabeln durchbohren es wie Harpunen. Sie sind ein Schiffbrüchiger und ein Weißwal, verloren in den Weiten des Ozeans. Caterina streckt die Hände über den Kopf, tut so, als wären sie ganz allein, und singt: *»Wise men say, only fools rush in, but I can't help falling in love with you.«*

Nachdem das Fest vorbei ist, kommt Sofia nachts noch mal aus ihrem Zimmer. Sie steigt über die überall auf dem Boden herumliegenden Kissen hinweg, tippt den Betrunkenen an, der auf dem Sofa weggedämmert ist. Sie holt sich ein Glas aus der Küche, ohne das Licht anzumachen. Sie scheint sich in der Dunkelheit wohlzufühlen, schafft es, sich blind durch diese Wohnung zu bewegen. Im Bad öffnet sie den Medizinschrank und fischt ein Fläschchen heraus, schraubt es auf, gibt mit der

Pipette ein paar Tropfen in das Glas und füllt es mit Wasser. Sie trinkt es auf einen Zug leer, spült es unter dem Wasserhahn aus und lässt es am Waschbeckenrand stehen. Sie will das Bad gerade verlassen, als sie eine Bewegung im Spiegel wahrnimmt, erst da zögert sie. Sie streckt die Hand nach dem Lichtschalter aus. Und drückt ihn. Der Wechsel von Dunkelheit zu Licht ist brutal, und ihre Pupillen ziehen sich abrupt zusammen – wie zwei wilde Tiere, die außerhalb ihres Baus erwischt worden sind.

»Heul doch!«, befiehlt sie ihrem Spiegelbild. »Los, heul doch. Was bist du nur für eine Schauspielerin, wenn du nicht auf Kommando weinen kannst?«

Aber die junge Frau im Spiegel vergießt nicht eine einzige Träne. Sie steht da und schaut sie an, doch alles, was ihr in den Augen steht, ist Trockenheit.

»Verreck!«, sagt Sofia, macht das Licht aus und ist wieder in ihrem Element.

Über Hexerei

Im September war außer deutschen Touristen, Kellnern und Fischern auf der Suche nach Flussbarschen und Renken niemand mehr am See. Die Segelboote kreuzten zum Schweizer Ufer hinüber. Von einem Felsen aus, acht Jahre und ein paar Monate vor seinem Tod, beobachtete Roberto Muratore seine Tochter, während er vorgab, Zeitung zu lesen. Sofia durchbrach die Wasseroberfläche mit einer Fußspitze, als wollte sie die Temperatur testen, doch dass sie fror, sah man schon an ihren Schultern; die Arme hingen starr am Körper herab, und die Fäuste zerrten an den Ärmeln ihres Sweatshirts. Sämtliche Säume waren kaputt wegen ihrer schlechten Angewohnheit, daran herumzufriemeln und an ihm zu knabbern. Mit dem großen Zeh malte sie etwas Vergängliches ins Wasser. »Was ist los, habt ihr euch getrennt?«, fragte sie.

»Ich versteh dich nicht«, erwiderte Roberto. Er hatte einen bitteren Geschmack im Mund von seiner Gastritis und war gereizt wegen des vorausgegangenen Streits – Rossana hatte in wilder Hast ihren Koffer gepackt und war zum Bahnhof gehetzt –, aber auch wegen des Telefonats, das er schon seit zwei Tagen vor sich herschob. »Außerdem rede ich nicht mit Leuten, die mich nicht anschauen.«

Sofia drehte sich zu ihm um und näherte sich mit vorsichtigen Schritten, um sich die Füße nicht an den Uferkieseln zu verletzen. Sie hatte sehr dünne weiße Beine und Knie wie Bambusrohrknoten.

»Was liest du da?«, fragte sie.

»Den Politikteil«, erwiderte Roberto. »Nichts Besonderes.«

Unglaublich, aber wahr: Die Sowjetunion stand kurz vor dem Zusammenbruch. Die baltischen Staaten spalteten sich einer nach dem anderen ab und erklärten ihre Unabhängigkeit, ohne dass Moskau auch nur einen Finger krümmte. Mit einem ganz ähnlichen Zersetzungselan hatte an diesem Morgen eine Zelle in Robertos Magenschleimhaut rebelliert und die unübliche Form eines Siegelrings angenommen, um jetzt den Angriffen seines Immunsystems zu widerstehen. Roberto dachte an die Panzer, die erst vor wenigen Jahren die Ordnung in Vilnius und Tallinn wiederhergestellt hatten, als Sofias Gesicht über dem oberen Zeitungsrand auftauchte. Sie musterte ihn in dem Versuch, herauszufinden, ob er sauer war. Er zwang sich, einen freundlicheren Ton anzuschlagen. »Wolltest du nicht baden gehen?«

Anstelle einer Antwort streckte Sofia eine Hand nach seinem Oberkörper aus. Die Brusthaare waren weich und dicht. Roberto konnte sich nicht daran erinnern, sich vor diesen Ferien je nackt vor ihr gezeigt zu haben, nicht einmal halb nackt. Ihr Zeigefinger, der dafür sorgte, dass sich jedes Härchen einzeln aufstellte, machte ihn verlegen, aber an einer dreizehnjährigen Tochter macht einen alles verlegen: gerade noch eben ein Kind, das es nicht lassen kann, alles voller Neugier anzufassen, und gleich darauf eine Frau, die über ihre Macht Bescheid weiß.

»Hör auf damit!«, sagte er und zog ihre Hand weg.

»Und, habt ihr euch getrennt?«

»Quatsch!«, erwiderte Roberto. »Übertreib nicht so.«

»Ich soll übertreiben?«, fragte Sofia.

Seufzend legte Roberto die Zeitung weg, ohne sie zu falten. »Für dich ist jede dunkle Wolke gleich ein Gewitter. Wenn du kein Sweatshirt dabeihast, kannst du nicht rausgehen, so als würde es dich vor sonst was schützen. Und wenn du mal schlecht träumst, ist es kein Albtraum, wie wir ihn alle mal haben, sondern eine Himmelsbotschaft.«

»Ich habe nie gesagt, dass sie aus dem Himmel stammt.« Mittlerweile hatte sie noch etwas Neues am Körper ihres Vaters entdeckt. Am ersten Tag war seine Haut genauso milchweiß gewesen wie ihre, doch jetzt war sie ganz rot. Drückte man allerdings mit dem Zeigefinger auf eine beliebige Stelle, wurde sie wieder für eine Weile weiß.

»Egal«, sagte Roberto. »Deine Mutter war todmüde. Was sind denn das für Ferien, wenn man müde davon wird, anstatt sich zu erholen? Außerdem: Findest du es denn so schlimm, ein paar Tage mit mir zu verbringen?«

Sie waren noch nie miteinander allein gewesen, nicht seit sie auf der Welt war.

»Nein, das ist nicht schlimm«, entgegnete Sofia. »Im Gegenteil — ich find es toll!« Sie schenkte ihm ein angedeutetes Lächeln, fuhr mit dem Finger über sein Schlüsselbein und wirkte auf einmal wie fünfundzwanzig.

Zwei Tage zuvor waren sie an den See gefahren. Es war Robertos Idee gewesen. Er war gerade erst von einer Geschäftsreise mit Emma zurückgekehrt und neigte dazu, Gefühlsbeziehungen als ein System aus Hebeln, Gewichten und Gegengewichten zu betrachten: Ein Urlaub mit der Familie würde den emotionalen Schwerpunkt wieder verlagern und ein angemessenes Gleichgewicht herstellen. Im Auto hatte er Frau und Tochter den Unterschied zwischen Krater- und Gebirgsseen erklärt – ohne zu merken, dass ihm niemand zuhörte. Sofia hatte die Kopfhörer ihres Walkmans unter der Sweatshirtkapuze versteckt, während Rossana aus dem Fenster schaute und versuchte sich die Landschaft in der Eiszeit vorzustellen: Wegen der Strömungen, der Druckverhältnisse, der Ebene unten und den Bergen oben, wegen dieser riesigen kalten Wassermassen und wegen noch etwas, das sie nicht verstanden hatte, herrschte am See stets Wind. Es gab Segelboote. Eines stand jedenfalls fest: Die Badesachen würden im Koffer bleiben, und das war bereits der dritte oder vierte Grund, warum sie diesen Ort jetzt schon hasste, ohne ihn je gesehen zu haben.

Grund fünf war das Haus. Nicht das weiße Häuschen mit Blumenterrasse, auf das ihr Roberto Hoffnung gemacht hatte, sondern die Wohnung einer alten Frau, die ein halbes Jahr zuvor gestorben war. Ihr Sohn, ein sechzigjähriger Junggeselle, der wirkte wie ein untröstlicher Witwer, führte sie durch den Flur und blieb kaum vor den Zimmertüren stehen, um ihnen Küche, Ess-, Schlaf- und Gästezimmer zu zeigen. Weiter hinten gab es noch ein Zimmer, aber als sie es erreichten, sagte der Mann: »Da drin herrscht eine Riesenunordnung, ich bitte Sie, das zu entschuldigen.« Er schloss die Tür ab, steckte den Schlüssel ein und ging weiter zum Bad. Sofia, die das Schlusslicht bildete, entdeckte ein vergilbtes Foto an der Flurwand: Es zeigte eine komplette Familie. Vater und Mutter in der ersten Reihe sitzend, drum herum standen ihre sechs Kinder. Die alte Dame musste die Mutter gewesen sein. Aber in Anbetracht der Frisuren, der Kleidung und der Bildqualität konnte es sich auch um eine noch ältere Generation handeln. Dann wäre die alte Dame eine der Töchter neben den Eltern. Sie hätte gern gewusst, welche. »Perfekt«, hörte sie ihren Vater sagen. Roberto stellte einen Scheck aus und nahm die Wohnungsschlüssel entgegen.

In jener Nacht tat Rossana kein Auge zu. Irgendwann redete sie sich ein, dass es an den Tapeten lag: dick, feucht und schimmelig, gesättigt von typischem Alte-Leute-Geruch. Sie stand auf, um daran zu schnuppern, und nahm in diesem Geruch sämtliche Kohl- und Zwiebelsuppen, den stechenden Urin von Bettpfannen und ungewaschenen Leibern aus ihrer Kindheit wahr. Als sie wieder ins Bett ging, war sie sich sicher, dass die Frau genau hier, unter diesen Decken, gestorben war und davor lang gelitten hatte. Sie beschloss, Roberto gegenüber nichts davon zu erwähnen. Er würde ohnehin bloß sagen, das sei makaber, und sie würden Sofia damit nur auf makabre Gedanken bringen.

Tatsächlich stand Sofia am nächsten Morgen auf, setzte sich an den Frühstückstisch, gähnte ausgiebig und verkündete, das Haus werde von Gespenstern heimgesucht. Nur dass sie sie nicht so nannte. Sondern »rastlose Seelen«.

»Wie bitte?«, sagte Rossana, die noch ganz zerschlagen war von der schlaflosen Nacht.

»Ich hatte einen Traum. Ich habe Signale empfangen.«

Damals war Sofia regelrecht besessen von Hexen. Sie las historische Romane und Aufsätze über die Inquisition. Sie sprach von weißer und schwarzer Magie, von jungen Frauen, die auf dem Scheiterhaufen verbrannt worden waren, sowie von anderen Grausamkeiten der mittelalterlichen Kirche. Roberto unterstützte sie darin. Er begnügte sich damit, ihr die Bücher zu kaufen, die sie sich wünschte. Eines Samstags hatte er sie nach Mailand ins Foltermuseum begleitet. Auf ihn hatte das Ganze vage feministisch gewirkt: Hexen gegen Priester, auf dem Scheiterhaufen verbrannte junge Frauen gegen sexuell gestörte alte Männer. Das musste man eben auch hinter sich bringen, wenn man eine Tochter in der Pubertät hatte.

»Warum erzählst du uns nicht von deinem Traum?«, schlug er vor.

»Weil ich mich nicht mehr daran erinnere. Ich träume keine ganzen Geschichten von Anfang bis Ende. Meine Träume ähneln eher Gefühlen.«

»Besser, du versuchst dich zu erinnern«, sagte Roberto. »Wenn man seinen Albtraum erzählt, macht er einem gleich weniger Angst.«

»Aber er macht mir gar keine Angst«, sagte Sofia. Sie gab sich als professionelles Medium aus: Mit den Toten zu kommunizieren war eine Gabe, aber auch ein Fluch, sie würde wohl oder übel den Rest ihrer Tage damit leben müssen.

»Was soll das heißen: ›besser, du versuchst dich zu erinnern‹?«, schaltete sich Rossana aus dem tiefen schwarzen Loch ein, in dem sie sich gerade befand. »Hast du jetzt auch noch einen Abschluss in Psychiatrie? Hast du die Macht, Albträume zu verscheuchen und uns alle glücklich zu machen?«

Roberto drehte sich überrascht zu ihr um. Er hatte gar nicht gemerkt, wie mitgenommen sie war. Sie hatte rot verquollene Augen und einen ganz steifen Hals, was sich noch verschlimmern sollte. Sie ging zurück ins Bett, setzte die Schlafmaske auf, die sie immer trug, wenn sie sich tagsüber hinlegte, und schickte ihn zur Apotheke, um ihr Schmerzmittel zu kaufen. Im Ort stellte Roberto fest, dass viele Geschäfte urlaubsbedingt geschlossen hatten. Nur die Deutschen bestanden darauf, zu baden, doch es schien eher eine Prinzipienfrage zu sein. Im Fremdenverkehrsbüro erkundigte er sich nach dem Fahrplan für die Tragflügelboote sowie nach den Inseln, die man besuchen konnte.

Was die familiäre Situation betraf, war er fest davon überzeugt, dass nicht er das Problem war. Zwischen seiner Frau und seiner Tochter ging irgendetwas vor. Früher war er eifersüchtig auf die Nähe zwischen den beiden gewesen, jetzt dankte er Gott, dass er nicht dazugehört hatte. Aus Komplizinnen waren Rivalinnen geworden, die sich bis aufs Blut verletzten, weil sie ihre jeweiligen Schwächen ganz genau kannten. Zwischendurch freundeten sie sich wieder kurz an, doch dann schien es sich nicht mehr um Mutter und Tochter zu handeln, sondern um Zwillingsschwestern. Sie benutzten dieselben Lieblingswörter und die gleichen Gesten. Einmal hatte Rossana zu ihm gesagt, Sofia und sie hätten eine besondere Verbindung. Da waren ihm die Gespräche wieder eingefallen, die sie während ihrer Schwangerschaft geführt hatten. Beim Gedanken daran bekam er eine Gänsehaut und beschloss, die Sache lieber nicht weiter zu vertiefen.

Die folgende Nacht verlief genauso wie die erste. Rossana tat kein Auge zu. Am nächsten Morgen fing Sofia wieder mit ihrer Gespenstergeschichte an.

»Hör auf damit!«, sagte Roberto.

»Meine Güte, redet ihr etwa nicht mit euren Heiligen? In euren Gebeten und so? Redet ihr nicht auch mit den Toten?«

»Sofia, ich werd gleich sauer«, drohte Roberto.

Rossana schüttelte den Kopf, hielt sich mit einer Hand die Augen zu und umklammerte mit der anderen die Tasse mit Tee, den sie gerade versuchte hinunterzubekommen. Von ihrem steifen Hals war ihr ganz schlecht. Zum zweiten Mal bat sie Roberto, sie nach Hause zu fahren, doch er erwiderte, sie solle Geduld haben und sich ausruhen, es gebe keine bessere Medizin als ein warmes Bett. Nichts zu machen, er wusste mal wieder alles besser! Rossana verlor die Beherrschung, goss den

Tee in den Ausguss und schrie, dass sie diese Wohnung anekle, dass sie hier keine Minute länger bleiben werde. Sie packte ihren Koffer und drängte ihn, sie zum Bahnhof zu bringen.

»Abhauen bringt nichts«, bemerkte Sofia und triumphierte über den täglichen Streit.

An diesem Abend ging Roberto zum Grillimbiss. Er kaufte eine Flasche Prosecco und zwei Portionen Flussbarschfilet mit Ofenkartoffeln. Dann rief er von einem öffentlichen Telefon aus Emma an. Nach den allseits bekannten physikalischen Gesetzen des Ehebruchs war auch sie stinksauer. War die eine gut gelaunt und entgegenkommend, war es auch die andere. Lief es dagegen schlecht, geriet man von allen Seiten unter Beschuss. Emma war stinksauer, weil er einfach so verschwunden war: Er habe Urlaub genommen, ohne ihr Bescheid zu geben, und lasse schon seit zwei Tagen nichts mehr von sich hören. Es brachte nichts, etwas erklären zu wollen. Sie hatte längst beschlossen, ihn leiden zu lassen. Frauen konnten wirklich knallhart sein, und kein Unrecht verlangte aus ihrer Sicht so sehr nach Rache wie verletzter Stolz.

Roberto griff nach der Einkaufstüte, verließ die Telefonzelle und ging zurück zur Wohnung. Als er am See entlanglief, beneidete er die Fischer, die in der Lage waren, stundenlang stillzuhalten, sogar den Fischen gegenüber Gleichmut an den Tag legten. Er öffnete die Tür und fand Sofia im dunklen Flur wieder. Sie spähte durchs Schlüsselloch des verschlossenen Zimmers.

»Was machst du da?«

»Schau nur!«, sagte sie.

»Weißt du was, Sofia? Ich bin wirklich müde.«

»Bitte, bitte, das musst du wirklich gesehen haben!«

Seufzend stützte Roberto die Hände auf die Oberschenkel und beugte sich vor, wobei er das rechte Auge schloss und mit dem linken schaute. Dann presste er die Stirn ans Schloss, um besser sehen zu können. Da war tatsächlich etwas. Sofia hatte es am ersten Abend entdeckt: Sie war aufgestanden, um ins Bad zu gehen, und aus dem verschlossenen Zimmer war ein Geräusch gekommen.

»Und das sollen Gespenster sein?« Roberto richtete sich wieder auf.

»Wenn nicht, was dann?«

»Das kann alles Mögliche sein. Es gibt bestimmt eine logische Erklärung dafür.«

Es fiel ihm aber keine ein. Er beugte sich erneut vor, um ins Zimmer zu spähen: Klar erkennbare weiche Formen bewegten sich unmerklich. Ein schwacher gelber Schein ging von ihnen aus. Ihm fielen der Wohnungsbesitzer und sein Gesichtsausdruck wieder ein, als er sich dort hineinbegeben hatte. Und als er kurz davor von seiner Mutter gesprochen hatte, hatte Roberto das Gefühl gehabt, er spräche nicht als Sohn, sondern als Ehemann.

Er ging in die Küche und holte ein Messer mit abgerundeter Spitze. Er schaffte es, die Türklinke abzuschrauben, und entfernte sogar noch die Blende. Als alles beseitigt war, merkte er, dass es nichts nutzte. Natürlich befand sich der Schließmechanismus auf der Innenseite. Er war in der Lage, mit geschlossenen Augen die technische Skizze eines Automotors zu zeichnen, aber nicht, ein blödes Schloss aufzubekommen.

»Brauchst du eine Gabel?«, fragte Sofia.

Roberto dachte in Ruhe nach. Dann schob er mehrere Messer zwischen Tür und Boden. Ein kleiner Spalt entstand – groß genug, um eine Hebelwirkung zu entfalten. Nur noch ein kleines Stück, und man konnte den Finger hindurchstecken. Er liebte Arbeiten, bei denen brutale Gewalt und intelligentes Vorgehen eine Einheit bildeten: Er schob die Hände unten in den Spalt und stemmte alles nach oben wie ein Gewichtheber, bis die Angeln quietschten und die Tür mit einem Knall zu Boden fiel.

»Meine Güte!«, sagte Sofia. Sie tastete die Zimmerwand nach einem Lichtschalter ab und fand ihn. Es war, als ginge die Beleuchtung in einem Kinosaal an, wenn sich die Leute die Augen reiben und der Zauber verfliegt: Ihre Gespenster waren nichts als von Laken bedeckte Möbel. Die Läden waren geschlossen, aber die Fenster geöffnet – vermutlich um etwas Luft zirkulieren zu lassen. Und die zirkulierte wirklich: Sie bewegte die Laken, während das von den Fensterläden gedämpfte Licht einer Laterne schräg darauf fiel. Mehr nicht.

Sofia war schwer enttäuscht. Roberto dagegen überlegte, wie er die Tür wieder anbringen konnte. Er hatte Angst, etwas kaputt gemacht zu haben, aber wenn die Angeln noch an Ort und Stelle waren, müsste er die Tür wieder so einsetzen können, dass der Wohnungsbesitzer nichts merkte. An jenem Tag hatte er von Problemen genug. Aber es tat ihm auch leid für Sofia, es machte ihn traurig, sie so enttäuscht zu sehen. Deshalb nahm er den Zipfel eines Lakens und zog daran. »Aufgepasst!«, rief er wie ein Auktionator, »ein kostbares Sofa aus den Siebzigerjahren.« Sofia lachte. Ein Laken nach dem anderen wurde weggezogen, und es tauchten zwei dazugehörige Sessel auf. Stück für Stück enthüllten sie das komplette Wohnzimmer: einen Couchtisch aus Mahagoni, einen Glasschrank fürs Tafelkristall, den Eckschrank mit der Hausbar und einen Plattenspieler, flankiert von zwei großen Lautsprecherboxen aus Wurzelholz. Es gab eine ganze Sammlung vergessener Schätze: Edith Piaf, Domenico Modugno, Frank Sinatra, Duke Ellington und Ella Fitzgerald. Die Flaschen im Eckschrank waren nicht ganz leer. Ein Bodensatz war amarantrot, eine Art dicker Sirup.

»Himbeersaft«, sagte Sofia, die daran schnupperte.

»Johannisbeere«, verbesserte sie Roberto. »*Crème de cassis.*«

Er nahm eine Platte und legte sie auf. Er ging in die Küche und öffnete den von ihm gekauften Prosecco. Er mixte einen Drink aus einem Schuss Cassis und viel Wasser, den anderen aus Cassis und Prosecco. Damals konnte er das noch nicht ahnen, aber ihm würden nicht mehr viele Feste bleiben, auf denen er mit etwas anstoßen konnte: In seinem Magen war es der rebellischen Zelle bereits gelungen, sich zu teilen, sodass es jetzt zwei waren statt eine. Zwei Verschwörerinnen, die sich anschickten, vier zu werden.

»*Mademoiselle, et voilà votre Kir Royal*«, sagte er, auch wenn der Kir Royal für ihn selbst war. Er zog einen Sessel nach hinten, als wäre er der *Maître* eines Grandhotels, und ließ seine Tochter Platz nehmen. Sofia setzte sich stolz. Edith Piaf stimmte *Les amants d'un jour* an. Durch den Fensterladen drang angenehme Waldluft herein, der Sekt war genau richtig kalt, und die schwere Süße des Cassis passte hervorragend zur Säure des Prosecco, nahm ihm die Schärfe und verlieh ihm mehr Körper. Roberto, der gerade angefangen hatte zu sterben, redete sich ein, ein ganz normaler Mann zwischen zwei schwierigen Frauen zu sein: Er brauchte wirklich nicht viel zum Glück. Beim Abstellen des Glases strich er zärtlich über den Couchtisch. Das Mahagoni war glatt und glänzend, als hätte man es gerade erst gewachst.

Noch zu retten

Als sie irgendwann von allen vergessen worden war, überschwemmte Rossana Muratore den heimischen Keller. Das Feuerwehrauto durchmaß die Siedlung mit ausgeschalteten Sirenen, unheilvoll und Respekt einflößend inmitten der Junigärten. Es lockte die Mütter von Lagobello ans Fenster und hinterließ auf dem frisch gesäten Rasen eine unschöne Erinnerung in Form von zwei tiefen Reifenspuren. Rossana wartete am Gartentor. Schon lange zeigte sie sich nicht mehr bei Tageslicht, wirkte jedoch nicht verrückt. Sie trug die langen Haare zu einem Pferdeschwanz zusammengebunden, Gummistiefel und die karierte Bluse, die sie manchmal zur Gartenarbeit anhatte. Wegen der Männerklamotten, ihrer schmalen Hüften und den glänzenden kastanienbraunen Haaren schien sie eine Frau zu sein, die nicht mehr alterte. Der Feuerwehrhauptmann folgte ihr ins Haus. Weitere vier Feuerwehrleute stiegen aus dem Wagen, um sich das baufällige Reihenhaus mit den geschlossenen Fensterläden, dem vergilbten Rasen, der leeren Hundehütte und den vom Baum gefallenen, vor sich hin faulenden Kirschen näher anzusehen. Sie umrundeten es zur Hälfte und trafen sich vor einem kleinen Souterrainfenster. Einer von ihnen machte kehrt, um den Schlauch auszurollen. Sie ließen ihn hinunter, und bald darauf sprudelte ein Bach aus dem Feuerwehrauto, der die Straße überspülte und in den Wiesen versickerte, die Gullys verstopfte und eine Lache bildete, die sich immer weiter ausdehnte.

Als sie die Feuerwehr davonfahren hörte, trat Brunos Mutter erneut ans Fenster. Jetzt hatte sich Rossana Muratore die Ärmel hochgekrempelt und lief zwischen Haus und Garten hin und her, trug ihre Sachen zum Trocknen nach draußen in die Sonne. In Lagobello hieß sie bei den Erwachsenen immer noch »die Frau von Signor Muratore«, obwohl der schon vor Jahren an Magenkrebs gestorben war, und bei den Kindern »Sofias Mutter«, obwohl Sofia lange vor ihrem Vater aus dem Haus verschwunden war. Kein Wunder, dass ausgerechnet ihr so was passiert war: Nicht einmal die paar Menschen, die sie Rossana genannt hatten, konnten ihr zwei Dinge verzeihen: dass sie unfähig gewesen war, ihre Tochter zu erziehen, und dass sie sich nicht richtig um ihren Mann gekümmert hatte. Selbst jetzt ging sie die Überschwemmungsschäden irgendwie resigniert an. Sie zerrte zwei Polstersessel und eine Wollmatratze nach draußen. Durchweicht, wie die war, wog sie bestimmt einen Zentner. Ein Karton riss auf halber Strecke unten auf und verteilte einen Haufen nasser und damit nutzloser Bücher auf der Wiese. Rossana warf einen erschöpften Blick darauf. Brunos Mutter hatte in der Mittelstufe Italienisch unterrichtet. Angesichts dieses Frevels konnte sie einfach nicht länger zusehen und beschloss, ihren Sohn zu rufen, damit er half.

Bruno war noch im Bett, schlief aber nicht. Er lag unter der Decke und dachte an Gael, seine französische Freundin, sowie an seine Kumpel aus dem Croix-Rousse-Viertel. Er war ein Jahr in Lyon gewesen und hatte den Eindruck gewonnen, einiges gelernt und so manches in seinem Leben geändert zu haben. Doch jetzt war die Schule vorbei, und er war in dieses

Kaff Lagobello zurückgekehrt, sodass sich dieser Eindruck in Luft auflöste. An dem Tag, als er aus dem Zug gestiegen war – die Jeans in den Springerstiefeln und Gaels Duft auf der Haut –, am Tag, als sich das Italienisch aus den Lautsprechern angehört hatte wie eine Fremdsprache, hätte er nie geglaubt, dass er so schnell wieder in alte Muster zurückfallen würde. Sie dagegen hatte es kommen sehen. Gael hatte ihn vor den Gefahren der Rückkehr gewarnt. Jetzt kamen ihm Lyon, die Treppen der Altstadt, der Körper des Mädchens und sein neues Ich, das er mit ihr entdeckt hatte, wie nur geträumt vor, und es waren umständliche Rituale erforderlich, um sie wiederaufleben zu lassen: Am Vorabend hatte sich Bruno im Auto seines Vaters in der Garage eingeschlossen, um sich die Noir Désir im Autoradio anzuhören, französische Zigaretten zu rauchen und finstere Blicke in den Rückspiegel zu werfen. Unter dem Gauloises-Logo stand »Liberté toujours«. Es war, als versuchte er, extrem feinen Sand festzuhalten, und müsste mit ansehen, wie er ihm Körnchen für Körnchen zwischen den Fingern hindurchrann.

Die Türklinke wurde heruntergedrückt. Der Kopf seiner Mutter erschien, die sagte: »Hallo, bist du wach?« Seit Neuestem behandelte sie ihn mit behutsamer Höflichkeit. Zwei Wochen zuvor war sie am Bahnhof bei seinem Anblick erschrocken und versuchte jetzt zu ergründen, wer da anstelle ihres Sohnes zurückgekehrt war.

»Macht's dir was aus, vorher anzuklopfen?«, sagte Bruno. »Du weißt ja, wie das ist.«

Seine Mutter ignorierte das Thema Privatsphäre. Sie sah, dass er unter der Decke nackt war: noch so eine schlechte Angewohnheit, die er sich in Lyon zugelegt hatte. Jeden Tag entdeckte sie eine neue.

»Es ist neun«, sagte sie.

»Wie interessant«, erwiderte Bruno.

»Der Kaffee ist fertig. Und wenn du aufgestanden bist, möchte ich dich um einen Gefallen bitten. Du wirst deiner Mutter doch noch einen Gefallen tun?«

Andere Mütter hatten dieselbe Idee gehabt, man hatte miteinander telefoniert, sodass sie jetzt zu sechst vor dem Haus der Muratores standen. Lauter Jungs zwischen vierzehn und achtzehn: die Blüte der Jugend von Lagobello in ihren Schulferien. Vor dem Gartentor fluchten sie leise und scharrten mit den Schuhsohlen im Kies.

»Wie nett«, sagte Sofias Mutter. »Ich hab eine Katastrophe angerichtet, kommt rein, kommt rein!«

Im Haus war es kühl und dunkel. Das Wasser war aus dem ersten Stock gekommen, hatte das Wohnzimmer überschwemmt und sich dann seinen Weg ins Souterrain gesucht. Auf dem Boden waren Zeitungen und Lappen ausgebreitet, aber die wahre Katastrophe hatte sich im Untergeschoss abgespielt: Nichts von dem, was im Keller gelagert war, hatte die Überschwemmung verschont.

In der Mitte eines Kartonstapels markierte eine mehr als einen Meter hohe dunkle Linie, welcher Wasserstand in der Nacht erreicht worden war. Auf dem Boden trieben Wohn- und Gartenzeitschriften herum. Alles musste entsorgt werden.

Die Jungen diskutierten und beschlossen dann eine Menschenkette zu bilden. Bruno, der direkt nebenan wohnte und sie eigentlich ansatzweise hätte kennen müssen, bekam den schlimmsten Platz, den ersten, Schulter an Schulter mit Sofias Mutter.

»Nimm die hier«, sagte sie und reichte ihm ein Paar gelbe Arbeitshandschuhe. »Du bist Riccardo, nicht wahr?«

»Nein, Signora, ich bin Bruno. Sie verwechseln mich mit meinem Bruder.«

»Oje, stimmt. Ihr seht euch wahnsinnig ähnlich.«

Er bejahte und betrachtete die aneinandergelehnten Bretter in der Ecke – Türen und Einlegeböden eines auseinandergenommenen Schranks. Trotz der Luftschlitze roch es penetrant nach Schimmel und morschem Holz.

»Und deine Mutter, unterrichtet sie noch?«

»Sie ist seit zwei Jahren in Pension«, erwiderte Bruno und zupfte die Handschuhe zurecht. »Aber alle reden sie nach wie vor mit ›professoressa‹ an. Ich hab Erwachsene vor ihr davonlaufen sehen, weil sie sich gleich wieder vorgekommen sind wie in der sechsten Klasse.«

Das war ein Scherz, den Bruno öfter machte, aber Sofias Mutter lachte nicht. Sie war in Gedanken längst woanders. Als sie sich an die Arbeit machten, wirkte sie konzentriert und zerstreut zugleich: Sie entschied sich für einen Gegenstand, prüfte die Schäden mit forschendem Blick – und zwar unabhängig davon, ob es sich um eine Antiquität oder irgendwelchen Schrott handelte –, zeigte ihn dann Bruno und sagte: »Das hier möchte ich gern behalten« oder »Das kann eigentlich weg«. Anschließend nahm ihn Bruno, ging die halbe Kellertreppe hinauf und gab ihn dem zweiten Jungen in der Reihe, der sich damit an den nächsten wandte. Dabei wurde das Aufräumen auf das Nötigste reduziert: Behalten oder wegwerfen. »Behalten, behalten, behalten«, hörte man in der Reihe. »Wegwerfen, wegwerfen, wegwerfen«. Ein Kinderwagen: wegwerfen. Einer von diesen uralten Computern, bei dem Bildschirm und Tastatur aus einem Stück waren:

behalten. Das Ganze geschah ohne jede Logik. Am Ende der Reihe legte der letzte Junge die zu behaltenden Dinge vor die Hauswand in die Sonne und stapelte die zum Wegwerfen am Gartentor, wo sie von der Müllabfuhr abgeholt würden.

Für die anderen Jungen war es ein Spiel, aber Bruno kam es vor, als würde er eine Kirche entrümpeln.

»Ich hätte das längst schon mal machen sollen«, sagte Sofias Mutter. »Aber ich konnte mich nie dazu aufraffen. Wegen der Menschen, die nicht mehr da sind, wenn du verstehst, was ich meine. Selbst die albernsten Dinge wie dieser Stuhl hier bekommen dadurch einen Wert, den sie vorher nie hatten.«

»Natürlich versteh ich das«, sagte Bruno und griff nach einem Gartensessel aus Rattan.

»Meinst du? Ich glaube nicht. Den hier behalten wir, der ist noch gut.«

Bruno hielt inne. »Sie glauben, ich versteh das nicht, weil ich noch zu jung bin«, sagte er. »Aber auch ich weiß, wie es sich anfühlt, wenn einem jemand fehlt.«

»Tatsächlich?«, sagte Sofias Mutter und musterte ihn neugierig. Dann traf sie mitten ins Schwarze. »Oh«, sagte sie. »Entschuldige. Du bist verliebt. Es ist schön, verliebt zu sein. Und, wer ist die Glückliche?«

»Sie heißt Gael.« Bruno ging die Stufen hoch. »Sie ist aus Lyon.«

Als er wieder herunterkam, schaute ihn Sofias Mutter an, die Hände in die Hüften gestützt und ein freudiges Strahlen in den Augen.

»Gael«, sagte sie. »Meine Güte, was für ein wunderschöner Name. Es muss schwer sein, ihn zu tragen.«

»Wieso das?«

»Weil man sehr schön sein muss, um sich so einen Namen

leisten zu können. Oder aber eine starke Persönlichkeit besitzen. Ist deine Freundin eher schön oder stark?«

Bruno überlegte. Gaels größten Vorzug konnte man weder mit Schönheit noch mit Stärke umschreiben. Sie besaß mehr Weitblick, sah einfach klarer als er. Sie schaffte es, komplizierte Gefühle zu erklären und ihm Dinge aufzuzeigen, die er bisher nur erahnt hatte. Manchmal waren es unangenehme Wahrheiten. »Sie ist schön«, erwiderte er. »Aber in erster Linie ist sie klug.«

»Du bist sehr diplomatisch«, sagte Sofias Mutter auf dem Boden kniend. Während seines Nachdenkens hatte sie das Interesse an der Unterhaltung verloren. Sie öffnete eine Truhe voller Spielzeug. »O Gott«, sagte sie. »Wo kommt das denn her?«

Die weiter oben arbeiteten schnell und mussten lange warten. In der Mitte der Menschenkette stand Andrea Carestia, der neue Anführer der See-Gang: Er begann sich zu langweilen und versuchte, etwas Tempo zu machen. Ihm fielen ein Indianer- und ein Cowboykostüm in die Hände – mit Sheriffstern, Saugnapfpfeilen und allem Drum und Dran. Die Anweisung lautete »Behalten«, aber mit dem professionellen Blick des Spielzeugsammlers schüttelte er den Kopf und sagte: »Wegwerfen.« Die anderen Jungen brachen in Gelächter aus. Sie beschlossen, Sofia um eine gehörige Portion nutzlosen Ballasts zu erleichtern. Sie warfen die Gleise der elektrischen Eisenbahn weg, das ferngesteuerte Segelboot, zwei halb verkohlte Gummidinosaurier, einen Roboter mit nur noch einem Arm, der eine würdige Beerdigung verdiente. Puppen gab es keine. Alle wussten, dass Sofia ein burschikoses Mädchen gewesen war: Sie kannten sie aus den Erzählungen der älteren Brüder, außerdem war sie zur Legende geworden, als sie mit sechzehn versucht hatte, sich mit Schlafmitteln umzubringen, und einen triumphalen Abgang im Krankenwagen mit großem Tatütata hingelegt hatte. Sie war nie mehr zurückgekehrt. Zehn Jahre später war dieses Haus auch für diejenigen, die sie nie gekannt hatten, nur »Sofias Haus«, und jeder hätte »Sofias Baum« auf dem Hügel über dem Teich zeigen können. In seinem Geäst befand sich die berühmteste Baumhütte der Siedlung. Wenn sie nicht gerade mit jemandem stritt, so hieß es, habe sich Sofia mit allen verstanden.

Dann war man mit dem Spielzeug fertig, und die Bilder kamen an die Reihe. Damit war der Spaß vorbei. Es handelte sich um große ungerahmte Leinwände, die unrettbar beschädigt waren. Schwer zu sagen, was einmal darauf abgebildet gewesen war. Inzwischen waren nur noch wasserverschmierte Temperaflecken übrig geblieben, die abfärbten. Zig solcher Bilder kamen vorbei, und die Anweisung war immer die gleiche: Wegwerfen, wegwerfen wegwerfen.

»Wer hat denn die ganzen Bilder gemalt?«, fragte Bruno unten in den Eingeweiden des Hauses.

»Die Malerin steht direkt vor dir«, sagte Sofias Mutter.

»Das haben tatsächlich Sie gemalt, Signora Muratore?«

»O nein, nicht Signora Muratore. Nicht diese traurige Gestalt, die du jetzt vor dir siehst. Sondern eine viel fröhlichere junge Frau. Wirf die auch weg, Riccardo, danke.«

Dabei wusste es Bruno ganz genau. Es war ein Bild aus seiner Kindheit: Sofias Mutter im Garten mit einem Strohhut auf dem Kopf und einer Leinwand auf der Staffelei. Sie war barfuß gewesen und hatte Farbe im Gesicht gehabt. Damals war sie ihm nur exzentrisch vorgekommen – eine Frau mit einem zu schrillen Lachen, die ganz besessen vom Gärtnern gewesen war. Jahre später hatte sie einen Benzinkanister genommen und ihn über ihren berühmten Rosen ausgeleert, sie für immer ausgelöscht.

»Darf ich Sie mal was fragen, Signora Muratore?«

»Natürlich.«

»Ist das Haus nicht ein bisschen groß für Sie allein?«

»Ein bisschen schon. Aber ich benutze nicht alle Zimmer.«

»Ich meine, haben Sie je daran gedacht, es zu verkaufen? Und vielleicht woandershin zu ziehen?«

Sofias Mutter musterte ihn erneut – mit einem Blick, dass er sich wie durchsichtig vorkam. Schwer zu sagen, ob sie einen durchschaute oder einfach nur durch einen hindurchschaute.

»Ich hab tatsächlich darüber nachgedacht«, sagte sie. »Doch dann hab ich mir gesagt: ›Was, wenn sie zurückkommt und mich nicht mehr findet, was dann?‹«

»Wie bitte?«, sagte Bruno.

»Einer muss schließlich bleiben, oder?«

Bruno wusste nicht, was er sagen sollte. Am besten, er widersprach ihr nicht. Als Sofias Mutter seine perplexe Miene sah, musste sie lachen. »Natürlich!«, sagte sie. »Du hast ja recht. Ich sollte etwas mehr Mut haben.«

Sie waren fast fertig, als oben jemand aus der Menschenkette ausbrach. Andrea Carestia verließ seinen Platz, um eine Runde durch den ersten Stock zu drehen. Er warf einen Blick ins Bad, in die Abstellkammer, ins Schlafzimmer von Sofias Mutter und öffnete schließlich die letzte Tür im Flur, um das Licht anzumachen. Am Tag darauf konnten sämtliche Kinder Lagobellos Sofias Zimmer beschreiben, als ob sie es mit eigenen Augen gesehen hätten. Mit der in irgendeiner Möbelkette gekauften Kompletteinrichtung sah es fast so aus wie das eigene: Die Furnierholz-Schrankwand bestand aus Kleiderschrank, Schreibtisch, Kommode, Regal und zwei

Kinderbetten, obwohl Sofia Einzelkind war, und keiner verstand, wozu das zweite gut sein sollte. Nur an seinem aufgeräumten, sauberen Zustand sah man, dass das Zimmer unbewohnt war. Ansonsten hatte es sich seit einem gewissen Tag zehn Jahre zuvor nicht mehr verändert: Die Schulhefte lagen aufeinandergestapelt auf dem Tisch, die Stifte standen in einem Kaffeebecher, und der Papierkorb war leer. Aufkleber von Metal- und Punk-Bands übersäten die Schranktüren. Neben der Stereoanlage befand sich eine große Plattensammlung mit Klassikern von Deep Purple, Black Sabbath, Cream, den Scorpions, den Sex Pistols, Clash sowie von einer Reihe Namen, die Andrea Carestia noch nie gehört hatte. Auf den Postern erkannte er Sid Vicious mit dem Vorhängeschloss um den Hals, den hochgegelten Haaren und seinem melancholisch-finsteren Grinsen. Auf die Idee, einen Blick auf die Bücher zu werfen, kam er nicht. Dafür wühlte er in den Schubladen und konnte den anderen eine weitere Geschichte bestätigen, die über Sofia kursierte: nämlich dass sie ausschließlich schwarze Unterwäsche trug. Dann setzte er sich auf ein Bett, um die Fotos zu betrachten. Sie waren an einem Magnetbord an der Wand befestigt, inmitten von Konzertkarten und Flyern. Auf diesen Porträts ähnelte Sofia einer extrem dünnen, extrem wütenden Natalie Portman: Sie trug Lederjacke zu Unterhemd, ein Nietenhalsband und hatte eine Zigarette im Mundwinkel, dazu jede Menge Piercings in den Ohren und das Anarcho-A mit Filzstift auf eine Wange gezeichnet. Ihre Frisur änderte sich ständig. Mal waren die Haare platinblond, mal feuerrot und zu Stacheln aufgestellt. Bis auf den Hund, der hin und wieder mit auf den Fotos war, war sonst nie jemand mit ihr zu sehen. Keine Freundinnen, Freunde, Cousins, Klassenkameraden, Nachbarn oder Lover.

Irgendjemand musste zwar durch den Sucher geschaut haben, aber auf den Fotos war Sofia immer allein.

Andrea Carestia hörte, dass unten nach ihm gerufen wurde. Bevor er ging, streckte er sich auf dem Bett aus, die Hände hinter dem Kopf verschränkt, um zu gucken, wie es sich anfühlte, ein sechzehnjähriges Mädchen zu sein. Da entdeckte er etwas, das niemand erwartet hätte: Die Zimmerdecke war mit phosphoreszierenden Sternen übersät – Aufkleber, mit denen man Galaxien und Sternbilder nachbilden kann. Er fragte sich, ob sie das Firmament darstellten oder einen erfundenen Himmel, kannte sich aber null mit Astronomie aus. Er hätte die Zimmerdecke gern nachts gesehen.

Er ging wieder hinunter, als die anderen bereits das Haus verließen, und folgte ihnen in den Garten. Sie eilten davon, lehnten das Angebot von Sofias Mutter ab, für alle Spaghetti zu kochen.

»Riccardo«, sagte sie, »besuch mich doch mal, wenn du Lust hast.«

»Gern«, sagte Bruno, wohl wissend, dass das gelogen war.

»Wollt ihr nicht was trinken? Ich müsste noch Eistee im Kühlschrank haben.«

»Nein danke, nicht nötig, Signora.«

»Lauf, lauf«, sagte Sofias Mutter und fuchtelte mit der Hand vor ihrem Gesicht herum, als wollte sie einen Schmetterling verscheuchen.

Als sein Vater an jenem Abend nach Hause kam, beendete Bruno gerade einen Brief an Gael. Darin schilderte er ihr die Stunden, die er da unten im Souterrain verbracht hatte. Er hatte den Keller beschrieben und den Geruch, seine im Schmutzwasser watenden Füße, das Licht, das durch die Luken hereinfiel, und die Gegenstände, die einmal Sofia und Herrn Muratore gehört hatten. Die Art, wie Sofias Mutter jeden Einzelnen betrachtete, als würde sie seine Geschichte herauslesen. Er spürte, dass er etwas beigewohnt hatte, das für sie von großer Bedeutung war, konnte es aber nur schwer in Worte fassen – wie so oft, wenn Worte einfach nicht genügen. Gael dagegen hätte bestimmt etwas daraus gelernt, während ihm nichts anders übrig blieb, als die Fakten so getreu wie möglich aufzuzählen. Als er sich den Brief noch mal durchlas, hatte er den Eindruck, nur eine endlose Liste zusammengestellt zu haben.

»Bruno?«, rief sein Vater durch seine Zimmertür. »Bist du da?«

»Hallo, Papa.«

»Stimmt es, dass du dich seit heute Morgen da drin verbarrikadierst?«

»Kann sein. Ist mir gar nicht aufgefallen.«

»Vergiss nicht: Der Feind sieht alles. Bald wird der Sauerstoff zur Neige gehen, und du wirst dich ergeben müssen.«

»Quatsch!«, sagte Bruno und musste grinsen. »Ich halte noch eine ganze Weile durch, keine Sorge.«

Er legte den Stift auf das Blatt und sah aus dem Fenster.

Von oben erinnerte der Garten von Sofias Mutter an einen Flohmarkt. Die Sachen, die sie behalten wollte, waren vor den Mauern aufgereiht, als wäre das Haus übergequollen. Sofias Mutter war noch immer da draußen: Sie wühlte in dem Haufen mit Dingen, die wegsollten, und anfangs dachte Bruno, sie bereue ihre Aktion und wolle sich alles zurückholen. Stattdessen sah er, dass sie die Bilder rettete. Sie griff nach einem x-beliebigen, betrachtete es von allen Seiten und trug es im Garten an einen Ort, den sie sich offenbar vorher genau überlegt hatte. Manche legte sie mit der Bildseite nach unten auf den Rasen, andere lehnte sie an den Stamm der Kirsche oder an den Zaun. Die Farben leuchteten im trockenen Gras.

»Hör mal«, sagte Brunos Vater, »wie wär's, wenn wir ausgehen, nur wir zwei? Wir trinken ein Bier und essen dann irgendwo eine Kleinigkeit?«

Sein Ton war liebevoll, aber Bruno war in erster Linie froh, dass er nicht ins Zimmer kam.

»Klar, gern«, erwiderte er.

»Du darfst fahren, wenn du willst, dann übst du gleich ein bisschen.«

»Danke. Gern.«

»Ich wart unten auf dich, okay?«

»Ich komme gleich«, sagte Bruno, rührte sich jedoch nicht von der Stelle. Auch sein Vater harrte im Flur aus. Vielleicht hatte er das Ohr an die Tür gelegt, vielleicht wollte er ihm noch eine Frage stellen. Doch dann überlegte er es sich anders, und seine Schritte entfernten sich Richtung Treppe. Bruno blieb, um die Rosen von Sofias Mutter zu betrachten, die wieder blühten.

Brooklyn Sailor Blues

Als ich Sofia Muratore das erste Mal sah, war sie keine junge Frau, sondern eine Farbexplosion im Fernseher. Den hatte uns unser Vermieter in Brooklyn erst vor Kurzem zur Verfügung gestellt, um den kaputten zu ersetzen. Bei Juri und mir hieß er nur »psychedelischer Fernseher«. Das Video war in einer typischen postindustriellen New Yorker Bar gedreht worden: in einer Fabrikhalle in Chelsea, Williamsburg oder so. Juris Kamera schwenkte zwischen Gesichtern und elektrisierten Leibern, Ölfässern, die als Tische dienten, zwei Meter breiten Ventilatoren an der Decke und Eisenrampen hin und her, um dann eine Kellnerin zu erfassen und auf sie gerichtet zu bleiben. Sie war zierlich und hatte ein Gesicht, das einem vage bekannt vorkam. Sie trug eine schwarze Schürze und eine Matrosenmütze. Juri folgte ihr, während sie zwischen Tresen und Tischen hin und her lief, sich einen Weg durchs Konzertpublikum bahnte, hinter einer Zementsäule verschwand und aus der Küche wieder auftauchte, bis nicht mehr sie sich durch die Menge zu bewegen schien, sondern es genau umgekehrt war: die Kellnerin ein hölzernes Floß in unruhiger See, sie glitt die Wellen hinauf und wieder hinunter, verschwand unter Wasser und tauchte wieder auf – die raue See um sie herum ließ sie völlig kalt.

In der nächsten Szene stand die junge Frau allein am anderen Ende des Lokals. Sie wurde vom Toilettenfenster eingerahmt und rauchte eine Zigarette. Bass und Schlagzeug wummerten im Hintergrund, und jetzt sah man auch, dass wir uns am brooklynseitigen Ufer befanden: hier die Schornsteine der Zuckerraffinerie, dort die Wolkenkratzer von Midtown Manhattan. Der Innenhof war eine umzäunte Fläche mit Müllsäcken, die sich in einer Ecke türmten, und schmutzigen Schneeresten. Sie rauchte an die Mauer gelehnt, das Gesicht im Lichtkegel des Personaleingangs. Jetzt sah sie nicht mehr aus wie eine einfache Kellnerin. Sie war ganz allein und starrte auf den Fluss, mit dieser Matrosenmütze und den gegen die Kälte verschränkten Armen – so als wäre sie die letzte junge Frau auf diesem Planeten. Dann kam ein mexikanischer Tellerwäscher nach draußen: Er sagte etwas, und sie schob eine Hand unter die Schürze, zog eine Zigarette aus der Packung und gab sie ihm samt der ihren, damit er seine daran anzünden konnte. Diese plötzliche Nähe überraschte den jungen Mann, der hektisch auf sie einredete, gestenreich irgendeine Geschichte erzählte und es gerade geschafft hatte, die Kellnerin zum Lachen zu bringen, als sich die Tür des Personaleingangs erneut öffnete und jemand von drinnen nach ihr rief. Sie nahm einen letzten Zug und reichte dem jungen Mann die Zigarette. Er blieb ein wenig enttäuscht mit zwei Glimmstängeln zurück, trat dann einen mit der Schuhsohle aus und hob sich den anderen für später auf.

In der dritten Szene sah man die Kellnerin in Großaufnahme, sie schaute in die Kamera, und es war schon ziemlich spät. Das merkte man an der Stille und daran, dass sie keine Uniform mehr trug, sondern einen Anorak und eine Art Fellmütze. Sie stand unter einer Laterne, misstrauisch und gleichzeitig fasziniert von der Person vor ihr. Juri stellte ihr Fragen, und sie antwortete. Die Art, wie sie in die Kamera schaute, war irgendwie seltsam. Irgendwann sah man, dass das linke Auge ein wenig vom rechten abwich, es war unmöglich, nicht darauf zu starren.

»Sofia Muratore«, sagte sie. »… Siebenundzwanzig. Auch wenn es mir so vorkommt, als wäre ich tausend Jahre alt. … Ungefähr seit einem Jahr. Seit Kurzem ist es ein Jahr. Ich wollte eigentlich bloß eine Woche hier verbringen, dann hab ich beschlossen, so lange zu bleiben, bis mein Visum abläuft – und jetzt bin ich immer noch hier. … Kellnerin. Oder Schauspielerin. Ich hätte gern Gitarre gespielt und gesungen, aber mein Gesang ist zum Davonlaufen. Außerdem, was soll die Frage? Ich bin Matrose.«

An dieser Stelle zischte der psychedelische Fernseher wie ein altes Radio, das die Frequenz verliert, wurde grau und schließlich ganz grün. Juri begann vor lauter Begeisterung auf ein Kissen einzuschlagen. »Hast du sie gesehen?«, sagte er. »Hast du sie gesehen, Pietro? Hast du sie gesehen?«

Wir waren drei Monate zuvor nach New York gekommen. Noch ein Jahr davor, als Sofia in der Neuen Welt eintraf, wühlte Juri Ferrario gerade in den Ruinen der Alten und suchte nach seinem Geburtshaus in Jugoslawien sowie nach Lebensspuren von seinen Eltern. Doch er fand nichts dergleichen. Wieder in Mailand, schloss er sich in seinem Zimmer ein, ohne auf die Fragen nach seiner Reise auch nur zu reagieren. Er schlug die Zeit damit tot, sich Schwarz-Weiß-Filme anzuschauen, das Gras zu rauchen, das er sich per Telefon beschaffte, und hin und wieder fade Nudeln zu essen. Als er endlich wieder aus seinem Zimmer hervorkam, war er abgezehrt und zugedröhnt, hatte aber einen Plan für seine nähere Zukunft: Er wollte nach

New York. Er wollte auf die *New York Film Academy*. Und da wir zusammen aufgewachsen waren, beide Film studiert und in WGs zusammengelebt hatten, im Moment aber weder irgendeine Arbeit noch sonst was vorweisen konnten, wollte er, dass ich ihn begleitete und mein Jahr in New York dazu nutzte, einen Roman zu schreiben. Das klingt erst mal toll, das Problem war nur: woher das Geld nehmen? Juri rechnete aus, wie viel wir brauchen würden, und klopfte dann bei seinen Adoptiveltern an, die ihm immer gern unter die Arme griffen. Signor Ferrario war großzügig. Ich dagegen behauptete zwar ständig, etwas schreiben zu wollen, hatte aber schon seit Jahren nichts mehr verfasst. Ich übersetzte Dialogbücher amerikanischer Serien, und eine Freundin war auch nicht in Sicht – was hatte ich also schon groß zu verlieren?

In Brooklyn fanden wir eine Mietwohnung im zweiten und letzten Stock eines Hauses in der Columbia Street, an der Grenze zum Hafenviertel Red Hook. Von dort aus brach Juri jeden Morgen mit dem 14er-Bus nach Manhattan auf, wo er Vorlesungen und Seminare besuchte, während ich die nähere Umgebung erkundete und mir in Ruhe eine Arbeit suchte. Das war im September 2004. Die Straße, in der wir wohnten, trennte das italienische Viertel Carroll Gardens vom eigentlichen Hafen. Das eine war voller Häuser, Menschen und Läden, das andere ein Mausoleum des vergangenen Jahrhunderts mit geschlossenen Fabriken, von Salz korrodierten und algenüberwucherten Kais, während auf den verlassenen Straßen die Ratten das Sagen hatten. Am Ende der Molen hörten die Mexikaner Latino-Sender, kühlten Bier in Eimern mit eiskaltem Wasser und angelten graue Rochen vor der Freiheitsstatue, die vergessen in der Bucht stand wie ein nicht eingelöstes Versprechen. Das war eine ebenso unerwartete wie rührende Entdeckung. Für mich besaß die Stadt die Energie von Widerstandsliedern, von gerade gescheiterten Liebesbeziehungen, von Bombenruinen, in denen nur noch eine Wand mit einem Bild steht, ein Familienfoto, während der Rest eingestürzt ist. In den Schlaglöchern der Columbia Street pulsierten Straßenbahngleise wie Venen unter der Haut. Im Norden stieg die Straße an und führte zu den schicken Hügeln von Brooklyn Heights hinauf, wurde zur Aussichtsterrasse mit Blick auf die Wolkenkratzer der Wall Street, um dann wieder zu den Granitpfeilern der Brücke hinunterzuführen. Im Süden verlor sie sich zwischen Sozialbauten, in den namenlosen Vierteln von Mexikanern, Dominikanern und Puerto Ricanern, im riesigen Bauch Brooklyns, der bis Coney Island reicht. Unser Vermieter wohnte da unten, ein Jude aus der Ukraine, der mit allem Möglichen handelte – Hauptsache, es war so verschlissen, dass es nichts mehr kostete und mit einem Aufpreis weiterverkauft werden konnte. Er trug eine Kippa, aber egal ob Samstag war oder nicht: An jedem Monatsersten stand er vor der Tür, um die Miete zu kassieren, einen Sessel gegen zwei wacklige Hocker einzutauschen, eine mit einem Vorhängeschloss versehene Truhe dazulassen oder uns eine völlig verkalkte Kaffeemaschine zu schenken, als wäre sie eine Belohnung für seine italienischen Jungs. Anfangs hatte ihn der Name Juri misstrauisch gemacht – unschöne Erinnerungen an Russland, die nach einer Erklärung verlangten. Juri erzählte seine Geschichte nur ungern und griff deshalb zu einer bewährten Lüge: Er sagte, seine Eltern seien Kommunisten und hätten ihn nach dem russischen Astronauten Gagarin benannt. Das amüsierte den Vermieter sehr. »Kommunisten?«, sagte er lachend, als hätte er dieses Wort schon ewig nicht mehr gehört. Er taufte uns

»Piotr« und »Gagarin«, und jedes Mal wenn er uns sah, bekam er gute Laune.

Namen erhalten in New York wieder ihre ursprüngliche Funktion, bezeichnen den Beruf, den man ausübt, das Land, aus dem man kommt, oder wen man zum Vater hat. Sie führen zu Stirnrunzeln und groben Schlussfolgerungen. Nach kurzer Zeit fand ich einen Halbtagsjob in einer Buchhandlung in der Court Street: Der Besitzer hieß Salvatore Battaglia – »Sal« oder »Sally« für die anderen Ladenbesitzer in der Straße. Doch ich nannte ihn stets »Signor Battaglia«. Er war ein Italoamerikaner der dritten Generation. Seine Großeltern waren in New York von Bord eines Überseedampfers gegangen – mit nichts als Kindern und Lumpen im Gepäck. Seine Eltern hatten ihren Dialekt aus dem Gedächtnis gelöscht und ein Lokal in Brooklyn eröffnet. Er hatte sich in den Kopf gesetzt, wieder Italienisch zu lernen, indem er Klassiker las: Pirandello, Sciascia, Moravia. Wenige Monate zuvor hatte er dem Bruder seinen Anteil am Familienlokal verkauft, um seine finanziellen Probleme ein für alle Mal los zu sein, und jedes geschäftliche Interesse an der Buchhandlung verloren – ein Labyrinth aus Kisten und überquellenden Regalen.

Mein Job bestand darin, Ordnung in dieses Chaos zu bringen. Ich wusste, dass es hoffnungslos war: Wenn ich damit fortfuhr, vier Stunden am Tag in antiquarischen Büchern zu blättern und Verkäufliches von Unverkäuflichem zu trennen, würde ich Jahre dafür brauchen. Aber das war mir nur recht. Ich fühlte mich wohl in dieser Höhle, New York direkt vor der Tür. An einem Tisch voller Unterlagen las Signor Battaglia Romane aus dem vorigen Jahrhundert und entdeckte Worte aus seiner Kindheit wieder. Er blätterte im Wörterbuch und freute sich über neue Entdeckungen: *piroscafo, sposalizio.*

Er murmelte die italienischen Begriffe für »Dampfer« und »Hochzeit« leise vor sich hin, ließ sie sich auf der Zunge zergehen, als hätten sie einen Geschmack, und deklamierte sie, bis ich seine Aussprache korrigiert hatte. Vermutlich war das der wahre Grund, warum er mich eingestellt hatte. Kurz bevor mein Visum auslief, stellte er mich offiziell an, sodass ich zwei Jahre bleiben konnte: Wir feierten den ersten Arbeitsvertrag meines Lebens mit Spaghetti und Fleischklößchen von seinem Bruder Vincenzo.

Im Dezember beendete Juri den Theorieteil und begann seinen Dokumentarfilm vorzubereiten. Er redete von nichts anderem mehr. Während der langen dunklen Abende, an denen wir kalifornischen Wein aus dem Viertel tranken, diskutierte er mit mir über den Dialogaufbau, aber vor allem über Bücher, Platten, Fotos, Comics – über all das, was er im Kopf hatte und zu einem Film machen wollte.

»Ich möchte ihn mit Balkanmusik unterlegen«, sagte er.

»In New York?«

»Wieso nicht? Jazz haben schon alle benutzt.«

Laut Juri war die Stadt, in der wir uns befanden, ein Allzweckbehälter. Sie hatte weder etwas mit Amerika zu tun noch mit unserer heutigen Zeit. Sie war so was wie eine Theaterbühne, die sich in einen Garten verwandelt, sobald man ein paar Blumen zeichnet, oder in einen Himmel, sobald man Pappmascheewolken aufhängt. Wenn man *Hamlet*, die *Odyssee*, die *Göttliche Komödie* oder *Don Quijote* filmisch nach New York verlegen konnte, würde er in New York eben einen Film über die Belagerung Sarajevos drehen. Ich erinnerte mich noch gut an jene Zeit: 1992 gingen wir in die zehnte Klasse. Ich sah die Fotos von brennenden Gebäuden wieder vor mir, den Journalisten, der uns von seinem Job erzählte. Nicht einmal Juri hatte die Bomben miterlebt – er war schon als Kind nach Italien gekommen –, den Krieg aber auf eine Art erfahren, die er mir gegenüber nicht in Worte fassen konnte. Ich wusste nicht, was man empfindet, wenn man mit ansehen muss, wie die Heimat zerstört wird und sich die eigenen Leute gegenseitig umbringen.

»Und, was meinst du?«, fragte er.

»Aber wie willst du das mit den Bomben machen? Und mit den Panzern?«

»Dafür genügt doch der Ton, oder? Außerdem interessiere ich mich nicht für den Krieg da draußen, sondern für das Leben drinnen. Wie bei Troja oder Leningrad. Mich interessiert die Belagerung an sich.«

»Ich glaube, das wird ein ziemlich absurder Film«, sagte ich. »Aber du musst ihn unbedingt drehen.«

Weihnachten feierten wir bei einem Vietnamesen in der Lower Eastside. Beim Gedenken an meine in Mailand zurückgebliebenen Eltern und ihr Weihnachtsessen bestellte ich mehr, als ich schaffen konnte. Juri dagegen hasste Traditionen, für ihn war es egal, ob er etwas aß oder nicht. Er überlegte laut. Es gab da also einen Krieg, eine vom Feind umzingelte Stadt und mitten in dieser Stadt eine junge Frau. Die junge Frau war unverzichtbar. Sie wurde verfolgt. Verließ nur nachts das Haus. Steckte bis über beide Ohren in Schwierigkeiten. Trotzdem hatte sie sich ein gewisses Vertrauen in die Menschheit bewahrt, sogar Mitgefühl. Sie gehörte unserer Generation an: eine Realistin, keinesfalls eine Träumerin – fest entschlossen, mehr an die Menschen zu glauben als an irgendwelche Ideen.

»Antworte mir ganz spontan: Welches Buch fällt dir dazu ein?«, fragte Juri und zeigte mit den Essstäbchen auf mich.

»*Frühstück bei Tiffany*«, sagte ich instinktiv.

»Toll!«, sagte er. »Ich dachte eigentlich mehr an Dosto-
jewski.«

Wir mussten laut lachen, bestellten noch mehr eiskaltes Bier
und heißen Sake, woraufhin Juri weitererzählte. Er wollte eine
Handkamera verwenden, auf sechzehn Millimeter in Schwarz-
Weiß drehen. Er wollte Brooklyn filmen, besser gesagt die
heruntergekommene Küste Brooklyns, die aus einem aufgege-
benen kilometerlangen Hafen bestand: Williamsburg, Dumbo,
Red Hook. In dem Film würde viel Wasser zu sehen sein, auch
Manhattan, allerdings nur vom gegenüberliegenden Ufer aus.
Man würde die Brücken sehen, die aber niemand überqueren
würde, genauso wie die Fähranleger und Zugrampen – keine
Abfahrtsbahnhöfe, sondern bloß Orte, an denen man sich von
Freunden verabschiedet. Damit würde Brooklyn zu einem
einzigen klaustrophobischen, autarken Gefängnis. Wenn
Manhattan der Tag war, war Brooklyn die Nacht, und wenn
Manhattan männlich war, war Brooklyn weiblich. Von den
Tausenden Lichtern New Yorks würde nur eine Fata Morgana
übrig bleiben, ein zitterndes Abbild auf dem Wasser.

»Kannst du dir das vorstellen?«, fragte er.

Ich musste daran denken, wie ich in einem Klassenzimmer
die Stadt seltsamerweise schon erahnt hatte, die ich jetzt vor
Ort entdeckte.

»Ich sehe es bereits vor mir«, sagte ich.

Juris Lächeln verflog. Er sagte, er habe die Geschichte genau
im Kopf, aber was fehle, sei sie: die junge Frau aus Sarajevo. In
der Filmakademie habe er verschiedene Male vorsprechen lassen, doch keine Schauspielerin habe ihn auch nur im Geringsten interessiert. Die hätten alle viel gelernt und wenig gelebt,
und das merke man ihnen auch an. Sie weinten und lachten,
spielten alle im selben doofen amerikanischen Film mit. Doch

jetzt habe ihm jemand von einer italienischen Schauspielerin erzählt, die er in der Bar, in der sie arbeitete, treffen würde. Er hoffe, dass es diesmal klappen werde.

»Wie heißt denn deine junge Frau?«, fragte ich und goss heißen Sake in kleine Tässchen. Damit wollten wir auf Weihnachten anstoßen.

»Laila«, erwiderte Juri. »Laila aus Sarajevo.«

»Auf Reisen«, dachte ich, als mir die Karte im Namensschlitz von Holly Golightlys Briefkasten wieder einfiel. Ich hob das Tässchen und stieß mit meinem Freund an.

»Auf Laila«, sagte ich. »Du wirst sie schon finden.«

Dann wurde Laila gefunden, die Aufnahmen begannen, und Juri verschwand völlig von der Bildfläche. Das war Anfang Februar. Er drehte von sechs Uhr abends bis vier Uhr morgens, kam bei Tagesanbruch nach Hause zurück und ließ sich ins Bett fallen. Kaum war er wach, ging er zur Filmakademie, um den nächsten Dreh vorzubereiten. Oder aber er kam gar nicht mehr nach Hause. Meine Abende waren auf einmal sehr still, doch ich freute mich für ihn: Wenn ich unter Einsamkeit litt, zwang ich mich, daran zu denken, wie es ihm vor einem Jahr gegangen war, als er sich in sein Mailänder Zimmer eingeschlossen hatte – mit den gelben Augen eines Junkies und Tag für Tag in den gleichen Klamotten. Außerdem war da noch die Stadt, die es zu erkunden galt. Den Vormittag verbrachte ich mit langen Spaziergängen, auf denen ich ab und an kurz in ein Café einkehrte, um mich wieder aufzuwärmen, sowie mit den Büchern zur Stadtgeschichte, die mir Signor Battaglia auslieh. Ich aß häufig mit ihm zu Mittag. Er wusste alles über New York und erzählte nur zu gern: Familienanekdoten oder legendäre Ereignisse aus dem Viertel, von den Hochzeiten der Brooklyn Dodgers, von damals, als Al Capone achtzehn Jahre alt und in dieser Gegend unterwegs war, vom Tag, als Frank Sinatra in seinem Lokal gegessen hatte und man hätte meinen können, der Papst sei zu Gast. Signor Battaglias Opa hatte als Koch im fünfzigsten Stock des Empire State Building gearbeitet, kurz nachdem es erbaut worden war. Da er aus dem Apennin kam, waren Kastanien oder Pilze die Hauptzutaten aller Rezepte, die er kannte, während man in den Restaurants von New York Lammkoteletts briet. Deshalb hatte man damals Anflügen von Heimweh leicht widerstehen können. Auch Signor Battaglias Liebe zu Italien war rein theoretisch. Nie im Leben wäre er auf die Idee gekommen, zurückzugehen. Ich konnte ihm stundenlang zuhören. An einem normalen Nachmittag kamen zwei bis drei Leute in die Buchhandlung – Sammler, die die Regale überflogen und nur selten etwas kauften. Manchmal stellte ich mir vor, wie Juri mit der Kamera auf der Schulter durch Brooklyn streifte: genau wie Truffaut durch Paris oder wie der junge, ehrgeizige Scorsese, während ich hier hockte und mir die Erinnerungen eines alten Herrn und der Staub antiquarischer Bücher Gesellschaft leisteten.

Eines Morgens liefen wir uns zufällig über den Weg. Es war die zweite Woche der Dreharbeiten, und draußen war es noch dunkel: Er machte sich in der Küche ein Bier auf, und ich kochte Kaffee. Er wollte reden. Wir setzten uns an den Tisch, und er begann mir von seinen Problemen mit dem Filmteam zu erzählen, von dem Geld, das nicht reichte, der Schwierigkeit, ausschließlich nachts zu drehen, der verdammten Kälte, die alles verkomplizierte. Zum Glück waren die Außenaufnahmen beinahe beendet. Er zählte die Figuren seines Films auf, als wären es Freunde: der pakistanische Taxifahrer, der Kinokartenabreißer, die alte Dame mit dem Hündchen, der niederländische Maler, das reiche Mädchen und seine Puppen. Zwei Mal fragte ich ihn nach der Schauspielerin. Ich hatte oft an diese zufällig gefilmte Szene zurückgedacht – daran, wie sie rauchte und als Matrose verkleidet auf den Fluss schaute. Damals war sie mir wie die personifizierte Einsamkeit und Weiblichkeit vorgekommen. Aber Juri wechselte das Thema. Noch vor einem Monat hatte er, als er die ganze Geschichte laut aufgesagt hatte, ständig wiederholt: »Laila auf der Brücke«, »Laila auf der Feuertreppe«, »Laila im Taxi, als sie zum ersten Mal in die Stadt kommt«, doch jetzt schien sich Laila in nichts aufgelöst zu haben. Zum dritten Mal fragte ich: »Und die Schauspielerin, wie ist sie so?«

Er zündete sich eine Zigarette an und sah mich so genervt an wie ein Erwachsener ein quengelndes Kind. Er wolle nicht drüber reden. Er spüre, dass er dadurch Gefahr laufe, etwas zu zerstören. Denn der noch andauernde Schaffensprozess sei etwas Geheimnisvolles, während Worte Klarheit schafften. Das hier sei kein Moment für Klarheit, stattdessen gehe es darum, sich Hals über Kopf in ein Geheimnis zu stürzen.

»Verstehst du das?«

»Na klar versteh ich das.« Er spielte das gequälte Regie-Genie – die nervigste Rolle in seinem Repertoire.

»Und du?«, fragte er. »Geht's dir gut? Was machst du, schreibst du?«

Ich erwiderte, dass es mir gut gehe, ich aber nichts schreibe. Ich spaziere herum, lese, arbeite in der Buchhandlung, unterhalte mich mit Signor Battaglia, entdecke jede Menge Dinge in New York, von denen ich bisher keine Ahnung gehabt hatte, koche viel, schaue viel aus dem Fenster, schreibe aber nicht. Ich könne stundenlang in den Hof starren. Ganz so als warte ich auf irgendwas, die Worte würden sich schon irgendwann einstellen. Und bis es so weit sei, könne ich mich nur in Geduld und Konzentration üben. Ich sei zuversichtlich, es gehe mir gut. Ich hörte mir zu, als ich das sagte, um zu gucken, wie es sich anfühlte.

Draußen wurde es hell, und Juri trank sein zweites Bier aus. Er gähnte. Dann stand er auf und legte mir den Arm um die Schulter. »Du bist immer so gelassen«, sagte er. »Ich habe nie verstanden, wie du das machst.« Er warf seinen Zigarettenstummel in die leere Flasche, schüttelte sie, um die Kippe zu löschen, und legte sich schlafen.

Wenige Nächte später traf ich sie alle zu Hause an. Sie drehten im Viertel, und draußen schneite es. Deshalb hatte Juri sie eingeladen, mit hochzukommen – damit sie sich bei uns aufwärmen konnten. Das Filmteam bestand aus neun Leuten: Sie zogen ihre Jacken aus, trockneten sie in Heizkörpernähe und machten mehrere Biere auf, während Juri sich mit dem Regieassistenten in sein Zimmer zurückzog, um alles für den nächsten Tag zu besprechen. Ich setzte mich zu ihnen, noch ganz benommen, weil ich aus dem Schlaf gerissen worden war.

»Und du bist Pietro?«, fragte mich ein Typ, offenbar der Mann für den Ton. Er hatte einen spanischen Akzent, einen langen Bart und lange Haare. Ich nickte gähnend, sagte, ich freue mich, ihn kennenzulernen, woraufhin er erwiderte: »In einer Woche wirst du dich nicht mehr darüber freuen. Du wirst uns hassen und es kaum erwarten können, uns rauszuwerfen.«

Ich verstand nicht, was er meinte, bis Juri aus seinem Zimmer kam. Der Regieassistent verkündete, dass sie eine Materialsichtung in der Filmakademie organisiert hätten, am nächsten Tag hätten also alle frei. Die Nachricht wurde mit begeisterten Pfiffen quittiert. Dann kündigte er das Treffen für den übernächsten Tag an – hier bei uns, wo man mit den Innenaufnahmen beginnen werde. Er schloss seine Rede mit den Worten: »Und jetzt können wir uns ein wenig entspannen.«

Einer ging runter, um Biernachschub zu kaufen, ein anderer ließ einen Joint kreisen. Juri näherte sich der Schauspielerin, sagte etwas zu ihr und nahm zu ihren Füßen Platz. Sie saß in einer Ecke des durchgelegenen Sofas, das unser Vermieter ständig zu ersetzen versprach: Sie lächelte, strich ihm übers Haar und ließ zu, dass er sich zwischen ihre Knie setzte. Da begriff ich, was ich von Anfang an hätte begreifen müssen. Dafür brauchte man nicht viel Fantasie. Für die Jungs vom Team war es normal, dass die beiden ein Paar waren, sie hatten das bereits zig Mal miterlebt: Die zwei kamen aus demselben Land, waren im selben Alter, waren der Regisseur und die Hauptdarstellerin. Der Film war etwas zwischen ihnen beiden.

Als mir das klar wurde, wurde ich endgültig wach. Es war das erste Mal, dass ich Sofia Muratore leibhaftig sah, und ich beobachtete sie eine ganze Weile. Sie lehnte das Bier ab, redete wenig und hatte sich in den hintersten Winkel der Wohnung zurückgezogen. Sie schien es nicht gewohnt zu sein, die Blicke auf sich zu ziehen. Aber ich hatte bereits genug Schauspieler kennengelernt, um zu wissen, dass es zwei Typen gibt: diejenigen, die auch noch anschließend weiterspielen, gestikulieren und lauter sprechen als eigentlich nötig, die überall im Mittelpunkt stehen müssen und Aufmerksamkeit brauchen wie die Luft zum Leben. Und diejenigen, die sich zurückziehen und sich nur noch in Luft auflösen wollen, weil man sie oft genug angegafft hat.

Dann lachten die Jungs über einen Witz. Auch Juri lachte.

In diesem Moment drehte sie sich zu mir um. Ich beobachtete sie bestimmt schon minutenlang vom Küchentisch aus: weil sie die Freundin meines besten Freundes war und ich es gerade erst gemerkt hatte. Deshalb wusste ich nicht recht, ob ich sie schön finden sollte oder nicht. Ganz einfach weil ich an diese Kellnerin am Flussufer denken musste und das Gefühl hatte, ich würde ihr Geheimnis kennen, wäre ihr schon einmal begegnet. Sofia spürte das und starrte mich an. Mit einem Ausdruck in den Augen, der bedeutete: Ich hab dich gesehen, was willst du von mir? Unsere Blicke trafen sich nur kurz, und es war, als bekäme ich Zugang zu einer mir unbekannten Welt. Verlegen nahm ich einen Schluck Bier und wandte mich ab, tat so, als würde ich ebenfalls lachen, und als ich wieder zu ihr hinübersah, schaute sie weg. Sie hatte mir bereits alles mitgeteilt, was sie mir sagen wollte. Bald darauf ging ich in mein Zimmer.

In dieser Nacht zog ich ein Heft hervor, das vier Monate lang in meinem Koffer gewartet hatte. Ich schlug es auf der ersten Seite auf und legte es auf die Fensterbank: Mein Fenster ging auf die Columbia Street hinaus, gegenüber lag das Deli, in dem ich Bier und Zigaretten kaufte. Es hatte aufgehört zu schneien. Auf dem Bürgersteig vor dem Schaufenster gefror eine Reihe von Fußspuren, und ich konnte den indischen Verkäufer sehen, der mit dem Kopf auf der Ladentheke eingeschlafen war. Ich führte den Stift zum Blatt und schrieb: »Die junge Frau schielte. Und starrte einem beim Reden so auf den Mund, als herrschte ein Höllenlärm, als müsste sie einem die Worte von den Lippen lesen. Sie wirkte so, als wäre sie in Gefahr. Sie sah einen, und zugleich durchschaute sie einen. Genau das traf die Männer mitten ins Herz, wenn sie ihr zum ersten Mal begegneten: Man redete mit ihr, und sie starrte einem auf die Lippen, als könnte sie einem jeden Moment um den Hals fallen und in sie hineinbeißen – ein Biss, der ihr das Leben retten würde.«

Ich stand auf und las mir noch mal durch, was ich geschrieben hatte. Es taugte nicht viel, war aber immerhin schon mal ein Anfang. Ich wusste, dass ich kein Auge mehr zutun würde, deshalb verließ ich mein Zimmer, um Kaffee zu kochen. Drüben war niemand mehr, nur überall verstreute Kissen, leere Flaschen und sich lichtender Rauch. Ich sah, dass Sofias Schuhe und ihr Anorak noch auf der Heizung lagen. Die Tür zu Juris Zimmer war geschlossen. Ich dachte an unsere Mailänder Wohnung zurück, daran, wie es gewesen war, wenn einer von uns ein Mädchen mitbrachte und eine Socke über die Türklinke zu seinem Zimmer streifte, um dem andern klarzumachen, dass er nicht stören durfte. Ich füllte die Espressokanne und setzte mich ans Fenster zum Innenhof, um ihr beim Gurgeln zuzuhören und die dunklen Küchen und verschneiten Höfe zu betrachten.

In jener Nacht zog Sofia bei uns ein. Sie arbeiteten zwölf Stunden am Tag, insofern wäre es unlogisch gewesen, dass sie woanders schlief. Nach einer Weile rief sie den Freund an, mit dem sie zusammenwohnte, und bat ihn, ihre Sachen aus dem Schrank zu nehmen und alles in einen Koffer zu packen. Weil ich jede Gelegenheit nutzte, um in der Wohnung nicht im Weg zu sein, bot ich ihr an, ihn abzuholen. Auf diese Weise erfuhr ich ihre Geschichte.

In Juris Film hasste es die junge Frau, allein zu sein. Laila gehörte zu den Menschen, für die der Sinn des Lebens nicht in dem besteht, was sie tun, sondern in den Menschen, denen sie begegnen. Wenn sie gefragt wurde, wo in Brooklyn sie wohne, erwiderte sie: »Überall ein bisschen.« Im Atelier eines Malers in Bushwick, in einem Studentenwohnheim in Fort Greene, im Reihenhaus eines Ehepaars in Park Slope, auf dessen Kinder sie manchmal aufpasste. Wenn sie von A nach B ging, hatte sie nicht mehr dabei, als was in eine Reisetasche passt. Den Rest ließ sie in den Kommoden und Schränken zurück, die sie hin und wieder benutzte. Bei dem Ehepaar, das viel Platz hatte, bewahrte sie ihre gesamte Wintergarderobe auf. Bei den Studentinnen ihre Bücher. Beim Maler ein Paar Stiefel und die Hüte, mit denen sie ihm Modell gesessen hatte, ein Abendkleid und so weiter. Deshalb ging ein Großteil ihrer Zeit dafür drauf, Sachen und Adressen aufzusuchen, in der ganzen Stadt verteilte Fadenknäuel zu entwirren. Das war typisch Laila. Irgendwann hatte sie einen Hundewelpen aus dem Tierheim geholt, ihn dann aber einer alten Irin geschenkt, damit er ihr Gesellschaft leistete. Sonntags lief sie manchmal bis Bay Ridge, um die beiden zu besuchen. Sie besaß die Nummer eines pakistanischen Taxifahrers, der bereit war, sie dorthin zu fahren, wo sich andere nicht hinwagten. Wenn ihr das Geld ausging, gab es neben ihrem Job als Künstler-Aktmodell, Baby- und Hundesitterin immer ein paar Bars, die bereit waren, sie abends arbeiten zu lassen. In ihrem Leben wimmelte es nur so von Leuten, und ihre Habseligkeiten in anderer Leute Wohnungen waren ein fester Bestandteil dieses Beziehungsnetzes – eine Falle, aber auch ein Versprechen. Um Brooklyn herum tobte ein Krieg, den man nie zu Gesicht bekam: Die Belagerung, das war das heftige Bedürfnis der Menschen nach Nähe, das war die Innigkeit, mit der sie sich verabschiedeten. Denn es konnte stets das letzte Mal sein.

Es war eine schöne Geschichte, die mein Freund Juri da geschrieben hatte. Sie erinnerte an das französische Kino, das er so sehr liebte. Ohne jeden Grund – von den Filmeindrücken einmal abgesehen – stellte ich mir Sofias Leben im Zug nach Williamsburg genau so vor. Ich war nicht darauf vorbereitet, in der Wohnung, wo ich den Koffer holen sollte, einen verlassenen Freund vorzufinden. Er hieß Nathan und wohnte in einer Querstraße der Bedford Avenue. Er war groß und kräftig, trug ein kariertes Hemd, passend zur Holzfällermode, die gerade in seinem Viertel grassierte. Es gibt nichts Gefährlicheres als einen enttäuschten Liebhaber, auch nicht im alternativen Brooklyn.

»Bist du jetzt mit ihr zusammen?«, fragte er und gab mir den Koffer.

»Nein«, sagte ich.

»Dann bist du also ein Freund von ihr aus Italien?«

»So was Ähnliches«, improvisierte ich. Ich hielt die Rolle des Sandkastenfreunds für eine gute Ausrede. »Wir hatten als Kinder viel miteinander zu tun. Wir haben uns seit zwanzig Jahren nicht mehr gesehen und uns ausgerechnet hier in Brooklyn wiedergetroffen.«

»Alles trifft sich in Brooklyn«, bemerkte er traurig.

Ich täuschte mich, er war ein netter Kerl. Er kam aus Oregon. Dort, im Türrahmen, erzählte er mir kurz, dass er mit dem Gedanken spiele zurückzugehen. Er war nach New York gekommen, um Musiker zu werden, unterrichtete jetzt aber Englisch als Fremdsprache an einer Schule. Sein gesamtes Gehalt ging für die Miete drauf. Er kannte Sofia seit einem knappen Jahr. Noch immer begriff er nicht, wieso es vorbei war.

»Weißt du, ob sie mit einem anderen zusammen ist?«, fragte er mich.

»Ich glaube nicht«, erwiderte ich. Ich war darin geübt, den Leuten zu sagen, was sie hören wollten.

»Sag ihr, sie kann jederzeit zurückkommen. Sie soll mich anrufen, verstanden?«

»Okay.« Dann floh ich die Stufen hinunter, während er mich vom Treppenabsatz aus beobachtete, allein mit seinem Schmerz. Später fragte mich Sofia, wie es gelaufen sei, und ich behauptete, es habe sich genauso abgespielt wie erwartet: Ich hätte den Koffer direkt im Flur vorgefunden, ihm die Schlüssel auf den Tisch gelegt und die Tür ins Schloss gezogen, ohne jemandem begegnet zu sein.

Eine Steilfalte erschien zwischen ihren Augen, als sie sich die Szene vorstellte. Nach zwei Sekunden war sie verschwunden. So lange hatte sie gebraucht, um Abschied zu nehmen. »Besser so«, sagte sie, zog einen Schlussstrich unter Nathan, den Holzfäller, und diesen Teil ihres Lebens.

So begann unser Leben zu dritt wie in einem altbekannten Song: zwei Jungs und ein Mädchen. Klar, dass das nur in einer Katastrophe enden konnte. Aber wir kamen alle aus katastrophalen, das heißt stinknormalen Familien, bestehend aus Vater, Mutter, Kind – warum also nicht mal was Neues ausprobieren? Sofia hatte sehr genaue Vorstellungen vom Zusammenleben. Auf Piratenschiffen, so behauptete sie, seien als Erstes die Trennwände eingerissen worden, um Kabinen, Privatbesitz und Hierarchien abzuschaffen. Sie verkündete, dass sie auf dem Sofa schlafen werde und niemandes feste Freundin sei. An die Kühlschranktür hängte sie den Piratenkodex des Käpt'n Roberts, eines Freibeuters aus dem 18. Jahrhundert, der lautete: »Ein jeder hat das Recht, nach Belieben auf den Proviant zuzugreifen – es sei denn, das Gemeinwohl erfordert es, ihn zu rationieren. Sollte sich jemand zulasten seiner Kameraden daran vergreifen, wird er mit Abschneiden von

Nase und Ohren bestraft sowie mit Aussetzen auf einer einsamen Insel.«

Das war unser einziger Streitpunkt. Juri ernährte sich fast ausschließlich von Nudeln, sodass immer ich gekocht hatte, seit wir zusammenwohnten, gleichzeitig aber auch Herrscher über den Kühlschrank gewesen war. Und was die Kühlschrankorganisation anbetraf, war ich streng: Ich hasste es, wenn etwas übrig blieb, ich hasste verschimmelten Käse, matschiges Obst und verwelktes Gemüse, angebrochene und nur halb gegessene Lebensmittel. Wenn ich eine Flasche Wein aufmachte, trank ich sie aus, wenn ich Huhn mit Kartoffeln machte, aß ich es auf. Sofia war das genaue Gegenteil: Sie mochte es, mit Lebensmitteln zu hantieren, und experimentierte begeistert mit unbekannten Gerichten, doch der eigentliche Akt des Verzehrens, das Kauen und Schlucken, kostete sie eine solche Kraft, als wäre es für sie völlig unnatürlich. Jedes Mal blieb etwas übrig. Sie kam mit einem halben Brötchen oder einem Essensbehälter aus dem Lokal, öffnete den Kühlschrank und starrte wie versteinert hinein. Er war geputzt und aufgeräumt – genau wie ich ihn haben wollte. »Dieser Kühlschrank macht mir Angst«, sagte sie. »Pass bloß auf, Pietro, das ist der Kühlschrank eines Gestörten.«

Zwei Wochen lang wurde die Wohnung zum Drehort. Schon am frühen Morgen kamen die Regieassistenten, die Möbel verschoben und Türen aushängten, Schienen im Wohnzimmer verlegten, die unebenen Böden verfluchten, die Stromversorgung, weil Sicherungen rausflogen, oder aber die zwei Treppen, die man zu Fuß hochlaufen musste. Juri dagegen schrieb die für diesen Tag angesetzten Szenen um. Ich verstand nicht, was es da noch umzuschreiben gab, aber er meinte, der Film habe gerade erst angefangen, die richtige

Richtung einzuschlagen, und es sei absurd, ihn zu zwingen, in seinen festen Bahnen zu bleiben; stattdessen müsse man seinem Lauf folgen und gucken, was daraus werde. Deshalb befahl er auch, auf meinem Bett ein Gerüst anzubringen, von dem aus man Nahaufnahmen von der schlafenden Sofia aus der Vogelperspektive machen konnte. Er behielt die Unterhose an und stieg mit ihr in die Wanne, um die Badezimmerszene zu drehen. Er kletterte aufs Dach des gegenüberliegenden Hauses, während sich die mexikanischen Nachbarn um ihn scharten, und filmte aus der Ferne, wie Sofia auf der Feuerleiter rauchte.

Je näher das Ende der Dreharbeiten rückte, desto mehr wurde darüber diskutiert, wie der Film ausgehen sollte. Andere Schauspielerinnen zieren sich bei Nacktszenen. Sofia hatte keinerlei Probleme damit, sich auszuziehen, weigerte sich jedoch zu sterben. Das war allerdings das Schicksal, das Juri für Laila vorgesehen hatte: Sie sollte von einem Scharfschützen getroffen werden, während sie die Straße entlangrannte – genau wie Jean-Paul Belmondo in *Außer Atem*. Aber Sofia fand, dass das ein falsches, viel zu autoritäres Ende für eine Geschichte sei: Als Lebender könne man nicht wissen, wie es ist, zu sterben, und wer es wisse, sei bereits tot. Daher akzeptiere kein Schauspieler, der etwas auf sich halte, so eine Szene zu spielen.

»Jeder Schauspieler ist schon mal gestorben«, wandte Juri ein.

»Mir doch egal! Ich spiele keine Tote. Aber ich kann abhauen, verschwinden, einschlafen. Denken wir uns was anderes aus.«

Juri willigte ein, das Ende zu ändern. Aber nicht Liebe war dafür verantwortlich, dass sie mitreden durfte.

Es genügte, einen Blick auf den Monitor zu werfen, um zu verstehen, was ihn so sehr überzeugt hatte, dass er dafür sogar sein Drehbuch über den Haufen warf und bereit war zu improvisieren. Vor der Kamera verwandelte sich Sofia wieder in die Kellnerin am Fluss: Sie bewegte sich in ihrer Rolle, als wäre der Film das Leben und alles andere reine Imitation. Sobald die Kamera abgeschaltet wurde, setzte sie sich in eine Ecke und schloss die Augen. Wurde weitergedreht, wurde ihr Körper wieder aktiv, als stünde er unter Strom. Es war ein nervöser, gezeichneter Körper, dem Juri keine Anweisungen erteilen, sondern den er nur beobachten musste. Manchmal war das erotische Knistern bei den Szenen so stark, dass ich mich verabschiedete und eine Runde um den Block lief.

Abends gingen wir gemeinsam aus. Wir liefen bis zu den Molen, kehrten in einem zum Pub umgebauten Schiff ein. Für Konzerte gab es ein anderes Lokal, direkt neben den Mauthäuschen des Tunnels nach Manhattan. Es hieß Red Hook Folk Theatre: eine kleine Bar im Eingangsbereich und ein roter Samtvorhang, der zum eigentlichen Theater führte. Ziegelwände, an denen Geigen, Banjos und Ukulelen hingen, ehemalige Kirchenbänke aus dem Viertel und ein Holzboden, auf den das Publikum rhythmisch stampfte. Die Musiker waren dieselben, die tagsüber in der U-Bahn spielten. Sie tranken Bier aus Marmeladengläsern, trugen Jeansoveralls und Militärjacken, blonde oder rote Bärte und alle möglichen Frisuren. Es waren Leute in unserem Alter: Wir hätten zusammenwohnen, von einem von ihnen in einer Kneipe bedient werden, seiner Blitzkarriere beiwohnen oder miterleben können, wie er von einem Tag auf den anderen verschwand, so wie es sich für diesen Ort gehörte. Bevor sie die Bühne verließen, wiederholten sie ihren Namen und verabschiedeten sich vom Publikum mit den Worten: »Behaltet mich in Erinnerung!«

Genau wie wir waren sie alle erst seit Kurzem da. Es gab diesen alles entscheidenden Moment: Diejenigen, die schon ewig da waren, trauerten wegen des elften Septembers und durften sich New Yorker nennen. Von Dächern und Hügeln, von jedem beliebigen Aussichtspunkt an der Küste huschte ihr Blick immer noch dorthin, zu dem Fleckchen Himmel, das vorher nicht da gewesen war. Wer diesen Moment miterlebt hatte, erzählte bewegt davon. Sogar Signor Battaglia, der nie von seinem üblichen Weg zwischen Wohnung, Buchhandlung und Restaurant abwich, erzählte mir, dass er nach der Katastrophe das Bedürfnis gehabt habe rauszugehen, mit jemandem zu reden, ihm in die Augen zu sehen. Das Bedürfnis, Körperkontakt zu Wildfremden herzustellen, die gerade zufällig vor Ort waren. Sie gaben sich die Hand, umarmten sich. So als hätte der Einsturz der Türme etwas über New York offenbart, ihnen plötzlichen bewusst gemacht, dass sie einen Körper hatten: einen Körper aus Fleisch und Blut, genau wie alle anderen. Die Bewohner der Stadt unterschieden in ein Davor und ein Danach. Und in diesem »Danach« waren wir angekommen.

»Du schreibst also?«, fragte Sofia einmal. »Und worüber schreibst du so?«

Ich erzählte Sofia, dass ich ein ähnliches Projekt verfolgte wie Juri. Ich wollte die Geschichte einer jungen Frau in New York erzählen. Nur dass ich anders war als er und es auf meine Weise tun musste.

»Und wie heißt diese junge Frau?«, fragte Sofia. Aus irgendeinem Grund fanden wir Namen immer hochinteressant.

»Keine Ahnung«, sagte ich. »Im Moment nur ›Junge Frau‹.«

»Dann schreib doch das«, sagte sie. »Diese junge Frau ist mit einem Mann nach New York gekommen. Sie haben sich auf einer Party kennengelernt, sind miteinander ins Bett gegangen und haben beschlossen, diese Begegnung mit einer verrückten Idee zu feiern. Die junge Frau hat etwas Geld, das sie von ihrem Vater geerbt hat. Sie verprasst es systematisch. Eines Morgens geht sie mit ihrem Freund in ein Reisebüro und kauft zwei Tickets nach New York. Im Flugzeug trinken sie über dem Atlantik Champagner. Die junge Frau verträgt keinen Alkohol. Sie schläft wie ein Stein und denkt beim Aufwachen nur: ›Wer ist das?‹«

»Ein schöner Anfang«, gab ich zu. »Erzähl weiter.«

»Und jetzt halt dich fest«, sagte Sofia, die Geschichten erzählte, als wäre sie der Steuermann eines Schiffes, »denn nun wird es turbulent: Als sie in New York ankommen, regnet es. Es ist November. Zwei Tage lang regnet es ununterbrochen, in denen die junge Frau und der Mann heftig streiten. Er versteht nicht, wo der Mensch geblieben ist, den er kennengelernt hat: In dieser Fremden brodelt eine Wut, wie er es nie für möglich gehalten hätte. Am ersten Abend schlafen sie getrennt. Am zweiten sagt er ihr, sie habe ihm die Reise – nein, nicht die Reise, das Leben! – zur Hölle gemacht. Diesen Satz hört die junge Frau nicht zum ersten Mal. Männer fertigzumachen ist ihre Spezialität: Sie provoziert sie, übt Druck auf sie aus, verbiegt und beugt sie, bis sie brechen. Am Vormittag des dritten Tages beschließen sie, sich zu ihrem eigenen Besten zu trennen. Sollte sich die junge Frau wieder beruhigen und Lust haben, den Mann wiederzusehen, können sie die letzten Tage ihrer Reise gemeinsam verbringen. Ansonsten treffen sie sich am Flughafen wieder und werden in Italien wieder gute Freunde sein.«

»Wer geht?«, fragte ich.

»Wie meinst du das?«

»Wer behält das Zimmer, und wer geht?«

»Die junge Frau geht. Das Hotel in Manhattan widert sie an. Sie zieht mit Sack und Pack in ein Hostel in Greenpoint, ins polnische Viertel Brooklyns. Sie liegt einen ganzen Tag mit Fieber im Bett und lauscht den Feuerwehrsirenen. Am nächsten Abend hört es auf zu regnen, und die junge Frau hat einen Riesenhunger. Sie nimmt all ihren Mut zusammen und verlässt allein das Haus. Sie isst einen Teller Gulasch in einem Imbiss des Viertels, trinkt in der Bar nebenan einen Kaffee und kauft Zigaretten. Am nächsten Tag wagt sie sich schon etwas weiter vor: Sie läuft auf der Bedford Avenue bis nach Williamsburg, geht in eine Buchhandlung und einen Plattenladen, probiert einen Bagel in einer Bäckerei. Als sie in irgendeine Straße einbiegt, kommt sie zu einem verlassenen Kai am Fluss. In diesem Moment stellt sie fest, dass New York ein Hafen ist, was sie noch gar nicht wusste, vielleicht hat sie es auch vergessen oder nie richtig darüber nachgedacht. Doch Piratengeschichten sind ein fester Bestandteil ihrer Kindheit, weshalb sie an diesem Tag lange am Kai bleibt und es zum ersten Mal schafft, an ihren Vater zu denken.«

»Was ist denn mit ihrem Vater?«, fragte ich.

»Er ist vor ein paar Jahren gestorben.«

»Und sie hat in all der Zeit nicht ein Mal an ihn gedacht?«

»Nein«, sagte Sofia. »Nie.«

»Abends im Hostel zerreißt sie das Rückflugticket. Sie wird dem Mann von der Party nie mehr begegnen, ihm aber dankbar sein wie einem Mittelsmann, der einem jemanden vorgestellt hat – einer von denen, die einem Türen öffnen und dann verschwinden, wenn du weißt, was ich meine.«

»Ich glaube schon«, sagte ich. »Und er?«

»Keine Ahnung, was wird aus ihm?«

»Und er«, erwiderte ich, »wartet am Abreisetag auf sie, bis man ihm droht, ihn am Boden zu lassen. Dann gibt er auf und besteigt das Flugzeug allein. Als es abhebt, schaut der Mann auf die Lichter New Yorks jenseits des Fensters, seufzt und bestellt sich einen Gin Tonic. Das ist alles.«

»Sehr gut!«, lobte Sofia. »Du hast den Kern der Geschichte genau erfasst.«

»Erzähl weiter«, sagte ich.

Mitte März waren die Dreharbeiten zu Ende, und Juri begann den Film zu schneiden. Jetzt war er den ganzen Tag an der Filmakademie eingesperrt, in einem Schneideraum im Souterrain. Wenn er nach Hause kam, hatte er ganz rote Augen. Man merkte ihm seine Erschöpfung an, auch beim Reden. Er brach mitten im Satz ab und gab Allgemeinplätze von sich. Nach einer Woche zerstritt er sich mit dem Cutter und wollte einen anderen, der seine Wutausbrüche allerdings nur wenige Tage aushielt und türenknallend verschwand. Juri beschloss, allein weiterzumachen. Er konnte nicht viel mehr als Szenen am Computer ausschneiden und aneinanderreihen, aber genau darum gehe es bei dieser Arbeit, behauptete er, und mit der Zeit würde er den Rest schon noch lernen. Er hatte etwa zwanzig Stunden Material mit Sofia sowie Aufnahmen von Häusern, Wolken, Möwen, Hochbahnen und Wassertürmen. Und nur einen guten Monat Zeit, all das in einen Film zu verwandeln. Er bat die Akademie um Erlaubnis, auch nachts arbeiten zu dürfen. Er freundete sich mit dem Wachmann an, mit dem er Kaffee trank und Zigaretten rauchte, wenn er den Schneideraum verließ, um wieder einen klaren

Kopf zu bekommen. Langsam wurde er wieder so wie im Vorjahr, bekam einen fahlen Teint, tiefe Falten um die Augen, chronischen Husten und eine Sturheit, die nichts Gutes versprach.

Sofia war bei uns geblieben. Sie hatte einen Job in einer Bar im Viertel gefunden und schlief wie selbstverständlich weiter auf dem Sofa. Inzwischen verbrachten wir viel Zeit allein miteinander. Je mehr wir redeten, desto mehr Gemeinsamkeiten stellten wir fest. »Kann es sein, dass ich dich mit sieben kennengelernt und wieder vergessen habe?« Die Badewannenszene hatte Juri der Realität entnommen, denn genau so war es: Sofia badete jeden Abend. Ich unterhielt mich mit ihr durch die Badezimmertür, als sie nach einer Weile sagte: »Jetzt hör schon auf und komm rein. Ich hab mir schon mein Leben lang einen Bruder gewünscht. Es braucht dir nicht peinlich zu sein, ich hab nicht mal Titten, die man anstarren könnte.« Auch das war mal wieder typisch Sofia.

Sie erzählte mir, dass sie in einem Zimmer mit zwei Betten aufgewachsen sei, weil ihre Eltern beim Möbelkauf ein zweites Kind geplant hätten, das jedoch nie gekommen war. Aber das Bett sei geblieben. Sie habe sich daran gewöhnt, mit dem Gespenst eines Bruders zu leben, ihre Mutter allerdings nie: Sie schilderte sie als eine unglückliche Frau, als eine durchs Haus irrende Schlafwandlerin auf vergeblicher Sinnsuche. Für sie gab es nur diesen einen täglichen Trost, nämlich dass sie abends heißes Wasser in die Wanne ließ, Badesalz hineingab und nach Sofia rief, damit sie dazustieß. Dort plauderten sie, wuschen sich gegenseitig Haare und Rücken, bis der Vater von der Arbeit kam und klopfte, um sich zu erkundigen, ob sie vorhätten, es jemals wieder zu verlassen. Die Mutter erwiderte lachend: »Hast du Hunger? Hier in der Nähe gibt es jede

Menge Restaurants.« Bei Tisch setzte sie dann wieder ihre übliche Leidensmiene auf.

Worüber sie sonst noch redete? Sie vermischte Erinnerungen mit erfundenen Theorien. Die nannte sie »Badewannenmonologe«. Das Wichtigste sei, sich an ein Gesicht zu gewöhnen, sagte sie: Nicht auf Schönheit komme es an, sondern auf Gewöhnung. Schönheit, was sei das schon? Nichts als eine Frage der Geometrie, eine glückliche Fügung im Zusammenspiel der verfügbaren Münder, Nasen und Augen. Aber wenn man sich ein Gesicht erst mal eingeprägt und es beim Schlafen, erkältet oder völlig erschöpft nach einem anstrengenden Tag gesehen, sprich: wenn man sich daran gewöhnt habe, gehe es längst nicht mehr um Schönheit, nicht wahr? Dabei rauchte sie zwei, drei, vier Zigaretten, deren Asche nur zu einem sehr geringen Teil auf der Untertasse am Wannenrand landete. Auch die Themen schlugen die verschiedensten Richtungen ein. Meiner Meinung nach lassen sich Raucher in zwei Kategorien einteilen – in solche, die drauf achten, wo ihre Asche hinfällt, und solche, denen das total egal ist. Letztere haben in der Regel die schlechte Angewohnheit, wild zu gestikulieren, während Erstere dazu neigen, sich das Leben damit schwer zu machen, zu viel Rücksicht auf andere und die Folgen ihres Handelns zu nehmen. Mit dieser Kategorie kannte ich mich aus: Solche Leute geben nicht nur jedem recht, sondern sagen im Streit Dinge, die sie im Nachhinein lieber nicht gesagt hätten. Wenn sie sich dann entschuldigen, schlagen sie einen weinerlichen Ton an. Diese Menschenkategorie drückt eigene wie auch fremde Zigaretten aus, wenn sie auf Untertassen vor sich hin qualmen, und spült diese anschließend sogar noch ab. Die Unbekümmerten dagegen weisen mit der Zeit immer mehr Anzeichen von Verwahrlosung auf: Sie sorgen nicht gut für sich selbst, was auch eine Form von Zerstreutheit ist. Sie laufen gegen Möbel und verletzen sich ohne Fremdeinwirkung. Sofia war eine von ihnen.

»Wie dem auch sei«, sagte sie. »Wo waren wir stehen geblieben? Ach ja, bei dem Abend an der Mole.«

»Die junge Frau hat also beschlossen, in New York zu bleiben, aber ihr Geld reicht nicht ewig. Wie alle Italiener in Amerika stellt sie fest, dass es das Einfachste ist, andere Italiener zu fragen. Nach einer Tour durch die Restaurants im Village wird sie von einer Pizzeria in der Bleecker Street als Kellnerin eingestellt.«

»Aha«, sagte ich, »da ist sie aber gleich richtig gut eingestiegen.«

»Sie hat eine starke Persönlichkeit«, erwiderte Sofia. »Wenn sie will, kann sie gut mit Leuten umgehen. Wenn nicht, würde sie sogar noch mit Gandhi Streit anfangen, aber egal. In Williamsburg entdeckt sie einen Secondhand-Klamottenladen und fängt was mit dem Verkäufer an, einem Musiker aus Oregon. Seinetwegen tauscht sie das Hostel gegen ein Einzimmerapartment und ihre eleganten italienischen Klamotten gegen einen gefütterten Anorak, Handschuhe, eine Wollmütze, und Schneeschuhe ein – gegen die unförmige, warme amerikanische Kleidung, die man für einen New Yorker Winter braucht.«

»Das gefällt mir«, sagte ich, »das mit den Klamotten.«

»Genau. Es ist Januar, und die junge Frau scheint sich zu häuten.«

»Und wie läuft's mit dem Musiker? Sind sie ein Paar?«

»Nicht wirklich. Sagen wir mal so: Sie wohnen zusammen und mögen sich gern. Sie besteht darauf, ihm nicht mehr geben zu wollen, ja zu können, als sie ihm bereits gibt. Er schwört ihr, sich nicht zu verlieben. Abends nimmt er sie auf Konzerte mit, und wenn sie zu Hause bleiben, erzählt er ihr von Vancouver und Seattle, von den Wäldern an der Westküste, von den Fischern, von Monsterkrabben und von den Öltankern, die aus Alaska kommen. Alles Bilder, die er in seinen Liedern verarbeitet. Eines Nachts schreiben sie gemeinsam einen Song: Er erzählt von ihnen beiden und all den jungen Leuten, die nach New York gekommen sind, um dort ihr Glück zu machen.«

»Wie heißt er?«, fragte ich.

»Bislang nur *Song*«, erwiderte Sofia mit einem störrischen Gesicht.

»Was bist du nur für eine grandiose Schauspielerin!«, sagte ich und drückte ihren Kopf unter Wasser. »Wirklich großartig.«

Sofia lachte. Blies Schaum nach mir und verriet mir den Titel des Songs. Er lautete *Brooklyn Sailor Blues*.

»Und wie geht der?«, fragte ich

»Vergiss es. Den sing ich nicht mal, wenn du mich ertränkst.«

»Sag mir wenigstens, um was für eine Art Musik es sich handelt.«

»Es ist ein Song für eine junge Frau mit Gitarre. Der aber genauso gut von einem alten Whiskeysäufer gesungen werden kann. Solche Musik halt.«

Am ersten April kam der Vermieter, um die Miete einzukassieren. Und obwohl wir Sofias Sachen in einem Schrank versteckt hatten, bemerkte er den Neuzugang. Er hatte einen Blick dafür und ließ sich nur schwer etwas vormachen. Er stand frühmorgens vor der Tür, wirkte aber so, als wäre er bereits seit Stunden wach. Kaum war er da, schaute er sich um, bemerkte die Veränderungen und fragte, ob wir einen Untermieter hätten.

»Ein Mädchen, nicht wahr?«, sagte er. Um dann hinzuzufügen: »Gehört sie zu dir, Piotr? Oder zu dir, Gagarin?« Juri und ich vermieden es, einander anzuschauen. Der Vermieter lachte, nahm den Umschlag mit Geld und verschwand bestens gelaunt.

Wir wussten beide, was passieren würde, redeten aber nicht darüber. So waren wir eben: seit fünfzehn Jahren befreundet, ohne zu reden. Einmal waren wir von Jungs einer anderen Schule verprügelt worden – er, weil er sie provoziert, und ich, weil ich ihn verteidigt hatte. Ein andermal hatte mir eine eifersüchtige Freundin ein Ultimatum gestellt: »Entweder er oder ich«, sodass ich zu Juri meinte, es sei besser, wir würden uns eine Weile nicht sehen. Daraufhin bemitleidete er mich armen Idioten, der sich auf so eine Erpressung eingelassen hatte. Und wieder ein andermal – wir wohnten bereits zusammen – sagte ich, dass seine Kindheit nicht ewig alles entschuldigen könne, sie sei nichts als eine weitere Ausrede. Da verließ er die Wohnung mit einer halben Flasche Wodka, um Stunden später betrunken und in Tränen aufgelöst zurückzukehren. Wir redeten vielleicht nicht über diese Dinge, behielten sie aber im Gedächtnis. Sie reihten sich aneinander und hatten uns bis in die Columbia Street gebracht, würden uns auch in Zukunft irgendwie weiterbringen. Nur wenig in unserem Leben stand dermaßen unverrückbar fest.

Zwischen Juri und Sofia begann es zu kriseln. Wir waren gerade in der Küche, als er erzählte, er sei beim Schnitt an einem toten Punkt angelangt und habe den Eindruck, es nicht mehr hinzukriegen.

»Warum gibst du nicht auf?«, sagte sie. »Wenn etwas nicht klappt, lässt man es am besten bleiben und fängt was Neues an.«

Aber für Juris Balkanseele war das Leben ein ständiger

Kampf: Nicht nur, wie man agiere, sondern auch, wie man reagiere, bestimme, wer man sei. Das gelte für Kriege, Krankheiten, für Menschen, die im Sterben lägen, für Häuser, die einem über dem Kopf zusammenbrechen, ja sogar für Filme, die einfach nicht klappen wollen. »Wenn alles läuft, ist jeder gut«, sagte er. »Erst wenn's schlecht läuft, merkt man, aus welchem Holz man geschnitzt ist.«

Er lungerte im Sessel herum, als wäre der zu klein für seine überbordende Persönlichkeit. Er streckte die Beine unter den Tisch und hatte einen Arm auf die Rückenlehne gelegt, während der andere herabhing. Ich sah aus dem Fenster, um ihn nicht anschauen zu müssen. Einer der Mexikaner blies ein Planschbecken auf, eine Yankees-Basecap auf dem Kopf und die Fahrradpumpe in der Hand. Sein Hund hatte sich ausgerechnet mitten auf der Plastikfolie ausgestreckt, und er versuchte ihn zu überreden, sich woanders hinzulegen.

Sofia sagte, dass sie einfach ihre Sachen packe und alle Brücken hinter sich abbreche, wenn es schlecht laufe. »Wozu macht mich das?«, fragte sie. »Zu einer Ausbrecherkönigin?«

»Was weißt du schon!«, sagte Juri genervt. »Ihr seid alles Kinder netter Leute, zivilisierter Leute, die euch nicht ein einziges Mal grob angefasst haben. Ihr habt euch eine ganze Philosophie des Grolls aufgrund von eingebildeten Traumata zurechtgelegt.«

Sofia sagte nichts darauf. Sie redete gern über alles Mögliche, aber nicht über Traumata, nur um zu gucken, wer am meisten gelitten hatte. Gleich begann ihre Schicht in der Bar. Sie musste weg.

»Ich geh dann mal«, sagte sie.

»Da geht sie hin, die Scheißausbrecherkönigin«, bemerkte Juri.

»Wie bitte?«, sagte Sofia. »Ich glaub, ich hab mich verhört.«

»Nichts«, erwiderte er. »Vergiss es.«

Weil es ihm leidtat, sagte er noch: »Gute Nacht.« Aber Sofia war schon im Treppenhaus. Sie verabschiedete sich nie, wenn sie ging. Sie begrüßte einen auch nicht morgens nach dem Aufwachen, sagte nicht Gute Nacht vor dem Zubettgehen – und selbstverständlich nichts, wenn sie verschwand.

Juri und ich blieben allein zurück. Ich wartete, bis die Haustür ins Schloss gefallen war, und fragte ihn dann, welche Probleme er mit seinem Film habe.

»Probleme?«, sagte er. Er erklärte mir, dass sein Film mittlerweile ein einziges, zweistündiges Riesenproblem sei. In den letzten Tagen hatte er nichts anderes getan, als Szenen hin und her zu schieben, in dem Versuch, das Ende vorwegzunehmen und den Anfang hinauszuzögern, den inneren Rhythmus durcheinanderzubringen. Dann hatte er es bleiben lassen und alles wieder rückgängig gemacht. Er hatte die Dialoge rausgeschnitten und die Musik gelassen, anschließend auch die Musik entfernt und Stadtlärm eingefügt, als wäre er eine Partitur. Aber wenn er darüber nachdenke, wisse er, dass das scheiße sei, noch dazu alte Scheiße. Er berauschte sich daran, zigmal angeschaute Sequenzen wieder anzugucken, sichtete das gedrehte Material erneut, um verschiedene Versionen derselben Einstellung miteinander zu vergleichen und sich davon zu überzeugen, dass er wirklich die beste verwendet hatte – nur um festzustellen, dass alle anders und alle gut waren. Mit dem traurigen Nebeneffekt, dass er Sofia nicht mehr ertrug. Er hatte sie so lange in der Rolle der Laila gesehen, dass er es einfach leid war, ihr beim Heimkommen leibhaftig zu begegnen.

»Bin ich jetzt vollkommen durchgedreht?«, fragte er.

Ich hätte ihm nur zu gern gesagt, dass er nicht durchgedreht, sondern arrogant und grausam sei. Stattdessen meinte ich, er sei sehr müde und sehr allein. Dass er auf den Cutter verzichtet, nachts gearbeitet und ein Riesending aus dem Film gemacht habe, trage mit Sicherheit auch nicht gerade dazu bei, die Dinge klarer zu sehen.

»Kann ich dir helfen?«, fragte ich.

»Ja, schau ihn dir an. Ich vertrau dir mehr als mir. Sonst geh ich noch eines Tages in die Akademie und verbrenn alles.«

Wir legten die Vorführung auf den nächsten Montag. Sonntagabend – Sofia suchte bereits nach einem anderen Zimmer – holte sie mich bei Ladenschluss in der Buchhandlung ab. Signor Battaglia verehrte sie. Er strahlte sie an und empfing sie mit den Worten: »*Buonasera, Signorina, parliamo un poco d'italiano?*«

»Gern«, sagte Sofia. »Was wollen Sie mir erzählen?«

Wir aßen zusammen, redeten in unserem üblichen Mischmasch aus Italienisch und Englisch, während uns Signor Battaglia schilderte, wie man ihn als Kind zu seinem Großvater in den fünfzigsten Stock des Empire State Building mitgenommen hatte. Das war in den Vierzigerjahren gewesen, kurz nach dem Krieg: Das Restaurant wurde von Geschäftsleuten aus Manhattan frequentiert, von beleibten, wohlhabenden Amerikanern, die Fleisch aßen und Virginiazigarren rauchten. Der Opa hatte ihm einen Eisbecher gemacht und sich mit ihm in eine Ecke des Lokals gesetzt. Mit seinen sechs Jahren hatte Signor Battaglia alles bestaunt: das New-York-Panorama von oben, die luxuriöse Einrichtung des Restaurants, die Kleider der Herrschaften und die Höflichkeit, die sie seinem Opa entgegenbrachten. Der war nur ein Koch, aber im Gehen gaben sie ihm die Hand, als wäre er der Besitzer. Das war der größte

Stolz des Emigranten: durch Arbeit erworbener Respekt. Er war in den Bergen Süditaliens zur Welt gekommen und spendierte jetzt seinem ersten amerikanischen Enkel ein Eis, während ihm deutlich Wohlhabendere Respekt zollten.

Unsere Geschichten gingen anders aus. An diesem Abend sang ein junger Mann im Folk Theatre ein Lied: *»Every time you light a cigarette with a candle's flame, a Brooklyn sailor's body will fly from sea to sky.«* Sofia versetzte mir einen Stoß zwischen die Rippen. »Pietro!«, sagte sie. »Sperr die Ohren auf. Das hab ich geschrieben.«

Den *Brooklyn Sailor Blues* gab es also wirklich: Es war ein einfacher, trauriger Song, der von Leuten handelte, die wir kannten. Von Nathan aus Portland, Oregon, der nach New York gekommen war, um in den Kneipen im Village Gitarre zu spielen. Von Maud aus Kansas, die den Broadway abklapperte und nichts als singen und tanzen wollte. Von Julio, der in einem Laster aus Mexiko eingereist und von Olga, die aus Kanada hergetrampt war. Und von Sofia, der italienischen Schauspielerin. Alle waren sie mit vollen Segeln aufgebrochen, und alle waren sie an den Felsen gestrandet, die die Insel Manhattan umgeben. Der eine grillte jetzt Fleischspieße auf einem Edelstahlgrill, die andere strippte in einem Lokal am Times Square, und wieder ein anderer tat alles für einen Zwanzigdollarschein. Die Schauspielerin hatte nach Vorsprechterminen am Theater nun nur noch welche bei den Einwanderungsbehörden und daher beschlossen, endgültig Schluss zu machen und sich von der Verrazano-Narrows-Bridge zu stürzen. »Jedes Mal wenn du die dir die Zigarette an einer Kerze anzündest, steigt ein Matrose aus Brooklyn vom Meer zum Himmel auf.«

»Was für ein schönes Lied!«, sagte ich, als es vorbei war. Ich war voll Bewunderung.

»Vielleicht wird es ein Hit, und ich werde nie davon erfahren.«

»Mir gefällt Julio mit den Fleischspießen. Und die illegale Schauspielerin.«

»Oh«, sagte Sofia. »Die hab ich bloß eingebaut, weil damals mein Visum abgelaufen ist.«

»Und was hast du dann gemacht?«

»Was wohl? Nichts, Pietro. Es ist nach wie vor abgelaufen.«

Ich sah sie an. Oft zog sie mich auf, weil ich so leichtgläubig war. Doch wenn sie log, brach sie normalerweise gleich darauf in Gelächter aus, lang hielt sie nie durch. Doch diesmal blieb sie ernst.

»Und wenn sie dich erwischen?«

»Dann schicken sie mich eben nach Hause. Dann kann ich mir Amerika für die nächsten zehn Jahre abschminken. Wenigstens müssen sie mir das Flugticket zahlen – immerhin etwas, oder?«

Am nächsten Tag raffte ich mich dazu auf, das Haus zu verlassen und die U-Bahn zu nehmen. Es war schon eine Weile her, dass ich in Manhattan gewesen war, und der Union Square zur Rushhour fühlte sich an, als wäre man zum Schlussverkauf in einem Einkaufszentrum: überall Lichter, Musik und Leute, die in die Geschäfte und Bars hinein- und wieder hinausströmen. Ich eilte so schnell ich konnte zu Juris Filmakademie und fragte am Empfang nach ihm. Der Wachmann begrüßte mich wie einen alten Freund. Er führte mich durch die Flure zum Schneideraum, in dem Juri arbeitete: Dabei handelte es sich um ein winziges Zimmer mit einem Computer und zwei Bildschirmen, mehreren Stühlen und Wänden aus Gipskarton, die es von ähnlichen Zellen trennten. Es hatte ein winziges

Fenster, an dem er die ganze Zeit klebte, um zu rauchen. An einer Wand hingen gelbe, inzwischen verknitterte Klebezettel, darauf die mit Kugelschreiber vermerkten Szenenbeschreibungen: »Laila spielt Gitarre«, »Laila badet«, »Laila schläft«. In Kaffeetassen lagen Zigarettenstummel. Er hatte hier wirklich viele lange Nächte verbracht. Juri schob mir einen Stuhl hin, machte das Licht aus und begann mit der Filmvorführung.

Die Belagerung Sarajevos war verschwunden, genauso wie die Bomben und die Balkanmusik. Von der Geschichte, die er mir an Weihnachten erzählt hatte, war nicht viel übrig geblieben. Es fehlten mehrere Figuren, die Dialoge waren auf ein Minimum zusammengekürzt, und an keiner Stelle hätte man sagen können, worum es eigentlich ging – von Lailas Leben, ihrem Körper, ihrem Kommen und Gehen und ihrer Gestik mal abgesehen.

Zwei Stunden später rieb ich mir die Augen und legte mir schnell etwas zurecht. Während der gesamten Vorführung hatte Juri auf der anderen Seite des Bildschirms gestanden, sodass ich das Gefühl hatte, nicht nur einen Film angeschaut zu haben, sondern auch beim Filmschauen angeschaut worden zu sein. Ich musste mit der Sprache rausrücken. Die Wahrheit oder jede Menge überflüssiger Worte, um die eine oder andere Szene, den Ton, die Kamera und die Einstellungen zu kommentieren. Zwischen uns war es gerade nicht einfach: Früher hätte ich keine Sekunde gezögert, ihm ehrlich die Meinung zu sagen. Ich fühlte mich wie ein Blinder am Straßenrand, doch dann atmete ich tief durch und beschloss, mich in den Verkehr zu stürzen.

»Meiner Meinung nach ist er unverständlich«, sagte ich.

»Wie meinst du das?«, fragte Juri.

»Man begreift ihn nicht, er ist unverständlich.«

»Der ganze Film?«

»Nein, nicht alles, das nicht.«

»Und was genau hast du nicht verstanden?« Er hatte eine Zigarette im Mund, zündete sie sich aber nicht an. Er verschränkte die Arme vor der Brust und musterte mich.

Ich suchte nach geeigneten Worten, um meine Botschaft rüberzubringen. Ich sagte, dass viele Aufnahmen wunderschön seien: ja, nicht nur schön, sondern auch wahrhaftig. Bestimmte Straßen-, ja, Nahaufnahmen von Laila enthielten eine Wahrheit, die mich berührte. Aber im Film erinnerten sie eher an einen Haufen Fotos in einem Schuhkarton. Man konnte innehalten, eines betrachten und alle anderen ignorieren. Oder aber man verteilte sie auf dem Boden und dachte sich selbst eine Handlung dazu aus, denn es gab keine Handlung, sondern nur Schönheit und Zufall.

»Da stecken jede Menge Ideen drin«, sagte ich. »Alles ist sehr ästhetisch und regt zum Nachdenken an. Vor allem strotzt der Film nur so vor Leben. Aber er führt nirgendwohin. Anfangs findet man das faszinierend, dann irritierend, und am Ende nervt es einfach nur und macht einen wütend. Im Kino werden die Leute nach der Hälfte den Saal verlassen.«

Ich holte tief Luft. Juri musterte mich immer noch. Er schien weder überrascht noch verletzt zu sein. Ich hatte ihm nichts gesagt, was er nicht längst wusste. Er zündete sich die Zigarette an und stieß Rauch aus dem winzigen Fenster.

»Und?«, sagte er. »Was kann ich jetzt tun?«

Ich straffte mich. Ich glaubte nicht daran, dass ein neuer Schnitt noch was bringen würde. Es gab einfach zu viele Lücken. Er solle das Positive daran sehen, sagte ich ihm: Er sei auf einer großartigen Filmakademie und das hier eine gute Übung gewesen. Meiner Meinung nach habe er in diesen drei

Monaten mehr über das Regieführen gelernt als in den letzten fünf Jahren.

Juri nickte. Wir einigten uns auf die offizielle Version, mit der wir diesen Raum verlassen würden, wussten aber beide genau, worum es sich handelte: um einen missglückten Film, den man besser verschwinden ließ. Kein Produzent, der ihn zu Gesicht bekäme, würde je einen anderen Film von ihm finanzieren, sondern eher in einen blutigen Anfänger investieren.

In diesem Moment hatte er die Möglichkeit, quer durch den Schneideraum zu laufen, sich eine tröstende Umarmung abzuholen, die Zigarettenstummel zu entsorgen, die gelben Zettel von der Wand zu nehmen, sämtliche Geräte auszuschalten und mich zu begleiten. Stattdessen beschloss er noch etwas zu sagen.

»Schreibst du?«, fragte er.

»Ich hab angefangen.«

»Du schreibst was über Sofia, stimmt's?«

»Mehr oder weniger.«

Juri nickte zufrieden. Er machte ein schnalzendes Geräusch, als würde er einen Tabakkrümel ausspucken. »Was für ein toller Kerl, dieser Pietro!«, sagte er. »Erst spannt er mir die Frau aus, und jetzt auch noch das.«

»Ich soll dir die Frau ausspannen?«, fragte ich ungläubig – mit dem seltsamen Gefühl, ertappt worden zu sein.

»Genau. Und weil du so ein netter Kerl bist, fickst du sie nicht mal.«

Es war der Beginn einer Schimpftirade. So was hatte ich mir in der Vergangenheit schon öfter anhören müssen: Wenn Juri sich von der Welt verraten fühlte, war ich der größte Heuchler überhaupt: ein Feigling und Intrigant, der ihm den Vortritt ließ, um anschließend, nachdem er aufgetreten und heldenhaft gescheitert war, die Lorbeeren zu ernten. Er dagegen war ein aufrichtiger Kerl und deshalb dazu bestimmt, Leuten wie mir immer wieder zu unterliegen. An diesem Tag in Manhattan erklärte er es mir zum x-ten Mal.

Vielleicht hätten wir uns prügeln sollen, aber die Zeiten, in denen wir unsere Probleme lösten, indem wir uns auf dem Boden herumwälzten, waren schon lang vorbei. Ich wartete, bis er fertig war, stand auf und ging. Ich ließ ihn in seinem Loch zurück, rannte zur U-Bahn und hatte das Gefühl, keine Luft mehr zu bekommen, bis ich wieder in Brooklyn war.

Ich sah Sofia ein letztes Mal auf unserer Terrasse in der Columbia Street: ein geteertes Flachdach, auf das man gelangte, indem man im Treppenhaus eine Falltür aufstieß. Jetzt, wo die Tage länger wurden, gingen wir bei Sonnenuntergang hinauf. Von dort oben schienen sich die Häuser des Viertels lückenlos aneinanderzuschmiegen: Rannte man von hier aus los, kam man direkt bis ans Meer.

»Stell dir vor, wie das ist, mit vierzehn mit einem Hund rumzulaufen, der größer ist als du«, sagte Sofia. »Er hatte ein zerfetztes Ohr und sechs Zehen an den Hinterpfoten. Das ist den Leuten sofort aufgefallen. Und jetzt stell dir vor, ein Mädchen zu sein, Pietro. Und dass dein erster Freund beschließt, dich eines Samstagnachmittags vor dem Schulgebäude sitzen zu lassen. Es spielt sich eine Szene zu dritt ab: Er hält dir seinen fiesen Vortrag, du unterdrückst die Tränen, der Hund schaut erst dich und dann ihn an und versteht nach seiner simplen Logik genau, worum es geht: Dieses Arschloch tut dir weh. Er beginnt zu knurren, wie große Hunde das nun mal tun – du kennst diese tiefe Frequenz eines Lastwagenmotors.

Da ist sich der Typ auf einmal nicht mehr so sicher, verbessert sich, stammelt und wird blass.«

Ich sah sie an, ohne ihr wirklich zuzuhören. Es war zu spät für irgendwelche Geschichten. Das entging auch Sofia nicht, die ihren Satz in der Luft hängen ließ und sagte: »He, Matrose! Warum machst du so ein langes Gesicht? Ein bisschen Heimweh vielleicht?«

Wir schauten auf die glitzernde Bucht und die Kräne an der Küste New Jerseys. Ich wusste, dass der Hafen in den Siebzigern dorthin gezogen war, weil die großen modernen Lastschiffe mehr Platz für ihre Wendemanöver brauchten. Jetzt sahen wir, wie sie von Newark und Jersey City aus losfuhren, majestätisch auf die Verrazano-Narrows-Bridge zuglitten, um das offene Meer anzusteuern.

»Und, wo gehst du jetzt hin?«, fragte ich.

»Ich schwanke noch zwischen Seattle und San Francisco. Ich würd gern den Pazifik sehen. Oder aber ich schau mal nach meiner Mutter. Aber du schreibst bitte schön, okay?«

»Es gibt noch so viele Geschichten, die ich nicht kenne.«

»Ach, Pietro, erfind sie doch einfach! Du verfasst schließlich keine heiligen Texte. Ich erlaube dir, deine Fantasie zu benutzen.«

Einmal hatte sie mir gesagt, dass ich das einzigartige Talent besitze vorherzusehen, wie etwas ausgeht. Später dachte ich an diesen Satz zurück und malte mir aus, dass sie sich von mir verabschiedet hatte wie ihre Musikerfreunde: indem sie die Gitarre weglegte, ans Mikrofon trat, einem in die Augen schaute und sagte: »Behalt mich in Erinnerung.«

Nachdem Sofia weg war, gingen Juri und ich uns für ein paar Tage aus dem Weg. Er stand auf und kochte Kaffee, zog sich an und ging zur Filmakademie, um die Prüfung abzulegen. Ich stand eine Stunde später auf, trank den Kaffee, den er übrig gelassen hatte, und ging zum Lesen in den Park. Abends trafen wir uns wieder: Ich kochte was zum Abendessen, und er bestellte Spaghetti vom Chinesen nebenan. Um ja kein Risiko einzugehen, aß jeder auf seinem Zimmer.

Eines Sonntags drehte ich eine Runde durch Williamsburg. In Nathans Wohnung lebten jetzt andere junge Leute, niemand wusste mehr was von ihm. Vielleicht war er ja mit Sofia zurück in den Westen gegangen?

An diesem Abend beschloss ich, mit Juri darüber zu reden.

»Du weißt doch so viel. Wo ist sie?«, fragte ich.

»Tot. Oder im Irrenhaus«, erwiderte er.

»Dann hast du's also gelesen.«

»Natürlich hab ich's gelesen. Ein schönes Buch.«

Langsam, aber sicher konnten wir wieder zusammen ein Bier trinken gehen, eine Bar aufsuchen oder Schach spielen. Doch über sie sprachen wir nie mehr. Am Ende von *Frühstück bei Tiffany* wird eine Holzstatue von Holly Golightly in Afrika gefunden, die Skulptur eines einheimischen Bildhauers, die eine heidnische Gottheit darstellt. Vielleicht war inzwischen auch jemand von Sofia Muratore besessen.

In diesem Sommer sah ich mir noch oft Juris Film an. Der Typ, mit dem ich zusammenwohnte, war ein zwanzigjähriger Grieche, der rein gar nichts verstand. Wegen der Hitze hatten wir die Fenster aufgemacht. Unser Kühlschrank war überfordert, und wir tranken lauwarmes Bier, während aus dem Innenhof der Qualm von Grillpartys und das Geschrei junger Leute zu uns aufstiegen. Im Film war es dagegen Winter, Schnee lag am Straßenrand, und Sofia tanzte auf ihre wilde Art in einer Bar – mit geschlossenen Augen und viel Headbanging, wie ein mit Amphetaminen vollgestopfter Punk. Jetzt war sie nicht mehr Laila. Dieser Name besaß keinerlei Bedeutung mehr. Jetzt war es Sofia, die unter vier Augen mit dem Hund sprach, den sie der alten Dame geschenkt hatte, und ernsthaft versuchte, mit ihm zu reden. Doch der Hund leckte ihr übers Gesicht, und sie ließ sich rücklings zu Boden fallen, konnte gar nicht mehr aufhören zu lachen. Da war die Szene, in der sie die Straße überquert und die Zementmole bis zu ihrem Ende entlangrennt, einen Schritt vom Wasser entfernt stehen bleibt, als würde sie etwas verfolgen und hätte es wegen nichts aus den Augen verloren, um Haaresbreite verpasst. Und die ewig lange Schlusssequenz, in der sie sich im Bett hin und her wälzt, den Kopf unterm Kissen verbirgt, um sich vor dem Licht zu verstecken, hartnäckig versucht, wieder einzuschlafen, aber schließlich aufgibt und die Augen öffnet. Mit ihrem Silberblick schaut sie in die Kamera, Schluss, Ende, aus.

Mein Mitbewohner sah sich den Film eher aus touristischem Interesse an, fragte ständig, »Und wo ist das? Und das hier?« – ich dagegen wie einen alten Super-8-Familienfilm. Ich wusste, wo die Orte lagen und welcher Tag gerade war. Ich wusste, wer hinter der Kamera stand: Ich kannte seine größten Schwächen und hatte ihn gern. Ich wusste auch von der Tür, die Sofia hinter sich zugezogen hatte, ohne sich zu verabschieden, weil sie solche Momente hasste, Verabschiedungen, Umarmungen, jegliches Trennungsritual: Sie stellte sich lieber vor, sie ginge bloß nach nebenan, ins andere Zimmer, nur ein kleines Stück weiter. Wenn sie dann zurückkam, nahm sie das Gespräch vom Vortag einfach wieder auf. Dafür genügte das für sie typische »Wie dem auch sei«. »Wie dem auch sei, Pietro«, sagte sie, »auf Piratenschiffen waren keine Frauen erlaubt, nicht einmal Kinder, um genau zu sein. Und weißt du auch, warum? Weil sie die Männer gegeneinander aufgehetzt haben.« Oder: »Wie dem auch sei, Augen können furchtbar lügen. Der Kühlschrank ist der Spiegel der Seele.«

Seitdem waren Monate vergangen. Im Mai, als Juris Kurs vorbei war, konnte er es kaum erwarten, abzureisen, wollte nach den Prüfungen keine Woche länger bleiben. Unterm Jahr hatte er noch überlegt, seinen Aufenthalt zu verlängern, doch jetzt war klar, dass in New York, in seinem Pappmaschee-New-York, etwas zu Ende gegangen war, und dass er woanders weitermachen musste. Erst mal ging es zurück nach Italien, dort würde er weitersehen. Mit dem Diplom bekam er auch eine Kopie des Films ausgehändigt, die er bei seiner Abreise unterm Bett liegen ließ. Er wollte nichts mehr davon wissen.

Für mich war es anders. Mein New York hatte gerade erst begonnen. Ich hatte den Sommer und das Schreiben noch vor mir. Eines Samstags im Mai ging ich mit Juri zur Hochbahn zwischen der Smith und der Ninth Street, wo die Gleise bis auf Traufhöhe ansteigen. Ich hätte ihn auch zum Flughafen gebracht, doch er wollte nicht mal, dass ich das Haus verließ. Als die U-Bahn unter der Erde hervorkam, umarmten wir uns etwas unbeholfen, mit einer auf eine harte Probe gestellten Zuneigung und dem Bedürfnis nach Abstand. Während die Türen sich schlossen, sahen wir uns durch die Fensterscheibe an. Dann verschwand mein Freund, und ich blieb am Gleis zurück. Zu meinen Füßen lag die Stadt in der Sonne. Unten in der Tiefe, im Gegenlicht der Bucht, sah ich einen Öltanker in See stechen: Es waren die Matrosen Brooklyns, die in die weite Welt hinausfuhren. Ich fädelte mich in den Strom der Pendler ein und kehrte nach Hause zurück, um mich daran zu machen, diese Geschichte aufzuschreiben.

Anmerkungen des Autors

»Das Licht der Welt« ist Nadia gewidmet, gute Reise, meine Tänzerin!

»Eine Piratengeschichte« allen Leuten von der Musikkneipe Scighera: Möge der Wind die schwarze Fahne noch lange wehen lassen!

»Zwei horizontale Mädchen« Sara und ihrem Schatten.

»Sofia trägt immer Schwarz« Marina und Bo, die sich um Kinder »aus zweiter Hand« kümmern.

»Vom Wind gezeichnet« Carlo, dem Fabrikheimkehrer.

»Wenn erst mal Anarchie herrscht« Dino – Gastgeber, Lehrer, Trinkgefährte.

»Die Schauspielerinnen« Viola, die niemals aufgibt.

»Über Hexerei« Federica, die weiß, was Gespenster sind, und verschlossene Türen öffnet.

»Noch zu retten« Marta und diesem Kuss im Matsch.

»Brooklyn Sailor Blues« Gabbole: Ohne dich wäre das Leben einfach deutlich trauriger, mein Freund.

Zitatnachweise

Das dem Roman vorangestellte Gedicht von Sylvia Plath trägt den Titel *Madame Lazarus*. (Enthalten in: Sylvia Plath, *Ariel*. Gedichte. Aus dem Englischen von Erich Fried. S. 21. © Suhrkamp Verlag, Frankfurt am Main 1974.)

Das auf S. 49 lückenhaft zitierte Gedicht, ebenfalls von Sylvia Plath, entstammt ihrem Nachlass: *Crossing the water / Übers Wasser*. (Hier in der Übersetzung von Judith Zander. Verlag Luxbooks, Wiesbaden 2013.)

Das Zitat auf S. 80 stammt aus: Konstantin Sergejewitsch Stanislawski, *Die Arbeit des Schauspielers an sich selbst* (2 Bde.), Band 1. Übersetzt von Ingrid Tintzmann. Verlag Das europäische Buch, Westberlin 1988 (5. Aufl.). S. 31.

Lesen Sie weiter >>

LESEPROBE

Das neue Buch des vielfach preisgekrönten
Bestsellerautors!

Cognetti nimmt uns mit auf eine atemberaubende Reise in
die Ferne, die uns zu uns selbst zurückführt. Schon als Junge
träumte er von den kargen Bergen Nepals, nun endlich
macht er sich mit seinen zwei engsten Freunden auf den
Weg. Sie überqueren Fünftausender-Pässe, kommen an
Herden von Blauschafen vorbei, an buddhistischen Klöstern,
dem einsamen Hochland immer weiter entgegen. Doch
nicht die entlegene Himalaja-Region Dolpo ist Cognettis
eigentliches Ziel, auch der Gipfel des Kristallbergs nicht,
sondern das Gehen ist seine Mission. Mit jedem Schritt,
mit jedem Atemzug schärft sich die Wahrnehmung für das
Hier und Jetzt, für das, was wesentlich ist: Verbundenheit,
Mitgefühl und Verantwortung.

Ende 2017 und gegen Ende meines vierzigsten Lebensjahrs reiste ich mit ein paar Freunden in die Dolpo-Region, die auf einer Hochebene im Nordosten Nepals liegt. Dort wollten wir fünftausend Meter hohe Pässe überwinden; einen Monat nahmen wir uns Zeit für diese Trekkingtour unweit der Grenze zu Tibet. Tibet selbst blieb unerreichbar, wenn auch nicht wegen Grenzproblemen: Nachdem es 1950 von der chinesischen Armee überfallen, in den Sechziger- und Siebzigerjahren von der entfesselten Kulturrevolution zerstört und schließlich vom neuen kapitalistischen China gnadenlos kolonisiert worden war, gab es dieses uralte Reich der Mönche, Kaufleute und Hirtennomaden schlichtweg nicht mehr.

Doch wenn stimmte, was ich gehört hatte, gab es stattdessen so etwas wie ein kleines, von der Geschichte vergessenes Tibet auf nepalesischem Boden. Auch auf Karten wirkt das Dolpo wie eine Ausnahme: Dort, wo das nepalesische Staatsgebiet, das größtenteils südlich des Himalaja bleibt, den Gebirgszug überschreitet und in das riesige geografische Gebiet des Hochlands von Tibet vordringt, liegt oberhalb der Viertausend-Meter-Marke eine Region, die weder von Monsunen noch Straßen erreicht wird – die kargste, entlegenste und am dünnsten besiedelte des gesamten Landes. Vielleicht würde ich ja dort oben das verlorene Tibet, das niemand mehr je zu

Gesicht bekommen wird, doch noch zu Gesicht bekommen? Genau so eine Reise wünschte ich mir zu meinem vierzigsten Geburtstag, um den Abschied von einem ganz anderen verlorenen Reich, nämlich der Jugend, zu feiern.

Aber das war nicht der einzige Grund. Ebenso wichtig war mir die Reisegruppe, mit der ich unterwegs sein würde. Man wandert nicht einfach durch den Himalaja: Um Hunderte Kilometer zwischen menschenleeren Bergen zurückzulegen, war eine ganze Expedition vonnöten, bestehend aus Führern, Trägern, Maultieren und Reisegefährten, aus Zelten, die abends auf- und morgens wieder abgebaut werden mussten.

Zu den neun, die mit mir aufbrachen, gehörte auch Nicola, mit dem mich eine beginnende Freundschaft verband. Wir kannten uns erst seit Kurzem, hatten Gemeinsamkeiten festgestellt und befanden uns noch in der Phase, in der man am jeweils anderen alles Mögliche entdeckt. Trotzdem waren wir beide fest davon überzeugt, dass Freundschaften nicht einfach so entstehen: Man muss sie bewusst eingehen, hegen und pflegen. Man muss gemeinsame Erfahrungen machen, die unvergesslich bleiben. So kam es, dass ich ihm das Dolpo eines schönen Frühlingstags am Telefon beschrieb und fragte: »Wollen wir zusammen dorthin fahren?«

»Ja«, erwiderte er. Inzwischen war es Herbst, ohne dass einer von uns einen Rückzieher gemacht hatte.

Der andere Reisegefährte war Remigio, der bisher engste und schwierigste Freund in meinem Leben. Während der zehn Jahre unserer Freundschaft war es mir nicht ein einziges Mal gelungen, ihn aus dem Bergdorf herauszulocken, in dem er geboren und aufgewachsen, und in das ich gezogen war. Ich wollte ihn da nicht rausreißen, aber zur Abwechslung mal etwas anderes mit ihm erleben: einen Ort, an dem wir beide fremd sein und das Gefühl haben würden, weit fort zu sein, etwas ganz Neues zu entdecken. Monatelang hatte ich ihn dahingehend bearbeitet, all meine Überredungskunst aufgeboten und nichts als Skepsis und ständige Meinungsänderungen geerntet. Es gab immer irgendein Knie, das nicht mehr mitmachte, Geld, das fehlte, ja, sogar das Auto spielte einmal verrückt. Aber irgendwann kam er dann doch zum Flughafen – als ich mich längst damit abgefunden hatte, dass er nicht mehr auftauchen würde.

»Du bist also mit von der Partie?«

»Sieht ganz danach aus«, erwiderte er achselzuckend.

Ich wusste, dass man in den Bergen stets allein ist, auch wenn man mit anderen unterwegs ist, freute mich aber darauf, meine Einsamkeit mit diesen Gefährten zu teilen.

Anfang Oktober, als es in den Alpen jeden Moment schneien konnte, brachen wir auf und landeten in einem staubigen, warmen Kathmandu, das gerade erst die Monsunzeit hinter sich hatte. Seit meinem letzten Besuch schien sich die Stadt in dem weitläufigen Tal noch mehr ausgebreitet zu haben. Es gab neu hinzugekommene Peripherieringe, Barackensiedlungen, Wohnviertel, streunende Hunde, Affen, Bettler, abgemagerte, mitten auf der Straße herumstehende Kühe und Kinder. Die hinduistischen und buddhistischen Tempelanlagen am Durbar-Platz, die das Erdbeben vor zwei Jahren beschädigt oder völlig zerstört hatte, lagen noch in Trümmern, Holzpfähle stützten die erhalten gebliebenen Mauern. Große Plakate verkündeten, dass sich die chinesische Regierung um den Wiederaufbau kümmern werde. China? Was hatte China auf dem bedeutendsten Platz Nepals zu suchen?

Ich war mit Fieber angereist, was meine Verwirrung noch steigerte, und als mich eine Frau überredete, ihr Säuglingsmilchpulver zu kaufen, ließ ich mir von ihr und ihrem Komplizen im Laden fast alle Rupien klauen. In den umliegenden dunkelroten Gassen boten Metzger blutige Ziegenköpfe feil, und in den kleinen Tempeln an jeder Straßenecke brachten Gläubige Blumen und Obst dar, das dort verfaulen würde. Im touristischen Thamel-Viertel voller Westler, die auf den Everest wollten oder das Kathmandu der Beatles suchten, machten wir die letzten Besorgungen für unsere Expedition, und zwar in einem dieser Second-Hand-Läden, die Windjacken, Pullis und haufenweise Bergschuhe auf den Verkaufstischen anbieten: alles Sachen, die Kunden ihren Trägern schenken, wenn sie sie in ihren kurzärmeligen Hemden und Flipflops sehen, und die selbige Träger weiterverkaufen, sobald sie ins Tal zurückgekehrt sind. Wir liefen zwischen Staub und verschwitzten Leibern umher, überall wurden uns bettelnde Hände entgegengestreckt, es wurde gehupt, und an der Straße strömten Abwässer entlang. Trotzdem hatte die Stadt etwas, das mich nach wie vor begeisterte.

Die besten Lokale lagen oben auf den Dachterrassen, wo man das Gefühl hatte, über die Nöte der Menschen erhaben zu sein. Während wir bei einem Bier über unsere Reise sprachen, ertappten wir uns dabei, nach Norden zu schauen: Von Kathmandu aus ist der Himalaja nicht zu sehen, das Tal wird von Hügeln und Wolken umschlossen. Dennoch konnten wir ihn uns vorstellen und wurden ganz ehrfürchtig. Wie das in Nepal so ist, wich das Gefühl, Zeit zu verlieren, dem, sich an ein ganz neues Zeitgefühl gewöhnen zu müssen.

Denn erst, wenn man sich damit abgefunden hat, kommt man in die richtige Reisestimmung. Dann trafen eines Morgens die Genehmigungen zum Betreten des Dolpo ein, und wir konnten endlich Richtung Berge aufbrechen.

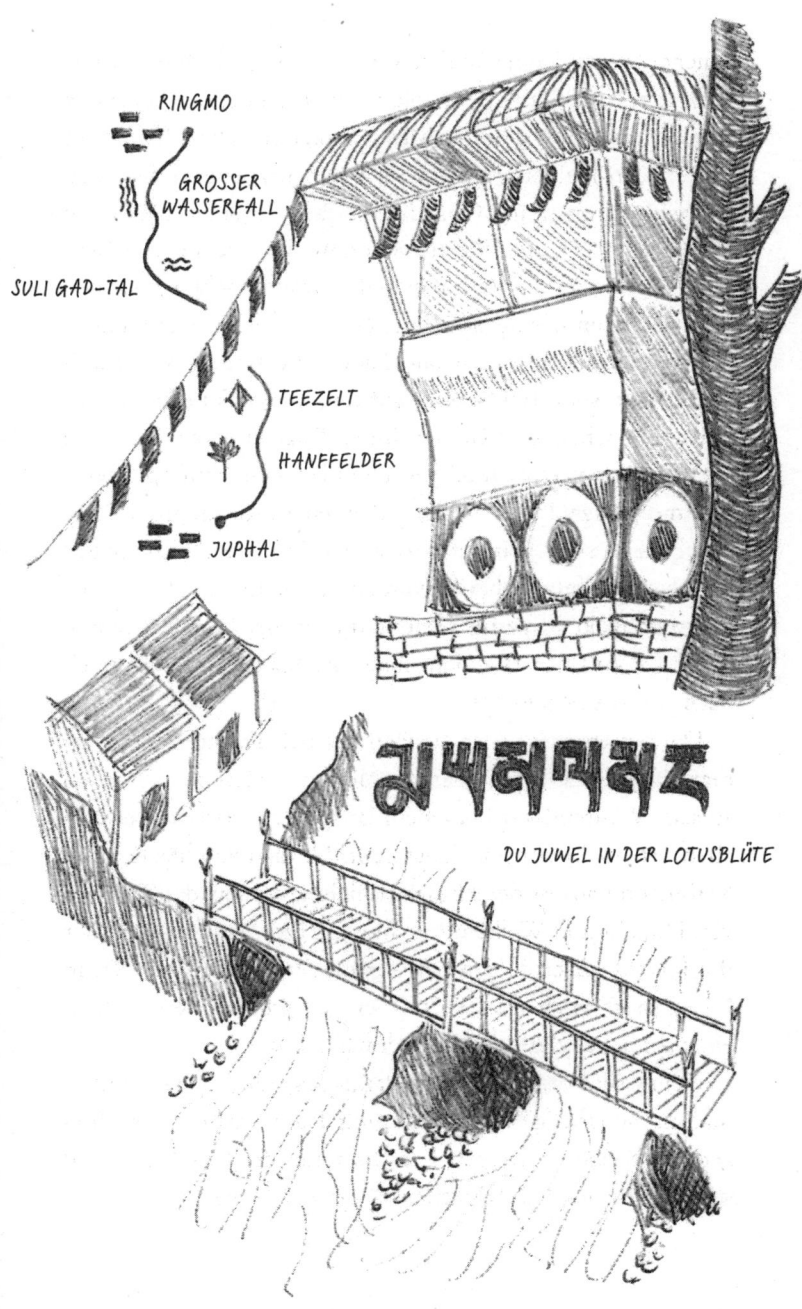

RINGMO

GROSSER
WASSERFALL

SULI GAD-TAL

TEEZELT

HANFFELDER

JUPHAL

ॐ मणि पद्मे हूँ

DU JUWEL IN DER LOTUSBLÜTE

Kapitel 1

Den Fluss entlang

In dem kleinen Flugzeug nach Norden fiel mir beim Anblick des aus dichten Tropenwolken hervorragenden Himalaja ein Buch wieder ein, das ich einst an einem Fiebertag von meinem Vater bekommen hatte – ich dürfte damals ungefähr neun gewesen sein. Es hieß *Die schönsten Gipfel der Welt* und hatte den Monte Rosa auf dem Umschlag, der für mich damals mein Ein und Alles war. Ich hatte bereits eine kleine Kostprobe von Fels und Eis bekommen, allerdings im Sommer. Im Winter waren die Berge bloß noch eine ferne Erinnerung, weshalb ich viele Stunden mit diesem Bildband im Bett verbrachte, um mich von meiner Grippe und der Sehnsucht nach ihnen zu erholen. Ich betrachtete die Umrisse des Everest, des K2, des Nanga Parbat, las von den Männern, die sie erklommen hatten, und lernte Namen und Höhenangaben auswendig – mit der Hartnäckigkeit eines Kindes, für das dieses Sich-Einprägen ein magischer Akt ist, weil es ihm vorgaukelt, so von den Dingen Besitz zu ergreifen. Damals träumte ich noch davon, Bergsteiger zu werden, las Messner und Bonatti, als wären sie Stevenson und Verne, während Tibet und Nepal sagenhafte Reiche, ja, Schatzinseln waren.

Noch dreißig Jahre später konnte ich den Dhaulagiri, den am westlichsten gelegenen Achttausender Nepals, anhand seiner Umrisse identifizieren. Das kleine Flugzeug ging tiefer, streifte die von der Sonne beschienenen Wolken und ließ ihn ostwärts liegen. Weitere dunkle Gipfel tauchten vor uns auf, eine Gebirgskette auf fünftausend Metern Höhe: Wie erhofft, blieb der Nebel an dieser Wand hängen. Dann entdeckte ich unter den Propellern nach und nach schmale Grate, Schluchten, die in morgendliches Dunkel abfielen, und Schotterrinnen, die Steinlawinen zur Regenzeit gegraben hatten. Ich warf einen Blick auf Remigio, der am Fenster klebte, und glaubte zu wissen, wonach er suchte: nach einer Landschaft, die er lesen konnte, nach einer Schrift, die ihm vertraut war.

Seit ich in den Bergen lebte, interessierten mich Täler mehr als Gipfel und Bergbewohner mehr als Bergsteiger. Mir gefiel die Vorstellung von einem einzigen großen Hochgebirgsvolk auf der Welt, aber das war nur so eine romantische Idee. In den Alpen waren wir mittlerweile Bewohner einer gigantischen europäischen Riesenmetropole beziehungsweise ihrer bewaldeten Peripherie. Wir lebten, arbeiteten, reisten und unterhielten Beziehungen wie Städter. Bergbewohner – gab es die überhaupt noch? Gab es noch irgendwo authentische Berge, unberührt vom Kolonialismus der Stadt, unversehrt in ihrem Berg-Sein? Mit diesen Fragen war ich vor wenigen Jahren nach Nepal geflogen und hatte die beliebtesten Gebiete bereist – nur um festzustellen, dass die Moderne mittlerweile auch den Himalaja beglückte: mit Straßen, Motoren, Telefonen, elektrischem Strom, Industriegütern und gepriesenen Wohlstandssegnungen im Tausch gegen eine uralte, genügsame Kultur, die genauso dem Untergang geweiht war wie die alpenländische. Ich musste weitersuchen, weiter in die Ferne ziehen.

Der Pilot, dessen Handgriffe ich genau im Auge behielt, drehte behutsam ab und folgte den Windungen eines sonnenbeschienenen Tals. Er steuerte eine kurze Schotterpiste an – nur wenige hundert Meter auf halber Höhe eines Hangs – und begann mit dem Landeanflug. Er setzte auf und bremste energisch zwischen den Häusern von Juphal, dem Ausgangspunkt unserer langen Tour nach Norden: niedrige Steinhütten, umgeben von Terrassenfeldern. Die Ernte war in dieser Region so gut wie eingeholt. An mir klebte der Schweiß eines schwülen Tropenvormittags, doch als ich die Flugzeugtreppe hinunterstieg, roch ich sofort die klare Bergluft. Ich hatte gerade noch Zeit, nach meinem Rucksack zu greifen, als das zweimotorige Flugzeug auch schon wieder abhob.

Sete war siebenundvierzig und ein Tamang aus Ostnepal – breite Wangenknochen, schmale Augen, dunkler Teint. Schon von klein auf war er es gewohnt, sich den Tragekorb umzuhängen. Nachdem er Koch und Hochgebirgsträger geworden war und als solcher den Everest, den Makalu, den Cho Oyu, den Dhaulagiri und den Shishapangma bestiegen hatte, war auch er mit zunehmendem Alter ins Tal zurückgekehrt. Jetzt arbeitete er sommers wie winters auf den Hütten des Monte Rosa, um im Herbst Expeditionen wie die unsere zu leiten. Er sprach Italienisch und lachte viel. Ich fragte mich, ob diese Fröhlichkeit angeboren oder antrainiert war, um direkten Fragen auszuweichen. In Juphal stellte er seit einigen Tagen die Truppe zusammen, die aus ihm, seinem Bruder, fünf für Zeltlager und Küche zuständigen jungen Männern bestand sowie aus weiteren fünf, die mit den Tieren und dem Transport betraut werden würden. Hinzu kamen fünfundzwanzig Maultiere, die alles tragen sollten, was wir auf unserer knapp einmonatigen Trekkingtour brauchen würden. Dann noch wir zehn aus den Alpen, sodass sich – Tiere und Menschen zusammengerechnet – die stolze Zahl von siebenundvierzig ergab. Zelte, Ausrüstung, Lebensmittel, Kochbenzin, Maultierfutter und Privatgepäck wurden auf den Packsätteln verstaut. Das Einzige, was wir nicht mitnahmen, war Wasser. Allabendlich einen Bach und einen Zeltplatz zu finden, war Setes Aufgabe.

Und dann stiegen wir von Juphal aus zur Talsohle hinab, auf einen ypsilon-förmigen Fleck zu, den großen Phoksundo-See.

Nach dem Sensationserfolg von
Acht Berge: Paolo Cognetti
über einen unvergesslichen Sommer

Paolo Cognetti braucht eine Auszeit vom hektischen Leben in Mailand und mietet eine Hütte in den Bergen – nicht weit von dort, wo er als Kind die Sommer verbracht hat. Das Leben auf 2.000 Meter Höhe bringt die einfachen Dinge zurück: Holz hacken, Feuer machen, einen Garten anlegen. Endlich hat er Zeit zu lesen, spricht mit den Tieren, hört seltsame Geräusche in der Nacht. Wochenlang trifft er keine Menschenseele – bis aus dem Nebel doch eine Gestalt auftaucht.
Mein Jahr in den Bergen ist zuvor unter dem Titel *Fontane Numero 1* im Rotpunktverlag erschienen.

Jetzt reinlesen auf www.penguin-verlag.de

»Ein zeitloser Roman mit dem Zeug zum Klassiker und eine großartige Geschichte über Freundschaft.« *Vanity Fair*

Wagemutig erkunden Pietro und Bruno als Kinder die verlassenen Häuser des Bergdorfs, streifen an endlosen Sommertagen durch schattige Täler, folgen dem Wildbach bis zu seiner Quelle. Als Erwachsene trennen sich die Wege der beiden Freunde: Der eine wird das Dorf nie verlassen und versucht die Käserei seines Onkels wiederzubeleben, den anderen drängt es in die weite Welt hinaus, magisch angezogen von immer noch höheren Gipfeln. Das unsichtbare Band zwischen ihnen bringt Pietro immer wieder in die Heimat zurück, doch längst sind sie sich nicht mehr einig, wo das Glück des Lebens zu finden ist. Kann ihre Freundschaft trotzdem überdauern?

Jetzt reinlesen auf www.penguin-verlag.de